에로스와 아우라

김 행 숙   문 학   에 세 이

EROS & AURA

에로스와 아우라

김 행 숙 문 학 에 세 이

민음사

책머리에

책의 맨 앞에 실릴 이 글은 세상의 모든 머리글들이 그렇듯이 가장 나중에 쓰였다. 반쯤은 작가로서 반쯤은 독자로서 쓰는 글이 머리글인 것 같다.

뿔뿔이 흩어져서 사라질 글들이라고 생각했고, 그 생각이 그다지 나쁘지도 않았는데, 결국 이렇게 책 속에 모아 놓게 되었다. 모아 놓고 보니 자기들끼리 그럭저럭 자리를 찾아가는 것 같다. 좀 신기하기도 했다. 뿔뿔이 흩어진 채로 멀리서 가까이서 서로를 끌어당기는 힘 같은 것.

나는 그것이 사랑의 힘이면 좋겠다.

나에게, 문학이란, 시란 무엇인가. 문학은 어떻게 존재하고 운동하는가. 그런 질문들 속에서 쓴 산문이 대체로 1부의 목록을 이루었다. 시는 다만 쓰는 것이 아니라 사는 것이기도 하여서 그런 질문에 붙들려 있을 때면 때때로 내 삶이 의문스러워졌다. 헛것 같을 때, 헛것을 사랑하는 마음을 시가 가져다 주기도 했다. 새로운 것을 쓰는 것이 아니라 쓰면서 새로워지는 것! 그렇게 시와 함께 삶이 운동했으면 좋겠다. 모르는 시가 언제나 남아 있어서 우리는 타인을 다시 상상하고 다시 사랑할 수 있을 것이다. 모르는 당신이 언제나 남아 있어서 우리는 시를 다시 상상하고 다시 쓸 수 있을 것이다.

2부와 3부는 일종의 독후감에 해당하는 글들이다. 그러니까 텍스트를 읽은 경험, 다시 말해 텍스트를 읽으면서 새로워진 경험을 쓴 글들이다. 나는 텍스트의 가능성을 끝까지 따라가지 못했을 뿐만 아니라, 종종 중간에서 길을 잃고 헤매다 어딘지도 모르면서 멈추기도 했을 것이다. 나를 낯선 곳에 데려다 준 텍스트들에게 많이 고맙다. 나는 우리에게 주어진 '읽는 삶'에 감사를 표하고 싶은 기분이다. 커트 보네거트가 했던 말마따나, 문학은 관객이 연주하는 유일한 예술이다. 읽기, 그것은 문학이 공연되는 무대다. 읽기, 그것은 우리가 문학을 하는 또 하나의 조용하지만 열렬한 방식이다.

4부에서는 시인들의 시론을 살폈다. 시론은 단지 시를 설명하기 위해 존재하는 것이 아니다. 시와 시론, 시를 쓰는 것과 시를 말하는 것, 그 사이에서 일어나는 사건들에는 또 다른 가능성들이 잠재되어 있다. '사이'를 없애는 것이 중요한 게 아니라, 그 '사이'를 깊게 하고 복잡하게 하고 활성화하는 것이 더욱 문제적일 것이다.

1999년에 등단하고부터 간간히 썼던 산문들이다. 개중에는 정말로 내 수중에서 슬금슬금 사라진 것들도 있었다. 꽤 추려 내긴 했지만, 책에 남은 원고들에 관해서는 크게 손대지 않았다. 초고의 발표 지면에 대한 정보는 뒤에 따로 붙여 두었다.

글을 썼기 때문에 무언가 더 말할 수 있었다. 조금이라도 할 말이 있어서 글을 쓰겠지만, 글을 쓰면서 예상치 못했던 생각과 말들이 빚어지고 생겨나기도 했다. 문학은 혼잣말이 아니다. 누군가에게 말을 건네고 싶다는 것, 문학은 당신을 향하여 있다. 문학의 에로스는 핏줄의 공동체가 아니라 대화의 공동체를 꽃피운다. 어디, 어디에서 피어날까?

꽃이 피어나는 것 같은 기분, 그 분위기, 그것이 문학의 아우라가 아닐까?

그러나 우리들의 대화는 화기애애하기만 한 것이 아니었고, 문득 길이 끊기기도 하고 어둠에 잠기기도 했으며, 거의 싸움에 육박할 때도 많았다. 사교든 싸움이든 당신이 있어야 가능한 것. 당신과의 관계에 휩싸여 무언가 달라지는 것 같은 기분, 그 분위기, 그것을 문학의 아우라라고 해도 좋을 것 같다. 이를테면 공기가 바뀌고 냄새가 달라지는 것이다. 그 순간, 미묘하게 세계가 바뀌는 것이다. 그 순간은 내가 가장 사랑하는 순간.

2012년 12월
김행숙

목차

5   책머리에

1부 누군가의 호흡

13   에로스와 아우라
22   그 주홍빛……
30   서른 개의 질문 중에서
39   머리 없는 사람을 보았습니까
44   가로수 논쟁
48   가로수 원근법의 끝에서
52   가로수-로봇 프로젝트
58   숨 쉬는 일에 대하여
65   감정의 건축술

2부 맨몸, 거울의 몸, 타인의 몸

73   이상의 절벽과 거울
79   사랑의 기술: 김수영의 「사랑의 변주곡」
85   무엇이었어요, 당신?: 허수경의 「그 그림 속에서」
88   타인의 흔적: 심보선의 「인중을 긁적거리며」
91   회귀하는 '맨몸': 문태준의 「강을 따라갔다 돌아왔다」
94   불안, 시를 쓰는 기분: 심지아의 「이웃들」
97   깊이의 무한함과 몸의 순간: 이장욱의 「핀란드」
102   새로운 생명파: 김중일의 「체온의 탄생」
105   나의 수난극: 정재학의 「어머니가 촛불로 밥을 지으신다」

108 '귀 없는 토끼'라는 감각 기계: 김성대의 「귀 없는 토끼에 관한 소수 의견」

112 신(新)에밀: 김승일의 「에듀케이션」

115 '그것'이 '있다': 황인찬의 「그것」

119 물결과 숨결: 성동혁의 「그 방에선 물이 자란다」

3부 쓴다, 쓴다, 쓴다,

125 쓴다, 발 없는 새처럼, 빛나는 쟁기처럼: 최승호 시인과의 대화

141 이장욱은 어디에 있는가

151 희미한, 너무나 희미한, 그는 '거의 모든 세상'이 되려 한다: 조연호의 글쓰기

165 (어디선가) (누군가) (무엇인가) 쓴다: 김언의 『소설을 쓰자』

170 문제는 거울이 아니라 주체다: 황성희의 『앨리스네 집』

190 언니와 물고기와 계단의 시간: 이영주의 「언니에게」

4부 시를 쓰는 것과 시를 말하는 것

211 '시적인 것'과 '정치적인 것': 김수영의 「시여 침을 뱉어라」

238 '여성-되기'와 '시-하기': 김혜순의 『여성이 글을 쓴다는 것은』

266 김춘수가 '산문시'를 가지고 사유한 것들: 김춘수의 『한국 현대시 형태론』

1부

누군가의 호흡

에로스와 아우라

✼

　내가 의식한 최초의 준비물은 '물체 주머니'였다. '준비물'이라고 지시된 것이 의미하는 바를 따끔하게 환기시켰던 첫 경험과 결부되어 있는 것이 바로 물체 주머니였다. 나는 깜박 잊고 준비물을 가져오지 않았기 때문에 담임 선생님으로부터 지적을 받게 되었다. 나의 첫 번째 단체 생활이었던 초등학교 1학년 봄의 어느 날이었을 것이다. 나는 책상을 같이 쓰는 아이의 물체 주머니를 우리의 책상처럼 나눠 쓰고 있었다. 초록 구슬, 작은 돌멩이, 새의 깃털, 나뭇조각, 톱밥, 쇳가루, 클립, 동전, 단추, 자석……. 작은 주머니에서 책상 위로 쏟아져 나와 잠시 어리둥절하도록 신비해지는 물체들. "너 때문에 네 짝이 피해를 보잖니?"

　물론 그 중년 여선생의 멘트를 정확하게 되살릴 수는 없지만, 내 기억은 참으로 끈질기게 그런 의미의 문장들을 되돌려주는 것이다. 사실 나의 부끄러움은 좀 지나친 데가 있었다. 거의 죄책감에 가까운 감정을 느꼈다. 꼬마야, 명심해 두어라, 앞으로 학교에서나 세상에서 요구하는 숱한 준비물이란 그렇고 그런 물건들일 것이다.

그 순간, 작은 책상에 펼쳐져 있던 물체들의 신비는 죽어 버렸으며, 물체들과 상호 작용하던 눈빛의 반짝임도 손길의 떨림도 멈추었다. 어린 학생들에게 준법정신과 책임감을 외치던 선생을 향한 것이라고, 욕심 없이 자신의 물체 주머니를 나와 공유했던 짝을 향한 것이라고만 여겼던 그 이상한 죄책감은 그날 내가 죽인 초록 구슬과 단추에게로 이어져 있었을 것이다. 초록 구슬과 단추와 톱밥과 자석의 신비에 더 이상 반응하지 않는 죽은 마음에게로 그 죄책감은 오랫동안 이어져 있었을 것이다.

✳

다섯 살 꼬마 아인슈타인의 마음을 단박에 사로잡은 장난감은 유리 뚜껑이 떨어져 나간 나침반이었다고 한다. 유리 뚜껑도 없었으니 호기심 많은 다섯 살 아이의 작은 손가락은 나침반 바늘을 맘껏 희롱할 수 있었을 것이다. 항상, 언제나, 늘, 북쪽을 향하는 나침반의 바늘에는 어떤 비밀스러운 작용이 일어나는 것일까. 문자판을 뜯어내고 나침반의 내장을 들여다보면 가느다란 막대자석이 들어 있었다.

어린 아인슈타인의 궁금증에 대해 어른들은 신의 손이 바늘 끝을 북쪽으로 당긴다고 대답해 주었을 것이다. 신의 손이라면 보이지 않을 테니, 보이지 않는 힘을 상상하기에는 그리 나쁘지 않은 설명이었을 것 같다. 보이지 않는 힘을 어렴풋이 생각하기 시작했을 때, 바로 그 순간부터 알베르트 아인슈타인의 혁명적인 우주론은 싹트기 시작했을 것이다.

보이는 세계의 이면(裏面)으로서든, 보이는 세계의 원리로서든, 틈새로서든, 보이지 않는 것에 대한 의문과 감각과 상상력과 사유는 보이는 것과 상관없이 동떨어져서 작용하지 않는다. 보이지 않는 것과 보이는 것은 '유관(有關)'하며 '상관(相關)'한다. 그것은 진동한다. 밤하늘을 쳐다보는 과학자와 시인은 어느새 서로의 언어를 섞는 신기한 친구가 되어 대화를 나눌 수 있을 것이다.

바람이 분다, 공기가 멈춰 있고 당신이 움직일 때에도, 당신이 멈춰 있고 공기가 이동할 때에도, 공기와 당신이 그림자처럼 등속운동(等速運動)을 하는 게 아니라면, 바람이 분다. 바람이 분다, 이것이 타인의 의미가 아닐까. 내가 중얼거렸다. 타인은, 실험실에서 가정(假定)하는, 똑같은 속도로 나란히 달리는 기차일 순 없다. 타인이 나의 그림자가 될 수는 없는 것이다. 그러므로 나와 타인의 관계에서는 언제나 바람이 분다. 그 바람을 우리는 불화, 갈등, 오해, 혐오, 착각, 질투, 공허, 쓸쓸함, 차가운 마음, 따뜻한 마음, 소중한 마음, 손을 내밀고 싶은 마음 등으로 감지했을 것이며, 드물게는 그것을 사랑이라고 불러 본 순간이 있을 것이다.

소설을 쓰는 한강에게서 이런 이야기를 들었다. "바람이 분다, 가라".

일반 상대성의 원리대로, 물질의 질량에 비례해 주변의 공간이 휘어진다면 그게 행성처럼 거대한 것들에만 적용되는 원리가 아니라면 타인의 몸 주위로 구부러진 공간의 만곡 안으로 들어갔다 나오며, 자신의 공간 속으로 타인을 불러들였다 내보내곤 하며 우리는 살아가는 것이리라고.

　　한 사람이 가진 고유한 파동이 그 휘어진 공간의 경계까지 퍼져 나가는 거라면 그 경계의 윤곽을 아우라라고 부르는 거라면⋯⋯.*

　그렇다면, 한 사람이 가진 고유한 파동이 한 사람의 질량에 비례해 휘어진 공간의 경계까지 퍼져 나가서 이루는 그 경계의 윤곽을 '아우라'라고 부른다고 한다면, 아우라는 존재의 자족적인 빛이 아니라, 존재를 둘러싼 주위와 '관계'하면서 일어나는 현상이라 할 수 있다. 아우라는 독자성에서 빚어지는 것이 아니라 관계성에서 현현하는 것이다. 릴케가 로댕의 조각상들에서 보았던 "대기의 관여"가 바로 이것이다. "구름과 구름 사이, 산과 산 사이를 채우고 있는 대기는 분리의 심연이 아니라 오히려 서로를 연결해 주는 전도체이며, 나지막이 변화되는 이행인 것이다." 로댕이 "여섯 명의 시민을 바람과 하늘의 고독 속에 세웠"을 때(「칼레의 시민」) 이 군상에 관여하는 대기는 "솟음과 어둠과 지속 속에서 더 천천히 흘러가는 한 삶을 위하여 비와 서리, 태양과 폭풍을 가지고 이 사물들을 양육했던 것이다."**

---

* 한강, 『바람이 분다, 가라』(문학과지성사, 2010), 139쪽.
** 라이너 마리아 릴케, 안상원 옮김, 『릴케의 로댕』(미술문화, 1998), 89~90쪽.

릴케가 로댕의 사물들로부터 느꼈듯이, 타인의 아우라를 발견하고 지각한다는 것은 타인을 향하여 나의 감각이 극도로 예민해졌다는 것을 말해 준다. 그것을 사랑의 작용이라고 할 수 있을 것이다. 에로스의 눈빛, 에로스의 살결 속에서 아우라는 상호적이고 접촉적인 것이 된다. "타인의 몸 주위로 구부러진 공간의 만곡 안으로 들어갔다 나오며, 자신의 공간 속으로 타인을 불러들였다 내보내곤 하며 우리는 살아가는 것", 우리는 사랑하는 것. 그러나 사랑하는 타인의 아우라는 내 손에 붙잡히지 않고 언제나 손가락 사이로 빠져나가고 빈 하늘만을 배경으로 남긴다. 그렇다면, 벤야민을 따라 아우라를 "아무리 가까이 있더라도 어떤 먼 것의 일회적 나타남"이라고 일컬어도 좋을 것 같다.*

그렇게 아우라를 정의한 벤야민이 이어 가는 말을 좀 더 따라가 보자.

어느 여름날 오후 휴식의 상태에 있는 자에게 그림자를 던지고 있는 지평선의 산맥이나 나뭇가지를 보고 있노라면, 우리는 이 순간, 이 산, 이 나뭇가지가 숨을 쉬고 있다는 느낌을 받는다. 이러한 현상을 우리는 산이나 나뭇가지의 분위기가 숨을 쉬고 있다고 말할 수 있을 것이다.

벤야민은 현대 기술 복제 시대의 지각 작용의 특징으로 '분위

---

*발터 벤야민, 반성완 편역, 「기술 복제 시대의 예술 작품」, 『발터 벤야민의 문예 이론』(민음사, 1983), 204쪽.

기(아우라)의 붕괴'를 꼽는다. 그에게 '복제'는 예술 작품의 '숨'을 빼앗아 가는 것처럼 보였던 것 같다. 예술 작품의 목을 조르듯이 사람들은 이제 복제를 통하여 쉽게 예술 작품에 대한 소유의 욕망을 해소해 버리는 것 같았던 것이다. 그러니까 문제의 또 다른 측면은 복제 기술이 아니라 소유의 환상에 있다고 할 수 있다. 소유의 환상은 손에 쥔 사물에게서 미지의 영역, 보이지 않는 영역, 아무리 가까이 있더라도 어떤 먼 것이 나타날 수 있는 빈 공간을 덮어 버린다. 빈 공간에 작용하는 가장 섬세하고 간절한 촉수가 사랑의 감각일 터인데, 소유의 논리는 사랑한다고 말하면서 사랑의 목을 꾸욱 누른다. 최승호가 시에서 포착했던 오징어 부부처럼. "그 오징어 부부는/ 사랑한다고 말하면서/ 부둥켜안고 서로 목을 조르는 버릇이 있다"(「오징어 3」).

❋

위에 옮긴 벤야민의 문장에서 지평선의 산맥과 나뭇가지의 숨을 느끼는 시간이 언제인지 한번 찾아보자. "어느 여름날 오후 휴식의 상태"에 있는 우리의 감각 속에서 지평선과 나뭇가지는 부풀어 오른다. '쉬는 시간'이야말로 숨을 쉬는 시간인 것이다.

'피로'에 대한 페터 한트케의 사색은 또한 '쉬는 시간'에 대한 사유이기도 했다. 페터 한트케의 아름다운 명상을 나는 한병철의 책에서 살짝 엿보았을 따름이지만.

그렇게 우리는——내 기억으로는 늘 밖에서 오후의 햇살을 받으며——앉아 있었고 말을 하기도 하고 침묵을 지키기도 하면서 공동의 피로를 즐겼다. (⋯⋯) 피로의 구름이, 에테르 같은 피로가 당시 우리를 하나로 엮어 주고 있었다.*

"예스 위 캔"을 합창하는 성과 사회의 노동 속에서의 분열적이고 고갈적인 피로가 아니라, 노동을 내려놓은 일요일의 피로, "정체성의 조임쇠를 느슨하게 풀어놓"은 상태에서 느끼는 무위의 피로를 한트케는 예찬한다. 유용성의 강박에서 벗어난 자의 시선 속에서 "사물들은 반짝이고 어른거리며 가장자리가 흔들린다. 사물들은 더 불분명해지고 더 개방적으로 되면서 확고한 성질을 다소 잃어버린다." 사물들은 "모두가 함께 어깨를 맞대고 있는 것이다." "우애의 분위기", "공동의 피로", "피로의 구름", "에테르 같은 피로"는 서로를 가르는 경계선들을 뭉개면서 "평화에 함께 기여"한다. 이 개방성을, 이 우애의 분위기를 사물들이 되찾은 '숨'이라고, 또는 '아우라'라고 불러도 좋을 것이다.

그렇다면, 아우라는 종교적이거나 예술적인 권위에 드리우는 그림자라기보다는 존재를 바깥으로 열어 놓고 바깥을 존재 속으로 새어들게 하는 공명(共鳴)의 영역이라 할 수 있다. 아우라는 에로스를 부르고, 에로스는 아우라에 깃든다. 아우라의 떨림과 에로스의 떨림은 서로를 향하여 물결친다. 그 물결에 누군가의 시가 젖을 것이다.

_____

* 한병철, 김태환 옮김, 『피로 사회』(문학과지성사, 2012), 71쪽에서 재인용.

⁂

언어가 떨린다, 다른 언어를 불러들이며 다른 언어에 깃든다, 싸운다, 당기고 밀친다, 가까워지는 순간에 가장 멀어진다, 언어의 발바닥에서 우주의 흙먼지가 떨어진다, 깃털의 언어, 망치의 언어, 집을 짓고 집을 부순다, 창문을 깨뜨린다, 새처럼 파닥거리는 손의 언어, 언어의 손, 언어의 무릎, 언어의 살갗에 스며드는 물, 물의 언어, 불의 언어, 기체의 언어, 사랑한다, 사랑한다,

⁂

"달은 기계적으로 반듯하게 지구를 중심으로 공전하지 않는다. 수없이 흔들리며 뒷면을 조금씩 드러낸다. 그 때문에 지구에서 관찰할 수 있는 달의 표면은 50퍼센트가 아니라 59퍼센트다. 흔들리며 드러난 약간의 뒷모습을 따라 9퍼센트의 불완전한 지도를 그려 갈 수 있다."* 한강이 그런 말을 중얼거렸다.

진실을 찾으면서 또 꿈을 찾아 헤매면서 우리는 수없이 흔들리게 된다. 사랑하는 사람의 주변을 맴도는 것도 그와 같을 것이다. 사랑의 원(圓)은 컴퍼스에 끼운 연필로 그린 원처럼 매끈할 수 없다. 떨리지 않고 뒤척이지 않고 흔들리지 않았다면 그것은 사랑이 아니다. 그 부단한 떨림과 뒤척임과 흔들림을 통하여 감추어진 뒷

---

* 한강, 앞의 책, 320쪽.

면과 심층이 언뜻언뜻 스쳐 지나간다. 그 드러난 것의 총합이 9퍼센트에 불과하다 할지라도, 더 중요한 것은 산술적인 총합을 결산하는 것이 아니라 그 순간순간 나와 당신 사이에서 예상치 못한 사건이 일어났다는 것이며 이 사건에 나와 당신이 온몸으로 작용하고 반응했다는 것이다. '9퍼센트의 불완전한 사랑의 지도'는 어떤 결여의 결과물이라기보다는 보편적인 법칙과 관념적인 경계선을 뭉개고 진동시키는 구체적인 사건들이다. 우리는 부단히 움직이는 9퍼센트의 불완전한 사랑의 지도 속에서 지도를 초과하는 보이지 않는 것들을 더듬었을 것이다. 아, 그곳에서 매번 우리의 언어는 미끄러지기에 다시 흔들리고 다시 맴돌고 다시 더듬거리고 다시 한 번 더 당신에게 다가가는 모험을 감행하는 것이다.

신고전주의 회화는 명료한 윤곽선을 갖는다. 그러나 레오나르도 다빈치가 그린 모나리자의 미소는 선명하고 환한 선분(線分)을 통해서가 아니라 무어라 규정할 수 없는 희미한 그림자를 통해서 존재의 신비를 보존한다. 특정한 실루엣에 모자라거나 넘치는 그 공간에서, 안과 밖이 섞이고 뒤집히는 그 자리에서 존재는 깊어지고 넓어진다. 보이지 않는 것들을 많이 가진 밤하늘처럼, 밤바다처럼, 당신의 모호한 미소처럼, 당신의 지친 어깨에 스며든 어둠처럼……

그 주홍빛……

⁂

세 번째 시집 『타인의 의미』가 편집 중에 있던 어느 날, 나는 출판사에서 색상표를 넘기며 어떤 '색깔'을 찾고 있었다. 민음사 시집의 표지에는 사각형의 창문 혹은 액자가 하나 덩그러니 걸려 있다. 그러니까 나는 그 창문 혹은 액자의 색깔을 고르고 있었던 것이다. 은유적인 의미로서의 색깔이 아니라, 물리적인 빛의 프리즘이자 감각 기관의 작용으로 나타나는 바로 '그 색깔'을 찾고 있었다. 그 색깔을 시집에 나타내겠다는 발상은 문득, 이라고 말할 만한 욕구였지만 일단 그런 생각이 떠오르자 왠지 꼭 그렇게 해야만 할 것 같았다. 그 주홍빛……에 가장 가까운 색깔.

그런데 다시 물어야 할 것 같다. 그 빛깔, 말하자면 꿈속의 그 컬러가 물리적인 빛의 현상이자 눈이라는 일종의 카메라의 작용을 통해서 설명될 수 있는 경험인가. 나는 감각의 매혹에 압도되어 꿈의 은유를 전혀 의식하지 않았지만(그렇다, 이건 생각 이전의 문제였다.) 꿈의 컬러는 대상의 물리적인 속성이 아니라 그 현시 이전에 기억된 것이며 그 나타남과 거의 동시에 제조되는 것이 아닌가. 내게 그 주홍빛……은 꿈과 결탁해 있는 것이었다. 그래서 나를 문득 사로잡은 그 주홍빛은 언어적인 성질을 가지고 있다고 해야 할 것이었다. 이렇게 말해 볼 수 있겠다. 어떤 색채에 대한 기억의 솟구침이나 각별한 느낌은 의미론적인 진동을 탑재하고 있는 것이다. 침묵의 명령 같은 것이 관여하고 있는 그 떨림은 비밀에의 매혹과도 흡사하다. 나는 '어린 시절'로 거슬러 간다.

어린 시절……. 실제와 환상이 뒤섞여 있는 그곳, 그곳은 누구에게나 비밀의 구멍을 남긴다. 진정한 비밀의 면모는 (누군가 알고 있지만) 누설하지 않는 것이 아니라 (누구도 알지 못하며, 어쩌면 알았던 것이지만 언어의 세계로는 떠오르지 않는 것이기 때문에) 한없이 다가가지만 닿지 않는 것, 명백해지지 않는 것, 환해지지 않는 것, 맨살을 드러내지 않는 것이다. 그래서 비밀의 완성은 감추기 위한 장치들에 의해서가 아니라 그것을 밝히고자 하는 하염없는 시도들의 실패들 속에서 이루어지는 것인지도 모른다. 비밀에의 열정은 그래서 진리에의 열정과 구조적으로 닮은꼴이다.

✠

어린 시절의 내게는 반복적으로 꾸던 꿈이 있었다. 그 꿈은 항상 이마의 열과 함께 찾아왔다. 대체로 편도선이 부어서 발생하는 열이었다. 인간의 몸이 가장 뜨거워진다고 해 봐야 40도를 오르내리는 것이니까, 평상시의 몸과 기껏해야 3~4도 정도 차이가 나는 것이겠지만, 바로 그 차이가 인간의 감각 체계를 혼돈에 빠뜨려 놓는다. 그 혼돈 속을 찾아오던 두 개의 꿈이 있었다.

내가 기억하는 그 꿈에는 서사라고 할 만한 것이 없다. 그것은 하나의 풍경으로만 나타났다. 어쩌면 그 뜨거운 풍경 속에서 이야기의 요소는 모두 녹아 버렸던 건지도 모르겠다. 어쨌든 나는 두 개의 그림을 간직하고 있다. 다섯 살 무렵부터 중학교 2학년의 어느 여름날까지(그 여름날을 마지막으로 더 이상 그 꿈들은 나를 방문하지 않았다.) 느닷없이 나를 엄습하여 세이렌의 노래와도 같이 혼을 빼 놓았던 그 두 개의 꿈에 대하여 시를 통해 무언가 표현해 보려고 여러 차례 시도해 본 바도 있었지만 번번이 시의 응답을 듣는 데는 실패했다. 그때마다 어떤 무력감을 느꼈지만, 나는 그 실패를 한편으로 당연하고 다행이라고까지 생각하는 게 분명하다. 실패의 방식으로만 계속, 계속 시를 쓸 수 있으리라는 예감 같은 것이 내게는 있는 것이다. 꿈을 '의식'하고 시는 써지지 않았다. 그러나 꿈의 속성이 또한 그러하듯, '무의식'적으로 시 속으로 누수(漏水)된 꿈의 물방울은 어떤 얼룩을 남겼을 것이다.

그러므로 꿈을 '의식'하고 쓰는 이 글은 일종의 실패담에 해당한다.

그 혼몽한 밤을 보냈던 아침이면 어린 딸의 사납고 아름다운 꿈을 지키느라 밤새 한잠도 못 잤을 엄마가 내 손목을 꼭 쥐고 있었다. 꿈과 함께 나에게 찾아오는 이상한 증상이 있었다. 그 밤에 열에 들떠 있던 나는 갑자기 일어나서 방을 나가고 집을 뛰쳐나가려고 했던 것이다. 한밤중에 벌어진 그 소동의 대강은 엄마로부터 전해 듣게 되었지만("너 정말 기억이 안 나니?" 그렇게 묻곤 했던 엄마의 하얀 얼굴) 꿈과 함께 반복되었던 소동의 일부는 불현듯 꿈의 한 장면이 떠오르듯이 되살아나서 여분의 떨림을 전달하기도 하였다.

그런 소동 속에서 나는 죽음의 강력한 자장을 느꼈다고 할 수 있다. 정말이지 내 뒤통수에 바싹 죽음의 손아귀가 다가와 있다고 느꼈다. 나는 내 검은 머리카락이 이미 죽음에 물들기 시작했다고 느꼈다. 나는 죽음으로부터 달아나기 위해, 떼어 낼 수 없는 나의 캄캄한 머리카락으로부터 도망치기 위해 필사적이었을 것이다. "죽고 싶지 않아." 이것이 한밤중의 소란 속에서 내가 한 유일한 말, 외침이었다. 나는 얼마만큼 도망칠 수 있었을까. 한밤중에 맨발로 골목을 내달리던 소녀는 어디서 스르르 멈추었을까.

나의 뜨거운 몸을 찾았던 그 꿈들은 어째서 그토록 아름다웠을까. 어떻게 하여 나는 그 꿈들을 잃어버리게 되었을까.

✲

그 꿈속에 나는 보이지 않는다. 꿈의 화면에는 주홍빛 모래사막이 펼쳐져 있다. 아름다운 굴곡을 가진 낮고 부드러운 모래 언덕들과 하염없이 멀게 느껴지는 지평선으로 이루어진 그 풍경은 나를 한없이 작게 만들어 보이지 않게 했는지도 모른다. 붉은 모래사막은 아주 천천히 움직이고 있다. 그것은 느리고 느린 소용돌이를 이루며 돌고 있다. 지평선을 가진 그 전체 풍경은 감지하기 어려울 만큼 느리게 움직이고 있지만, 소용돌이 가장 안쪽의 모래알들은 뱀의 혀처럼 사각사각 재빠르게 움직인다. 나는 거대한 소용돌이의 한가운데서 보이지 않는 안쪽으로 빨려 들어가고 있다고 느낀다. 나는 벗어날 수 없다고 느낀다. 나는 빠져들고 싶다고 느끼면서 동시에 바로 그 욕망, 그 내맡기고 싶은 수동성에 대해 말할 수 없이 두려움을 느낀다.

꿈속에 나는 인체를 가지고 등장하지 않지만, 나의 감각은 그 꿈의 풍경 '안'에 분명히 속해 있었다. 꿈을 꾸는 내가 풍경 바깥에서 풍경을 지각하고 있다면, 풍경 안에서 풍경을 겪는 나의 또 다른 감각이 있었다. 죽음의 구덩이 같은 그곳, 붉은 사막의 내장과 같은 그곳, 그 거대한 소용돌이의 중심에 나는 끌렸고 홀렸고 (수동성의 외양을 띠고 있었지만 나는 '혹'했다.) 그리고 나는 공포의 비명을 지르고 있었다. 꿈 안쪽을 향해서도 꿈 바깥을 향해서도 나는 필사적인 느낌이었다. 내가 그 꿈을 견기기 어려워했다면, 그것은 서로 등을 돌리고서 강력한 향성(向性)을 발휘하는 두 개의 힘이 결국 나를 파열시킬 것 같았기 때문일 것이다. 어느 쪽도 내가 포기하지 않을 것 같았기 때문일 것이다.

✻

또 하나의 꿈. 그 꿈속에도 나는 보이지 않는다. 꿈의 화면을 검은 아스팔트가 가로지르고 있다. 오렌지 빛 하늘과 검은 아스팔트가 꿈의 화면을 선명하게 분할하고 있다. 검은 아스팔트에는 온통 붉은 고추들이 널려 있다. 햇빛에 물기를 완전히 말린 검붉은 고추는 가뭄에 땅이 갈라지듯 이제는 어떤 외부의 빛도 더는 견딜 수 없다는 듯이 안으로부터 툭, 툭, 터질 것만 같다.

쾌적한 미감을 끌어내는 풍경이랄 순 없었지만, 그 색채들은 나를 사로잡는 물질적인 힘을 행사했다. 이상한 말이겠지만, 나는 그토록 강렬한 색깔로 채색된 꿈의 풍경에서 극심한 공포심을 느꼈다. 아무 일도 일어나지 않았지만, 곧 결정적인 무슨 사건인가가 벌어지고 말리라는 강력한 예감이 나를 휘감았다. 타는 듯이 붉은 고추가 툭, 툭, 터지기 '직전(直前)'인 것이다. 결정적인, 돌이킬 수 없는 어떤 폭발, 파열, 파국의 '직전'에서, 나는 손을 들어 귀나 뜬 눈, 무방비로 벌어져 있는 입, 그 무엇이라도 틀어막을 작은 힘조차 빼앗긴 채 꼼짝없이 사로잡혀 있는 것이다.

그 꿈을 마지막으로 꾸었던 날에 관해서만큼은 꽤 분명하게 기억하고 있다. 중학교 2학년 여름 방학이었다. 그때 나는 부산에 있었던 외갓집에서 방학의 며칠을 보내는 중이었다. 초등학교 6학년 봄에 가족이 부산에서 서울로 이사를 한 후, 나는 한동안 방학이면 기다렸다는 듯이 쪼르르 부산 외갓집으로 내려가서 며칠을 보내곤 했다. 그 방학 중의 방학에 내가 하는 일이라고는 시끄럽고 더럽고 황량한 부둣가나 해변을 찾아 배회하고 다니는 게 고작이었지만, 나는 그 며칠을 나름 달콤하고 은밀하게 즐겼던 것 같다. 그런 날들 중의 어느 하루였다. 외갓집에서 저녁에 수박을 먹었던 기억이 난다. 잘 익은 수박이 아니라 너무 익어서 군데군데 물러진 부분이 있는 수박이었다. 그 물러진 부분을 입에 넣었다가 거의 반사적으로 뱉어 냈다. 내 입에서 나온 붉은 살덩이 같은 그것이 역겹게 느껴졌고 입안은 영 개운해지지가 않았는데, 외할머니는 잘못 고른 수박을 당신 탓으로 돌리며 그 수박으로 주스를 만들어 내왔다. 나는 그 미지근하고 달달한 붉은 물을 마시며 구역질을 삼켜야 했다. 아무튼 그날 이후 나는 아무리 시원하고 단 수박도 웬만해선 입에 잘 대지 않지 않게 되었다. 바로 그날 나는 저녁 먹은 게 체한 모양인지 속이 무척 불편했고 그리고 밤이 되면서는 열이 오르기 시작했다. 나는 불안해졌다. 그 불안이 기별해준 대로 나는 고열 속에서 헤맸고 꿈을 꾸었고 그리고 그, 그 증상을 노출했던 모양이다. 다음 날 아침 할머니는 서울에 있는 엄마에게 전화를 걸어("이 아가, 이 아가 와 그라노?") 놀란 가슴으로 물었고, 엄마는 별일 아니라고, 괜찮다고, 괜찮다고 말해 주었을 것이다. 정말이지 나는 늘 괜찮았던 것이다. 그렇지만 그날 아침만큼은 반짝 눈을 뜨는 것이 어쩐지 부끄럽게 느껴졌던 것 같다. 나는 여전히 몸이 아픈 듯 찡그리며 눈을 감고 마냥 누워 있었다.

그렇게 10년 동안 가끔씩 나를 찾아와서 기억의 홈을 다시 한 번 긁곤 했던 똑같은 꿈이 더 이상 나를 방문하지 않는다는 것은 단지 몸이 더 건강해졌다는 뜻일 뿐일까. 그러고 보니, 꿈이 사라진 이후 그런 위태로운 고열에 몸을 내준 적 또한 없는 것 같기도 하다.

꿈의 기습을 더 이상 받지 않게 된 후 한동안 나는 이 두 개의 꿈을 싸악 잊어버린 듯했다. 그랬는데, 고등학교 2학년 어느 날 이 두 개의 꿈은 기억의 형태로 돌아왔다. 나는 기억해 내었던 것이다. 그것은 기억을 구축해 내었다고 말해야 하는 것인지도 모르겠다. 그 무렵에 나는 가장 깊숙이 고개를 숙여 나를 들여다보는 일에 골몰해 있었다. 내 안의 미지에서 길을 잃은 듯했다. 길을 잃어도 나를 벗어나지 못한다는 그 한계를 나는 그때 생각하지 않았을 것이다. 그 무렵의 나는 고개를 옆으로 돌리지 못하는 소녀였을 뿐이다.

그러나 그 소녀에게는 그것이 투쟁이었을 것이다. 옆으로 고개를 돌리기 위한, 너의 눈빛을 피하지 않기 위한 투쟁. 그것은 너에게 질문을 던지고 너의 질문을 받아 안기 위한, 너에게 쉽게 절망하지 않기 위한, 너에 대한 사랑을 어렵게 지속하기 위한, 결국은 너에게로 가기 위한 먼 길이었을 것이다. 사랑을 생각하면 모든 길은 너무나 멀면서도 깜짝 놀랍게 가깝다. 시는 사랑의 신발이자 사랑의 몸처럼 끊임없이 움직인다. 시는 사랑하고 사랑하고 사랑한다. 옆을 본다는 것, 너의 침대를 본다는 것, 너를 향해 고개를 돌린다는 것, 그/그녀의 투시 불가능한 생의 옷자락을, 피부를 만진다는 것, 나를 벗어나서 길을 잃는다는 것, 그 모든 시의 동작에 고통과 용기와 기쁨이 함께하길······.

서른 개의 질문 중에서*

27 당신을 떨리게 하는 것

물질적인 차원에서 말한다면, 떨림은 육체라는 불투명한 자루 안에서 소란이 일어나는 일이다. 그 소요가 동경이나 매혹과 결합하는 행복한 경우가 아니라, 발작에 가까운 어떤 소동으로 증폭되곤 했던 약간 웃기고 약간은 슬픈 이야기가 있다. 그 이야기 속에서는 거울에 비춰 봐도, 당신의 눈동자에 비춰 봐도 보이지 않는 내장(內臟), 나의 심장이 가장 커지기 시작하여 166센티미터의 길이로 기우뚱하게 서 있다.

선일여자고등학교의 한 여학생을 무엇보다도 떨리게 했던 것은 음악 실기 시험이었다. 지금도 문득 그 여학생을 떠올리면 내

---

*잡지사에서 보내온 앙케이트에는 서른 개의 질문이 또박또박 적혀 있었다. 나는 그중에서 몇 개를 골라 간신히 더듬거리기 시작한다.

안에 잠복해 있는 그 발작의 분자(分子)들이 희미하게 감지되는 것 같다. 문제는 음악 실기 시험 자체가 아니었다. 그녀는 이른바 무대의 성격을 띠는 도처의 공간에서 과도하게 떨었던 것이다. 떨림이 시작되고, 그 떨림이 마비 증세로 전환되는 어떤 순간, 그녀는 알고 있었을까. 곧 의식의 불빛을 꺼 버릴 수 있을 거라는 걸. 타인의 눈과 같은 그 불빛 말이다.

그녀는 그 정전(停電)의 사태를 자신이 희망한 바 없다고 믿었다. 그러니까 그녀로서는 어쩔 수 없었다는 것이다. 그녀는 피해자의 얼굴을 했다. 내 몸이 내 영혼에게 폭력을 행사했노라고. '그 책'을 읽고 있었을 때에도 그녀는 피해자의 얼굴을 하고 있었을 것이다. 그 책은 심리학 개론서류의 책이었는데, 어느 한 대목에 이르러 그 여학생은 깜짝 놀랐다. '졸도하는 여자의 심리에 대하여', 그런 비슷한 제목의 논문 요지가 단 두세 줄로 요약되어 있었던 바로 그 부분에서, 그녀는 그녀의 심리와 대면했다. 모른 체하고 싶었고, 모른 체했고, 모르게 된 것. 나는 졸도를 희망했다는 것. 나는 졸도하는 몸에 협력했으며 그 사태를 함께 연출했다는 것. 나는 알고 있었다는 것. 나는 무책임 상태에 나를 옮겨 놓고 싶었던 것이다. 그날 나는 이 은밀한 속임수의 작동 원리를 처음으로 투명하게 들여다보고자 애쓰고 있었다. 한 번도 기억의 형태를 가진 적이 없었던(없었다고 생각되는) 이상한 기억들이 불현듯 떠오르기 시작했다.

1 언제 자신이 작가/시인이 되고 싶다는 것을 처음 깨달았나

나는 한동안 '기억 – 탐정'처럼 굴었다. 그 무렵 나는 나에게 아마추어 정신분석가처럼 굴었던 것 같다. 그리고 여름 방학이 시작되자 열공의 포스를 풍기며 독서실에 틀어박혀 내가 한 일은 말하자면 중편 분량의 소설을 하나 탈고한 것이었다. 대한민국의 고등학생답게 『성문종합영어』와 『수학의 정석』을 목표로 삼아 독서실로 향했건만. 물론 그 계획은 유감없이 지워졌고, 그렇다고 해서 작가의 꿈 같은 게 생긴 것도 아니었다. 다만, 글을 쓰기 시작하면서 나는 조금씩 자유로워졌던 것 같다. 뭐랄까, 용기가 생긴다고나 할까. 그 시절의 나에게는 놀라운 선물 같은 감정이었다. 나에게 있어서 글은 그런 것이었다. 그 후로 다시 소설이라는 것을 써본 적은 없지만, 나는 늘 무엇인가를 끼적거렸다. 개중에는 시의 꼴을 가지고 있는 것들도 있었을 따름. 작가나 시인이라는 것은 내게는 너무나 막연한 이름이어서 내 것으로 잘 떠올려지지 않았던 것 같다.

그랬는데, 결혼을 하고 딸아이를 낳고(1997년) 한 달쯤 지난 어느 가을날부터 나는 '마구' 시를 써 대기 시작했다. 그때 썼던 것을 지금은 한 편도 가지고 있지 않지만, 그때 나는 이상한 에너지에 휘감겨 하루에 두세 편씩 써 댔다. 그렇게 시를 쓰기 시작하자 시가 쓰고 싶어졌고, 시가 쓰고 싶어지자 시인이 되고 싶어졌다.

그러나 시인이 되었다는 느낌은 등단을 했어도 몸에 잘 달라붙지 않았다. 그것은 천천히, 천천히 오고 있는 중이었다. 인생을 살아가듯이 시인을 살아가야 한다는 듯이.

24 애완동물을 키우는가, 혹은 키우고 싶은가

방금 개 한 마리가 내 방문을 긁어 댔다. 그리고 또 한 마리의 개가 있다. 그 녀석은 조금 떨어져서 메조소프라노로 낑낑댄다. 두 마리의 개는 밥을 줄 때가 되었다는 신호를 그렇게 정해 놓았다는 듯이 각자의 방식으로 한다. 암컷과 수컷, 불임의 이 두 짐승은 서로에게 외로움을 기대거나 따뜻함을 구하는 것 같지 않다. 지구상에 살아남은 유일한 두 마리 개처럼 살아가고 있지만, 그들에게 중요한 건 단지 인간 소녀인 내 딸아이의 애정뿐인 것처럼 보인다. 곧 딸아이가 학교에서 돌아올 시간이다.

14 잊혀지지 않는 기억

개밥을 챙기느라 나는 어떤 기억으로부터 빠져나왔다. 기억이란 그렇게 불연속적으로 붙잡히는 것이다. 문득, 문득, 문득, 기억은 그렇게 우리를 방문한다. 미리 기별을 하고 정중하게 노크를 하는 식의 예의 같은 것은 기억의 것이 아니다. 기억이 손이 없는 개라면 발톱으로 방문을 긁을 것이요, 손을 가졌다면 벌컥 문을 열 것이며, 도끼를 가졌다면 문을 부수고 쳐들어올 것이다. 기억을 시가 불러내는 경우도 있다. 내가 기억하지 못하는 것을 시는 기억하고 있었다는 듯이 시와 함께 기억이 찾아오는 때가 있는 것이다.

이를테면, 첫 시집에 수록된 「신도림」이라는 시를 쓸 때. 불현듯, 재수생 시절 입시 학원 근처의 공원에서 일어났던 황당한 사건이 떠올랐다. 서소문 공원, 어느 토요일의 햇빛 속에서 조금은 우울하고 또 조금은 유쾌하기도 했던 재수생들. 그 시절 가깝게 지냈던 학원 친구 몇몇과 나는 그곳에서 도시락을 까먹곤 했다. 그때도 그런 점심시간이었는지는 잘 모르겠다. 어쨌든 나른한 기분이 드는 시간이었을 것이다. 그런데, 저쪽 벤치에서 신문지를 덮고 낮잠을 자고 있던 어떤 아저씨가 갑자기 일어나더니 몽유병 환자 같은 걸음으로 다가와서 느닷없이 뺨을 한 대 때리고는 아무 일도 없었다는 듯이 바로 그 몽유병자의 걸음으로 우리 곁을 지나쳐 갔다.

그 불운을 맞은 뺨의 주인은 누구였던가. 심지어 그 불운이 나의 것이었다고 해도 그 점은 내 기억에서 별로 중요하지 않다. 참으로 이상한 것은 아무도 화를 내지 않았다는 점이다. 때린 사람도 맞은 사람도 그 장면을 바로 곁에서 목도하게 된 사람도. 너무 황당하고 마냥 당황했기 때문일까. 그 남자가 꿈속에서 걸어 나온 사람 같았다면, 그의 돌발 행동이 꿈에서 삐져나온 잠꼬대 같은 것이었다면, 우리는 보이지 않는 그 거칠고 괴로운 꿈을 향해 돌을 던질 수 있는 언어를 찾아내지 못했을 것이다.

나는 그 장면을 기억하면서 이상하게 슬퍼졌고 그 모든 것을 이해할 수 있을 것 같은 기분이 들었다. 재수생을 포함해서, 공원에서 낮잠 자는 사람을 포함해서, 살아가는 그 모든 존재에 대한 슬픔이 어느 날 나에게 밀려들었다.

19 당신이 쓴 첫 작품을 어떻게 생각하는가

그때 그 작품을 쓰지 않았으면 그 작품은 영영 쓰이지 않았을 것이다. 나는 그것이 모든 작품의 운명이라고 생각한다. 그런 의미에서 첫 작품을 포함해서 과거에 쓴 작품은 내가 영영 쓸 수 없는 것들에 속한다. 보르헤스의 소설 속, 『돈키호테』의 저자 피에르 메나르는 구현될 수 없는 인물이다. 메나르는 20세기를 살면서 17세기 세르반테스의 『돈키호테』와 글자 하나 다르지 않은 『돈키호테』를 쓴다. 메나르도 불가능한 인물이지만, 세르반테스이면서 동시에 메나르가 될 수 있는 작가란 불가능한 시간의 유령 같은 존재다. 그렇다면, 지금 쓰지 않으면 영원히 쓸 수 없는 작품을 쓴다는 생각으로…… 쓸 수밖에. 다만, 지금 쓸 수밖에 없는 것을 쓰는 것이 중요하다는 것.

6 나의 작업 스타일

일단 시에 붙들렸다 싶으면 잇달아 여러 편을 쏟아 내는 편이다. 한 문장이 다음 문장을 도착하게 하는 어떤 힘을 가지고 있을 때, 그 힘의 흐름 속에 있을 때가 시적으로 행복할 때다. 김수영 식으로 말한다면 '딸깍' 하는 소리, 문장이 문장을 열고 들어가고 시가 시의 문을 여는 소리 같은 게 들린다면, 나는 가장 조용하면서도 가장 열렬하게 운동하고 싶다. 그런 시기에는 나는 말수도 줄고 잠도 준다. 사실 나는 잠이 매우 많다. 나는 아홉 시간 정도의 수면 시간을 필요로 하고 그만큼은 어떻게든 확보하려고 한다. 잠을 자느라 (헉, 늦었네, 그러면서) 약속에 늦고 끼니를 거르는 경우도 허다하다. 밥은 먹지 않아도 잠은 잔다, 는 것이 말도 안 되는 내 생활 수칙이다. 그런데 시적 진동에 장악되면 잠은 자동적으로 줄고 얕아진다. 짧게는 이틀, 길게는 2주일, 어느 순간 시적인 것이 소진했다는 느낌과 함께 갑자기 몸의 피로도 몰려온다. 이제 밀린 잠을 자야 할 시간인데, 하루나 이틀 정도는 예민해진 신경이 가라앉지 않아 잠에 빠져들 수가 없다. 그런 날의 불면은 괴롭다.

그리고 내가 시를 찾아갈 때, 나는 그냥 걷기 시작한다. 바깥에 다른 공기(空氣)가 있고, 사람들, 타인들이 있으니까.

8 글을 쓸 수 없었던 때

시가 찾아오지도 않고 시를 찾을 수도 없을 때가 있다. 시가 잘 안 되더라도 쓰고 버리고 쓰면서 시를 찾아야 한다고 선배들은 말했다. 써 보려고 해도 잘 써지지 않고 그래도 어떻게든 썼는데 버려야 하는 원고들만 쌓일 때, 나는 그 지루함을 잘 참아 내지 못하는 것 같다. 아직까지 시를 쓰는 일에 있어서 의도적이고 자발적인 공백을 가져 본 적은 없지만, 한 달, 두 달을 못 쓰고 지내게 되는 때는 왕왕 있었다. 세 번째 시집 『타인의 의미』를 내고 나서는 6개월가량 시를 못 썼다. 시를 미루고 시를 기다리는 시간이 이렇게 길어진 것은 처음이었다. 길을 잃는 시간, 헤매는 시간 속에서 무언가 찾고 있는 것이 있었을 텐데……. 길을 잃어버리는 방식이 새로운 길을 찾는 방식이라면, 나는 더욱 무모해져야 하리.

30 만일, 당신이 작가/시인이 되지 않았다면 지금쯤 무엇을 하고 있을까?

다시 태어난다면 무엇이 되고 싶은가, 라는 질문에, 배우의 재능과 열정을 가진 어떤 존재를 떠올려 본 적이 있다. 그에게 무대는 공포의 공간이 아니라 영감과 창조의 장소이겠지. 그렇게 대답하면서 나는 밀란 쿤데라의 말을 빌리고 있었을지도 모르겠다. "내 소설의 인물들은 현실화되지 않은 내 자신의 가능성들이다. 그 때문에 나는 그들 모두를 한결같이 좋아한다. 그 때문에 그들 모두는 내게 똑같이 불안을 준다. 그들은 누구나 나 자신은 물러나 피했던 경계선을 넘었다. 그들이 넘었던 바로 그 경계(이 경계를 넘어서는 곳에서 나의 자아는 끝난다.)는 나의 마음을 끈다."(『참을 수 없는 존재의 가벼움』) 내게 배우란 현실화되지 않은 나 자신의 가능성들을 끌어내고 육화하는 작업을 매번 다른 지점에서 다시 하는 존재처럼 느껴졌던 것이다.

가정법은 공상의 형식이고, 나는 이런저런 공상에 잘 빠지는 편이다. 그런데도 가만 생각해 보니 '시인이 되지 않았다면'의 가정법으로 공상을 펼쳐 본 적은 없는 것 같다. '배우였다면'뿐만 아니라, '고아였다면', '부자였다면', '알고 보니 외계인이었다면', '남자였다면', '게이였다면', '흑인이었다면' 등등, 지금도 나는 유치하다면 정말 유치찬란하다고 할 수 있는 공상으로 한 20분 정도는 꿀꺽 삼켜 버릴 수 있다. 공상의 맛은 가지각색이라서, 달콤한 맛, 쓴맛, 따뜻한 맛, 외로운 맛, 섬뜩한 맛, 슬픈 맛 등등. 나는 윤회론적인 상상력을 고통의 상상력이라고 생각하지만, 나의 공상은 전생이나 후생과 같은 다른 생, 또는 타인의 생을 향해 한번 날아가 보는 것이다. 그러나 이번 생에 대해서만큼은 시인으로 살아가기로 했다. 어쩐지 그런 약속을 한 것 같다. 그것이 마음에 든다.

머리 없는 사람을 보았습니까

당신은 머리 없는 사람을 본 적이 있습니까? 19세기 말, 어떤 서양인 화가의 눈에 포착된 한국(조선)의 황량한 벌판에는 머리 없는 남자들이 뒹굴고 있었습니다.(「정물 연구」, Henry Savage Landor, 1891) 집단 처형이 행해진 벌판의 풍경이었겠지요. 서양화가의 기행문에 수록되었다는 이 그림은 동양의 야만과 엽기를 멀리 떨어져서 상상하게 했을 것입니다. 대니얼 디포의 소설 『로빈슨 크루소』(1719)의 독자들이 무인(無人) 해변에서 인육과 뼈가 흩어져 있는 장면을 보면서 로빈슨 크루소의 눈으로 경악했듯이 말입니다.

머리는 기이하지 않습니까? 만약 외계인의 눈으로, 혹은 돌고래나 개미나 늑대의 눈으로 인간의 머리를 본다면, 인간의 머리통은 매우 기묘한 느낌을 불러일으킬 것입니다. 머리통의 반쪽은 얼굴이고, 다른 반쪽은 머리카락이 식물처럼 자라는 뒤통수입니다. 얼굴을 보고 우리는 그가 누군지 알아봅니다. 반면에 뒤통수는 깜깜합니다.(물론 금발이나 은발의 소녀에게라면 그 표현을 바꾸어야겠지요.) 이렇듯 분명한 정체성과 어두운 익명성의 영역을 모두 거느리고 있는 머리가 한 인간에게 없다는 것은 곧바로 그 인간의 죽음을 의미합니다. 이 죽음은 '특정한' 누구의 죽음이 아니라 그가 누군지 알 수 없는 '비인칭'의 죽음입니다. 그래서였을까요? 황량한 처형지의 시체들, 머리와 몸통이 분리된 그 시체들을 120여 년 전에 이국적인 시선으로 화폭에 옮겼던 한 서양인 화가는 그 그림에 '정물 연구'라는 제목을 붙였습니다.

이제, 처음 던졌던 질문에 조건을 달아 보겠습니다. 당신은 '걸어 다니는' 머리 없는 사람을 본 적이 있습니까. 물론 머리 없이 '살아 있다'는 것은 어불성설이지요. 그렇지만 많은 사람들이 걸어 다니는 머리 없는 사람을 보았습니다. 저도 보았구요.

두어 달 전, 그곳은 지하철 환승역 통로였습니다. 저쪽에서 머리 없는 남자가 걸어오는 것이었습니다. 내가 2호선에서 8호선을 갈아타려고 걸어가고 있었다면 그 남자는 8호선에서 2호선으로 갈아타려고 걷는 중이었겠지요. 머리 없는 남자는 넥타이를 매진 않았지만 낡은 양복 차림이었는데 바지는 3센티미터쯤 짧아 보였어요. 단 3센티미터 짧은 바지가 그에 대해 많은 것을 말해 주는 것 같았습니다. 나는 그 순간 그의 삶을 떠올려 보았습니다. 내 머릿속에서 그는 오랜 실직자 생활에 지쳤으며 익숙해졌으며 더 이상 다른 인생을 꿈꾸지 않는 사람이었습니다. 그는 매일 밤 꿈속에서 복사뼈가 훤히 드러나도록 발돋움을 해 보지만 닿을 듯 닿지 않는 선반 밑에서 이놈의 망할 꿈을 깰 때까지 쭈그리고 있을 것입니다. 왠지 그럴 것 같은 느낌을 주는 남자였습니다. 그는 검은 비닐봉지를 만지작거리고 있었습니다. 그의 더러운 손에서 비닐봉지가 바스락거리는 소리까지 들리는 것 같은데, 도대체 어떻게 된 영문일까요? 그에게는 머리가 없는 것이었습니다. 이 기괴한 광경이 착시였다는 걸 깨닫는 데는 사실 채 1분도 걸리지 않았을 텐데, 그때 나에게 그 1분은 한없이 늘어져 있었습니다. 남자의 낡은 양복도 검은 비닐봉지도 지극히 현실적이었지만, 머리 없는 남자는 초현실적이었기에 시간도 지구과학적인 속도를 무시했던 것 같습니다. 물론 착시임이 밝혀진 순간 다시 시간은 현대 도시인의 손목시계에 맞추어 똑딱똑딱 흐르기 시작했지만 말입니다. 그는 흰 타일을 배경으로 하얀 야구 모자를 쓰고 있었을 뿐이었습니다. 그렇지만 그 하얀 모자가 오히려 남자의 '머리 없음'을 감추고 있는 것은 아닌가, 나는 자꾸만 그런 생각이 드는 것이었습니다.

얼마 전에 제 얘기를 들은 시인 최승호 선생이 이를테면 백화점 에스컬레이터의 거울을 생각해 보라고 했습니다. 에스컬레이터의 벽 거울이 낮으면, 거울의 세계에서는 머리 없는 사람들이 우르르 올라가고 내려가고 있다는 말이었습니다. 그러므로 저뿐만 아니라 많은 사람들이 머리 없는 사람을 보았겠지요.

그런데 어째서 우리에겐 머리 없는 사람을 본 기억이 없는 걸까요. 제가 그랬듯, 착시(錯視)라고 또는 거울의 문제라고 생각하는 순간, 거울 속의 머리 없는 사람이 거울 바깥의 머리 있는 사람으로 보이기 때문일 것입니다. 착시도 아니고 거울의 문제도 아닐 수 있다는 가능성을 남겨 두지 않았기에 '머리 없는 남자'는 사라져 버린 것이죠. 내가 당연하게 알고 있고 믿고 있는 것과 어긋나는 사태를 맞닥뜨렸을 때 나의 앎과 믿음을 의심하는 것보다 먼저 내 눈을 의심하고 부정하는 것이 상식적으로 문제를 해소하는 방법일 겁니다. 내가 잠시 잘못 보았다고, 헛것을 보았다고, 귀신을 보았다고 생각해 버리면, 우리가 알고 있는 이 세계의 지평은 변경될 필요가 없으니까요.

그러나 기지(旣知)의 '앎'을 폐기하고서라도 '감각'(이를테면 '눈')을 좇아가는 시적 모험이 있습니다. 문학적인 행위는 현실을 확인하는 것이라기보다는 현실을 질문 속으로 데려가는 것이라고 생각합니다. 현실은 우리가 알고 있는 현실보다 훨씬 큽니다. 현실은 언제나 현실 이상(以上)입니다. 착시 속에서, 거울들 속에서 우리가 모르는 현실이 불쑥 나타날 수도 있을 것입니다. 그것은 착시도 거울도 아닌 현실의 맨살일지도 모릅니다. 내가 알고 있는 현실이 거대한 거울일지도 모릅니다. 끝끝내 의문을 남겨 두는 것, 질문의 가능성을 남겨 두는 것이 문학적인 대답법이라고 생각합니다. 그러므로, 당신은 머리 없는 사람을 본 적이 있습니까?

어느 날 녹색 그늘이 짙은 가로수 길에서 머리 없는 사람을 따라가다가 머리 없는 사람의 그림자를 놓쳤을 때, 문득 내게는 이런 질문이 떠올랐습니다.

가로수와 가로수의 간격은 법으로 정해져 있을까, 발과 발을 모으고 서서
뾰족한 자세로 그런 생각을 해
가로수와 가로수의 사이는 다정한 곳일까
무서운 곳일까
달리는 자동차와 달리는 자동차의 사이에 대해 생각하고

치여 죽은 것들과

죽어 가는 것들로부터 너는 얼마나 떨어져 있을까, 그런 생각을
하면

경적 소리가 되고 싶어

모두 빨리 대피해야 합니다

이 도시를 텅 비웁시다

—「가로수의 길」 부분

가로수 논쟁

가로수와 가로수의 간격은 법으로 정해져 있을까, 발과 발을 모으고 서서

뾰족한 자세로 그런 생각을 해

가로수와 가로수 사이는 다정한 곳일까

무서운 곳일까

내가 그렇게 말했더니, 누군가, 가로수와 가로수의 간격(식재 간격)은 정해져 있습니다, 라고 말해 주었다.

"물론 논쟁의 여지가 많습니다. 문제는 이 논쟁의 여지를 한국에서, 서울에서, 강진에서 현실화해 내고 들끓게 만드는 것입니다. 그렇게 함으로써 '가로수'에 대한 관심을 불러일으킬 수 있습니다. 은행나무는 은행나무와 얼마나 떨어져 있는 게 좋겠습니까? 버즘나무는 옆의 버즘나무와 경쟁하고 있습니까, 우정을 나누고 있는 중입니까? 과학적인 의견과 시적인 의견은 어디서 어떻게 교차합니까? 자본의 관점과 생태론의 입장과 예술의 포인트는 각각 어디를 가리키고 있습니까? 어쨌든, 은행나무와 버즘나무는 전체 가로수 수종의 80퍼센트 이상을 차지하고 있는 교목입니다. 가로수 수종의 단순성은 풍경의 단순화를 가져옵니다. 바야흐로 가을, 서울에서 가을의 풍경은 은행잎이 물드는 속도와 노오란 은행 이파리들이 은행나무를 떠나는 양태가 그 인상을 주도합니다. 환경미화원이 담당하는 일정한 역할 또한 인정해야 하겠습니다. 낙엽의 양과 노동의 양은, 그리고 감정의 양은 어떠한 상관 그래프를 그릴 것 같습니까? 가을에는 가을의 감정을, 11월에는 11월의 감정을, 오후 3시에는 오후 3시의 감정을……. 어쩐지 너무 많은 것이 한정되어 있다고 생각하진 않습니까?"

 분명한 건, 이렇게 산만하게 흩어지는 목소리는 논쟁에 적절하지 않다는 것. 마구 퍼붓는 산만한 질문들은 논적들까지 흩어지게 한다는 점을 나는 우선 지적하고 싶다. 말하자면, 대꾸할 가치도 없다는 것. 이 공허한 목소리를 나는 하릴없는 휘파람처럼 날려 보냈다. 대신하여, 나는 한 가지 사례를 찾았는데, 그것은 전국 공무원 노동조합 ○○홈페이지 자유게시판에 강진 군수가 자신의 입장을 표명한 글이었다.

 "'가로수 논쟁'에 대한 저의 생각을 말씀 올립니다."로 시작하는 그것은 요점이 분명한 글이다. "가로수를 위한 '목본주의(木本主義)'가 아니라, 시민을 위한 '인본주의(人本主義)'적 가로수 심기"를 군수는 주장한다. 즉, 수종에 따라 차이가 있지만 6미터나 8미터 간격으로 일반화되어 있는 식재 간격은 가로수를 위한 것이지, 인간의 눈을 즐겁게 하는 것은 못 된다는 것이다. 4미터, 3.5미터로 식재 간격이 좁혀지면 황량한 강진읍의 풍광은 녹음이 푸르른 가로수 길의 아름다움으로 변신하리라는 것.("우리 그렇게 우리 고향을 아름답게 가꾸어 갑시다. 적어도 10년 뒤에는 우리 강진의 가로수 길과 자투리땅 소공원 숲들이 '대한민국에서 가장 아름다운 길'로 선정될 수 있도록 함께 노력해 가십시다.") 그의 글은 가로수에 대해 투자와 정성을 아끼지 않을 것을 약속하고 호소하는 내용이었다. 이 논쟁에는 조경업자의 이권과 관계된 게 아니냐는 의혹도 뒤따랐던 모양이다. 어쨌든, "뜨거운 애향심의 발로에서 의견들이 교환되었던 사실을 마음 뿌듯하게 생각"한다는 말로 마무리된 이 글을 읽으면서 나는 가로수 길 조성에 대한 논쟁이 어떠한 관점들을 돌출시킬 수 있는지 시사 받을 수 있었다.

그러나 한 가지 사례를 그것의 맥락에서 떼어 내어 보편화하는 건 위험하다. 나는 단지 피상적으로 이 논쟁을 스치듯 구경했으며, 아니 상상했을 뿐이니. 다시 목소리를 바꾸어 보는 편이 좋겠다. 아스팔트 킨트에게 나무는 가로수다. 어느 날 한 아이가 이렇게 질문했다. "왜 나무들은 일렬로 서 있어요?"

"그건 길을 따라 심어졌기 때문이지. 그래서 이 나무는 가로수라고 불린단다." 나는 말했다. 나는 내 대답에 무언가 부족함을 느낀다. 그게 뭘까?

이 길은 어디로 이어져 있으며 어디로 갈라지며 어디서 멈추는가. 가로수는 멈춰 서 있으며, 나는 길을 따라 걷는 인간, 혹은 자동차 핸들을 쥐고 어느 날 시속 120킬로미터로 달리는 드라이버다.

아니, 나도 가로수처럼 가만히 그 자리의 운전석을 떠난 일 없었는데, 내 발을 뿌리처럼 하염없이 지하에 담그고 있었는데, 그렇다면 시속 120킬로미터로 풍경을 바꾸는 것은 길뿐인가. 나는 나의 이야기가 아니라 가로수 이야기를 좀 더 해 봐야겠다고 생각한다.

가로수는 지하의 어지러운 풍경에 대해 상상하게 한다. 그러나 길이 넓어지면, 길이 없어지면, 가로수는 어디로 이사 갈까? 가로수는 지하의 풍광에서 무엇을 거두어 갈까? 이삿짐 같은 게 따로 있지 않은 가로수는 그 자체로 한 채의 집이랄 수 있을까? 서울 도심 가로수 은행나무와 오대산 은행나무의 평균 수령(樹齡)을 비교한 통계 자료 같은 게 있을까? 자연미보다 예술미가 더 우월하다고 했던 헤겔(혹은, '망망대해'보다 현해탄을 오가는 '연락선'이 더 위대하지 않으냐고 역설하였던 젊은 날의 김동인*)의 관점으로 본다면, 가로수는 나무보다 아름다운가? 가로수와 가로수처럼 이어지는, 공중으로 떠오르는 낙엽과 땅에 떨어지는 낙엽처럼 산만한 무늬를 그려 대는 공상들. 나의 공상에도 가로수와 가로수의 식재 간격처럼 정해진 무언가가 작동하고 있을까?

오늘은 그냥 이런 상상을 해 본다. 나는 너로부터 6미터, 혹은 7.5미터 떨어져서 가로수가 되어 서 있어 보는 것이다. 움직일 수 없는 6미터와 7.5미터에 대한 명상을 해 보는 것이다. 그러나 나의 뿌리는 지구를 반 바퀴 돌고, 나의 팔은 조금 더 길어졌으며 무성해졌다. 그리고 가을, 나의 붉은 이파리들을 떠나보낼 시간에 가까워졌다. 바람이 분다. 너무 많은 이야기들이 허공에 나부낀다.

---

* 「사람의 사른 참 모양」, 《창조》(1919. 2~1921. 6) 8호, 25쪽.

가로수 원근법의 끝에서

어느 외계인이 지구에서 그려진 그림 한 장을 보게 되었다. 그것은 그에게 매우 신비한 느낌을 불러일으켰다. 마치 마술처럼 평면의 종이가 3차원의 공간을 그에게 열어 주었기 때문이다. 가까운 것 뒤로 먼 것이 점점 더 멀어졌다. 그는 깜짝 놀랐다.

점점 멀어진다는 것. 그것은 그에게 매우 안타까운 느낌을 주었다. 왜냐하면 자신의 고향이 점점 더 멀어져 하나의 점으로 사라지는 광경을 그는 막막한 우주 공간에서 보았기 때문이다. 그에겐 결코 잊을 수 없는 장면이었다. 이 외계인은 향수에 젖어 그림의 먼 곳을 향해 아스라이 손을 뻗었다. 그러나 금세 그 먼 곳은 가까운 곳과 똑같은 평면에서 만져졌다. 그는 다시 깜짝 놀랐다.

"이게 지구의 질서라면 수백 광년 떨어진 나의 고향도 바로 코앞에 나타날 수 있겠군. 지구인들은 멋진 사기꾼이야."

이렇게 외계인의 경탄을 자아낸 그림은 실망스럽게도 알고 보니 너무나 소박한 것이었다. 한 줄기 길이 연속적으로 좁아지고 그리고 길을 따라 가로수들의 키가 한 단계씩 줄어든다. 길은 한 줄기, 가로수는 두 줄기. 길이 소실되는 소실점에서 가장 작은 두 개의 나무가 하나가 되는 순간 그 모든 것들이 나뭇가지를 떠난 새처럼 사라진다. 그 모든 것들은 어디로 갔을까. 외계인이라면 의문의 사건이겠지만, 그건 지구인이라면 누구라도 그릴 수 있는 그림이었고, 또 그려 본 그림일 뿐이었다. 그림 솜씨 또한 형편없었다. 마음을 찢으면서 멀어지는 고향을 우주적인 고독 속에서 경험하지 않고도, 먼 곳에 대한 막연한 그리움이나 동경 같은 것 없이도, 시퍼런 무의식의 심연에 한쪽 신발을 떨어뜨려 보지 않고도, 철학적 혹은 예술적 깊이 같은 건 냄새조차 피우지 않고서도, 그러한 풍경은 지구인의 손에서 자동적으로 생겨난다.

이 외계인은 이런 따위 말고 우리가 기리는 예술품을 보고도 똑같이 놀랄 수 있었을 텐데, 그런 생각을 하면 조금 아쉬운 감이 있다. 레오나르도 다빈치의 명작 「최후의 만찬」 같은 그림이 키치적으로 지구인들의 가정집 키친이나 대중음식점에 널려 있지 않은가 말이다. 이제 이 그림은 너무 흔하고 당연하게 걸려 있어서 우리 지구인의 눈에는 거의 흐릿해져 버렸다. 그렇지만 외계인의 눈동자 속에서라면 놀랍게 부활할 수 있을 텐데. 외계인의 눈동자 속에서 두 번째 르네상스가 발생하는 것이다.

예수와 열두 제자의 「최후의 만찬」이 벌어진 마가의 다락방. 예수는 만찬의 최후를, 자신의 최후를 선포한다. "이 중에 나를 팔아넘길 자가 있구나." 그러나 외계인이 그림의 이야기(내용)를 알 수는 없을 테고, 다만 이 외계인이 신기하게 보고 있는 것은 원근법적으로 마가의 다락방이 예수의 머리를 향하여 좁혀지고 있다는 사실뿐이다. 문득 그가 너무나도 아름다운 얼굴을 한 예수와 눈을 맞추고 있었다는 것이다. 마가의 다락방은 한 계단씩 낮아지는 가로수처럼 그림의 뒷문으로 달아나고 있었다.

그러므로 한 외계인이 가로수 길이 사라지는 소실점에서 지구를 떠나는 예수의 옷깃을 만지는 종교적인 체험을 했다고 고백할 수도 있을 것이다. 가로수 원근법의 끝에서 외계인이 만진 것이 무엇이었는지 물론 우리네로선 알 길이 없다. 그는 외계인이니까.

어쨌든, '가로수 원근법'에 대하여 두 가지 관점의 대립이 있었다. 지구인의 생각은 늘 둘로 나뉘었다. 이 이상한 현상은 일명 이분법이라고 불린다. 색깔론으로 말하면 흑백. 그리고 고작 한 가지 색이 추가되는 경우가 있는데, 그건 회색. 흑과 백을 어정쩡하게 섞은 색으로 알려져 있다. 그러니까 흑과 백의 내부에서 어떤 자들은 무겁게 머리털을 흔들며 하릴없이 가로수 길을 산책한다. 그들이 할 수 있는 일은 거의 없다. "색은 우리의 두뇌와 우주가 만나는 장소다." 이 문장은 빨간 사과 한 알로 파리를 놀라게 하겠다고 했던 폴 세잔의 것이다. 이제 이 문장을 이렇게 변형할 수도 있을 것이다. 흑백의 이분법적 사고 범위 안에서는 외계인을 만나기 어렵다. 어쨌든, 외계인을 만나 보지 못한 우리는 '가로수 원근법'을 둘러싼 지구인들의 두 가지 견해나 들어 보기로 한다.

먼저, 원근투시법은 과학적인, 따라서 객관적인 시선이라는 놀라운 발견이 있었다. 1420년대에 일련의 실험이 행해졌으며 수학과 광학의 지원을 받았다. 원근투시법적 공간은 곧 근대 회화의 공간을 장악하게 되었다. 그러나 보들레르 같은 이는 "그들은 아름다움을 찾아야 할 곳에서도 진리를 찾고 있다."라는 말로 원근법적 재현의 회화 역사를 조롱했다.

'진리'라고? 이제 또 다른 의견을 들어 볼 차례다. 원근투시법적 공간은 주관적인 환영일 뿐 진리와는 무관하다고 이들은 지적한다. '나'로부터 멀어진다고 해서 나무는 점이 될 때까지 작아지고 길은 어느덧 사라지는가. 또, 나의 눈동자는 실험실의 전제처럼 마치 못이라도 되는 양 고정될 수 있겠는가. 또한, 우리의 시선이 직선의(기하학적) 일관성을 유지할 수 있느냔 말이다. 그러니까, 원근투시법적 공간은 '실험실-주체'의 특정한 시각일 뿐이다. 주인처럼 원근법적 공간을 관할하는 존재로 설정된 '나'는 사실상 그 공간을 늘 흔들어 놓는 자이며 그곳에서 햇빛에도 바람에도 흔들리는 불안한 눈동자이며 코이며 피부이다.

그렇다고 해서 원근법적 공간의 리얼리티 자체를 당장 무효화할 순 없다. 우리 지구인은 이미 가로수 길을, 세계를 자동적으로 그렇게 인식하고 있으니까. 원근법적 시각 형태는 우리의 특별한 발명품이자 유산이며 관습이고 역사책의 한 단원이니까. "다만 안경을 너무 오래 쓰고 있으면 안경을 쓰고 있다는 사실 자체를 까맣게 까먹는다는 거지. 안경을 쓴 채로 안경을 찾는 경우가 있다는 거야. 때로는 안경을 벗어야만 보이는 것들이 있다. 이를테면 다른 별에서 찾아온 손님 말이야."

18번가 가로수 관리인이 어느 날 내게 해 준 말이다. 나는 그에게 물어보지 않을 수 없었다. "당신은 외계인을 만나 보았나요?"

그는 18번가 은행나무 노란 침대 위에서 별빛을 덮고 신비한 우주 교향곡을 들을 때. 나는 은행나무 아래서 하염없이 노란 비를 맞고 있을 때.

가로수 – 로봇 프로젝트

✤

산책 중이군요. 잠깐 걸음을 멈춘 친구여, 당신을 감싼 그늘이 가로수의 것이라고 생각하나요?

8월처럼 더울 때, 뜨거운 오후 2시처럼 마음까지 달아오를 때, 우리는 그늘 안쪽에서 약간 보호받는 기분을 느끼지요. 아주 오래전에 읽었던 어떤 에세이에서는 나무가 인간에게 주는 선물 중의 하나가 휴식이라고 했어요. 그런 에세이는 신기하게도 누구나 읽게 되는 글이잖아요. 그렇지만 우리는 지금 나무 일반이 아니라 가로수에 대해 말하고 있는 중입니다.

가로수는 길에 '있는' 나무가 아니라 길에 '속하는' 나무입니다. 길이 요청한 나무였습니다. 그러므로 모든 가로수 밑에서 쉴 순 없는 거예요. '쉼'을 허락하지 않는 길들이 있잖아요. 곧잘 차(car) 벅벅(jam)이 되는 차로에서는 '쉬는' 나무도 없고 '쉬는' 사람도 없는 법이에요. 혹시 소음 같은 현대 음악을 즐기는 사람이 있다고 해도 그도 소음을 즐기진 않을 거예요. 그리고 쉴 수 없는 '가로수 밑'이 또 하나 있어요.

쉴 만한 가로수 그늘에 서 있다고 생각하는 당신, '가로수-로봇'에 대해 들어 보았나요? 그렇다면, '가로수 관리인'에 대해서는 들어 보았나요? 가로수 관리인이라는 직업은 처음부터 비밀스러웠지만 처음부터 가로수-로봇을 관리했던 건 아니에요. 그리고 모든 가로수 관리인이 가로수-로봇을 관리하고 있는 것도 아니에요. 가로수 관리인들 중 상당수는 가로수-로봇의 존재를 아예 모르고 있는 것 같아요. 비밀이 직업의 전제 조건일 때 그들의 입은 바위산보다 무겁죠. 그리고 그들 사이에는 건널 수 없는 은하수가 반짝반짝 흐른답니다. 그리고 나의 사랑하는 친구, 당신은 가로수-로봇의 스물두 개의 푸른 팔뚝 밑에 여름 방학의 어린이처럼 서 있군요.

나는 바위산을 들어 올리는 기분으로 입술을 엽니다.

✳

'가로수-로봇 프로젝트'를 일종의 소설책이라고 해 둡시다. 그렇다고 하면, 당신이 내 말을 끝까지 들어 줄지도 모르니까. 어차피 거짓말인데 뭐, 그런데, 그래서, 그래도, 그러면서. 나는 거짓말을 하는 척, 진실의 모험 속으로 끌려 들어갔어요. 어쩔 수 없이, 어쩔 줄 모르면서, 나는 믿을 수 없는 것들에 가까이 더 가까이 다가갔어요.

이 프로젝트는 한 망상가의 머릿속에서 태어났습니다. '그'는 작가이자 과학자이며 로비스트이자 건축가입니다. 그가 생각하는 건축의 단위는 현존하는 국가를 초과합니다. 궁극적으로 그가 거울에서 보고 싶은 얼굴은 이상 국가의 철인입니다. 물론 그는 글을 쓰지 않습니다. 대신에 그는 보이지 않는 의자에 앉아 돈을 쓰고, 사람을 쓰고, 특별히 가로수 관리인을 씁니다. 그는 비상하고 과도하게 머리를 쓰는 사람입니다. 그는 거대한 머리예요. 또한 그는 자신의 망상과 현실의 간격을 없애고자 초인적인 노력을 해왔습니다. 그러니까 누군가의 노력이 보상을 받을 때 우리는 무조건 박수를 쳐서는 안 되는 거예요. 가령, 가난한 어린 시절을 가진 대통령에게 인간적인 감동으로 보내는 박수는 역사적인 코미디가 되기 십상이죠.

그런데, 그는 왜 하필 '가로수'에 주목했을까요. 가로수는 움직이지도 못하는데, '가로수 – 로봇'이라니요. 로봇이라면 적어도 개나 고양이 꼴을 하고서라도 움직여야 하는 거 아니에요? 이제 걸음마를 시작한 로봇은 인간의 끝없는 욕망을 추월하며 끝없이 업그레이드되지 않겠어요?

그런 당신의 반문에 대해 그는 상상력 부족을 지적할 거예요. 한 그루의 나무는 가로수가 아니에요. 그의 표현에 따르면 길을 따라 늘어서 있는 나무'들'인 가로수는 도열한 군대예요. 가로수가 연출하는 풍경은 마치 행진곡과도 같아요. 가로수는 달리는 자동차보다 언제나 앞장서서 달리는 나무랍니다. 당신은 가로수를 이길 수 없어요. 우리는 언제나 길 위에 있으니까요. 길을 잃어버렸을 때조차도.

그가 좋아하는 로봇들 중에 아주 오래된 로봇이 하나 있어요. 그것은 나무처럼 뿌리가 깊은 상상력이죠. 대장장이(테크놀로지)의 신인 헤파이토스가 제작했다고 전해지는 탈로스(Talos)라는 이름의 청동 로봇. 크레타 섬의 미노스 왕에게 선물로 보내졌다고 하지요. 탈로스의 직분은 크레타 섬의 경찰이었죠. 이방인의 상륙을 (커다란 바위를 던져서, 혹은 자신의 청동 몸을 빨갛게 달군 후에 적을 껴안아서) 막아 내는 것이 주 임무였대요. 신화적인 존재들은 발에 비밀이나 약점을 숨겨 놓은 경우가 많은데, 불가사의한 영구 에너지로 작동하고 떨어져 나간 팔을 자동 복구할 수 있었던 불사의 로봇 탈로스도 발뒤꿈치에 박혀 있는 못에 자기 운명이 달려 있었죠. 발뒤꿈치에 고정된 못을 뽑아 버리자, 탈로스의 몸을 구성하고 있던 납이 모두 흘러나와 순식간에 대장간의 쇳물로 변했다고 해요.

그런데 그가 구상하고, 제작하고, 보급하기 시작한 가로수 – 로봇의 '발'은 이 지상에 없어요. 그것은 너무 많지만 깜깜한 지하 세계에 묻혀 있죠.

가로수 – 로봇의 팔들은 당신의 머리 위에 드리워져 있고요. 어느 봄날 가로수 – 로봇의 싱그러운 팔뚝 밑에서 실종 사건이 벌어져요. 아무도 모르게 어느 여름날. 10월의 어느 날 점심 식사 후에. 우리가 첫눈 내리는 날에 만나기로 한 추억의 가로수 밑에서도 모월 모일 감쪽같이 사라지는 시민들. 그들은 삭제되었어요. 그들은 철거당했어요. 다만, 추억이라면 이런 걸까요? 어린 연인들은 가로수 – 로봇의 몸통에 겁도 없이 하트를 새겨 놓고 깔깔깔 웃고 있습니다.

가로수-로봇의 주 임무는 이방인의 산책과 사색을 막아 내는 걸지도 몰라요. 그런데 당신에게 이방인 판정은 누가 내리는 걸까요? 당신이 길을 잃어버린 여기는 크레타 '섬'입니까?

⁂

가로수-로봇은 숨어 있는 검문소 같은 거예요. 주정차나 과속을 단속하고 카섹스를 훔쳐보는 눈(目) 같은 거냐구요? 그래요. 그것은 성능 좋은 카메라이며 녹음기예요. 그러니까 당신, 지금부터라도 가로수 밑에서는 자신의 눈을 뽑아 타인의 눈두덩에 붙이고 자기를 꼼꼼하게 관찰하는 습관을 가지세요. 그런 건 이미 익숙하다고, 물론 그렇게 말할 수 있어요. 그렇지만 별일 아니라고 말할 수는 없어요. 가로수-로봇의 촉수는 비유하자면 내시경 같은 것, 거짓말 탐지기 같은 것입니다. 하하하, 가로수 길을 산책하면서 당신은 건강 검진을 받고 있는 셈이죠. 흑흑흑, 당신 지갑 속의 빈약한 내용물이 그대로 비치네요. 구멍 난 위장도 텅 비었는데, 쯧쯧. 그리고 거의 언제나 내 마음의 이중주는 도저히 화음을 이룩하지 못하죠.

가로수-로봇의 팔 아래에서는 누구나 데이터가 됩니다.

가로수-로봇의 스물두 개의 팔은 누구라도 들어 올려서 가장 멀리 던져 버릴 수 있습니다.

가로수-로봇의 발이 지하 세계에서 지상으로 쿵쿵 걸어 나온다면 바야흐로 우리에게는 새로운 종교의 시대가 열립니다.

가로수-로봇이 드리우는 그늘은 영혼의 샤워기입니다.

가로수-로봇이 드리우는 그늘 속에서 당신은 점점 투명해집니다.

※

현시점에서 저항군을 모으는 건 무척 어려운 일입니다. 사람들이 '제정신'으로 '가로수-로봇 프로젝트'의 존재를 믿을 수 없다는 것이 우리가 도모하는 일을 어렵게 하는 첫 번째 이유입니다. 결정적이어서 절망적이지요. 그리고 도대체가 '가로수'와 '가로수-로봇'을 식별할 수가 없지 않습니까. 젠장, 똑같잖아요.

그렇지만 친구여, 당신이 가로수-로봇의 푸른 팔 아래에 여름 방학의 어린이처럼 서 있는 모습은 언제나 나를 슬프게 합니다. 때때로 어떤 슬픔은 나와 당신을 분간할 수 없게 만듭니다. 그러므로 나는 바위산을 들어 올리는 기분으로 입술을 열었습니다. 아, 그런데 내 입술 위의 바위는 구름처럼 가벼웠어요. 어느 날 하늘에는 구름 한 점 없기도 했지만, 구름 없이 사랑하는 당신에게 내가 무슨 이야기를 전달할 수 있었겠어요.

※

나의 구름은 어떠한 형상도 고집하지 않았습니다.

숨 쉬는 일에 대하여

호흡 1

나는 매일아침여섯시 마룻바닥에 무릎을 꿇었습니다. 체조를 하기 전에. 날이 완전히 밝기 전에. 나는 호흡의 깊이에 대해.

어둠에 대해 파고들었습니다. 그러므로 호흡의 가장 깊은 데서 더 깊이 들어가 틀어박혔으면…… 언제나 나는 쫓겨 나왔습니다. 아무것도 가지고 나오지 못했습니다. 잠시 후면 태어날 우리 아기의 잇몸처럼 이빨 한 개도 없이.

그날 헤어진 연인들처럼. 아가의 첫 번째 호흡과 병자의 마지막 호흡처럼. 당신은 언제 숨쉬기가 어려운가. 숨이 쉬어지지 않을 때 대체 당신에게 무슨 일이 일어났는가. 헉,

어느 날 아침 눈을 뜬 일이 놀라운가. 눈을 뜬 다음이 놀라운가.

마음이 너무 고통스러울 때 숨쉬기가 어려운 이유는 무엇일까. 죽음에 가까운 고통은, 그것이 육체적인 아픔이든 영혼의 슬픔이든, '숨쉬기'라는 행위를 각성시킨다.

벤야민이 파악한 각성의 구조. "우리와 가장 가까이 있는 것, 가장 흔한 것, 가장 자명한 것"이 "지금 우리 앞에서 처음 일어난 것"이 되는 사태가 각성의 사건이다. "프루스트가 아침에 채 잠에서 깨어나지 않은 상태에서 가구를 실험적으로 재배치한다는 이야기를 통해 말하고자 하는 것, 블로흐가 체험된 순간의 어두움이라고 말한 것."*

호흡은 우리와 가장 가까이 있는 것, 가장 흔한 것, 가장 자명한 것이다. 그것이 우리에게 처음 일어난 것으로 체험되는 사태, 즉 숨쉬기라는 행위에 대한 각성은 죽음을 가장 가까이에서 마주하게 한다. 죽음과의 대면은 '살아 있음'에 대한 가장 극적인 체험이라고 할 수 있다. 죽음이라는 검은 빗금을 미래의 시간에 기입하지 못하는 존재는 자신의 '살아 있음'을 확증할 수 없다. 죽지 않는 것은 죽은 것밖에 없기 때문이다.

당신이 엄마의 자궁 밖으로 쫓겨 나온 이래로 지금 이 순간까지 호흡은 그침 없이 계속되어 왔지만, 호흡에 대한 당신의 의식은 아주 드물게 발생하는 사건이었다. 언제였을까. 당신이 호흡에 대해 의식한다는 것은 영혼의 불안을 의식한다는 것이었다. 또는 헐떡이는 당신, 갑자기 건강에 대한 염려에 사로잡히게 되었을 수

---

* 발터 벤야민, 조형준 옮김, 『방법으로서의 유토피아 — 아케이드 프로젝트 4』(새물결, 2008), 10쪽.

도 있다. 또는 태아가 엄마의 자궁과 작별하고 황폐한 외계에 막 도착한 순간처럼, 어느 날 당신은 마음을 다했던 누군가와 이별하고 가장 황량한 땅에 버려진 상태는 아니신지, 나는 당신의 안부를 묻고 싶다. 또는 새로운 호흡법을 훈련하고 있는 중인지도 모르지. 이를테면, 복식 호흡?

네우마

NEUMA(여성 단수). 성가(聖歌)를 나타내는 용어. 네우마는 특정 양식의 한 노래를 짧게 요약한 것으로, 교송 성가 끝에 아무런 말도 하지 않고 소리를 단순하게 변화시킴으로써 이루어진다. 가톨릭 교도들은 성 아우구스티누스가 쓴 책의 한 대목에 근거하여 이 특이한 관례를 인정한다. 이 대목이 말하는 바에 따르면, 신도들은 신을 기쁘게 할 만한 말을 찾을 수 없기 때문에, 환희에 찬 모호한 노래를 신에게 바치는 것이 좋다는 것이다. 왜냐하면 그들이 침묵할 수도 없고, 미분절된 소리 이외는 자신의 환희를 표현하는 어떤 것도 찾아낼 수 없을 때, 무언의 그와 같은 환희가 말로 표현할 수 없는 존재에게 적합하지 않다면 누구에게 적합하겠는가?*

데리다는 네우마에 대한 『음악 사전』의 정의를 위와 같이 옮겨놓았다. 데리다가 루소를 염두에 두고 이야기하는 바를 좀 더 따

---

* 자크 데리다, 김웅권 옮김, 『그라마톨로지에 대하여』(동문선, 2004), 434쪽.

라가 보자. 네우마를 "미분절된 언어, 즉 공간적 간격이 없는 음성 언어"의 모델로 상정해 볼 수 있다. 간격·차이·불연속성, "자연적 표현에서 이러한 차연을 없애는 데 가장 적합한 듯이 보이는 것은 숨결이 아닌가? 말하고 노래하는 숨결, 언어의 숨결이지만 미분절된 숨결 말이다." "네우마는 순수한 모음화(모음의 발성)이고, 미분절되고 말이 없는 노래의 형태로서, 숨결을 의미한다. 그것은 신의 영감을 통해 우리에게 주어지고 신에게만 호소할 수 있는 것이다." "신만이 신 자신이 베풀어 주는 대리 보충으로부터 면제되어 있"으므로.

물론 네우마에 대한 이러한 기술은 현전의 형이상학이자 신학을 해체하는 데리다의 관점에서 나오는 것이 아니라 순수한 언어(기원)를 가정했던 루소를 불러내면서 쓰인 것이다.

여기까지 읽다가 나는 문득 '시'라는 언술 행위에 대한 사념으로 넘어간다. '근대시'는 (데리다가 일러 주는) 루소 식의, 공간적 간격이 없는, 차연을 없앤, 분절 언어 이전의, 순수한 발화를 꿈꾸었다. 근대시(자유시)의 운율이란 내면과 표현 사이의 간극을 없애고자 한 것이었다. 말하자면, 그것은 정형시가 가진 '외적 규칙'을 타파하고 '내적 논리'에 부합하는 운율을 창출하는 문제였던 것이다. 근대 자유시 운동의 전위였던 김억은 "시인의 호흡과 고동에 근저를 잡은 음률이 시인의 정신과 심령의 산물인 절대 가치를 가진 시"가 될 것이라고 말했다.* 김억이 생각한 시의 운율은 시인의 생체 리듬이며 영혼의 리듬이다. 이렇게 말해 볼 수도 있겠다. 분

---

* 김억, 「시형(詩形)의 음률과 호흡」, 《태서문예신보》(1918. 9~1919. 2) 14호.

절 언어를 가지고 미분절된 순수한 숨결에, 네우마에 도달하려고 했던 것. 이런 맥락에서 보자면(김춘수의 맥락을 유보해 두고) 글자 그대로 '무의미 시'란 근대시 안에 새겨져 있는 불가능한 믿음이자 꿈이었다고 할 수 있다.

우리가 이미 구사하는 분절 언어, 상징 언어의 한계를 지적하지 않더라도, '전적으로 순수하게 내적인 숨결'이라는 것 자체가 가능하겠는가. 이렇게 물을 수 있을 것이다. "그런데 당신에게 (당신 외부에서) 무슨 일이 닥쳤나요? 무슨 사건이 발생했길래 당신의 호흡이 이토록 거친가요?" 순수한 숨결, 순수한 내면은 죽은 듯한 잠 속에도 마련되어 있지 않다. 헉, 나는 잠으로부터 놀라서 도망친다. 무엇이 나의 잠 속으로 침입했는가, 나는 놀라서 잠 밖으로 깨어난다. 호흡은 자족적인 내부에서가 아니라 이질적인 사건의 현장에 뛰어드는(섞이는) 과정에서 각성되며 살아난다. 그러므로 이를테면 네우마의 숨찬 에너지는 순수성이 아니라 혼종성이다.

나뭇잎의 호흡

식물의 잎사귀들 이면(裏面)마다에는 약 100만 개의 공기 구멍이 있는데, 식물은 이를 통해 이산화탄소를 들이마시고 산소를 내뿜는다. 모두 합한다면 약 6478만 제곱킬로미터에 달하는 잎사귀들이 이 놀라운 광합성 작용으로 인간과 동물들에게 산소와 먹이를 제공해 주고 있다.*

나는 가로수 그늘 속에 잠시 잠겨 있다. 이곳에서 잎사귀들의 호흡과 나의 호흡은 관계한다. 이렇게 생각하면 생명체에게 에로틱하지 않은 순간은 없는 것 같다.

　　식물의 ESP(초감각적 지각)의 세계를 기술한 (나 같은 사람은 '믿거나 말거나'의 흥미로 페이지를 넘기는) 『식물의 정신세계』라는 책이 전하는 바에 따른다면, 지금 가로수 그늘 속에서 벌어지고 있는 사건은 비단 호흡과 호흡의 관계 이상이다. 믿거나 말거나, 책에 따르면 나무는 내 마음을 읽는다고 한다. 침묵으로 단단히 쌌다고 생각했는데 그래도 나의 '속마음'은 '속'을 벗어나서 '바깥'으로 새어 나가는 모양이다. 안과 밖의 빗금은 피부처럼 수많은 숨구멍들을 가지고 있나 보다.

　　이 사람을 보라

---

*피터 톰킨스 · 크리스토퍼 버드, 황금용 · 황정민 옮김, 『식물의 정신세계』(정신세계사, 1999), 5쪽.

숨을 쉬기 위해서는 빈 공간이 필요하다. 거대한 손바닥이 어느 골목에서 튀어나와 나의 코와 입을 틈 없이 틀어막는다면, 불행하게도 나는 숨을 쉴 수 없을 것이다. 그것은 비명횡사의 한 장면.

그러나 우리의 사랑은 틈을 좁히고자 한다. 가장 가깝다는 것은 어떤 상태일까. 나는 오늘도 너에게 더 가까이 가려고 애쓴다. 가까운 곳에서 멀어지는 너는 내게 숨을 쉬라고 말하는 것일까.

감정의 건축술

※

오늘 새벽에 나는 가장 고요해진 아파트의 어두컴컴한 공간을 찢는 익명의 외침을 들었다. 잠을 깼을 때, 나는 그 소리가 내 꿈에서 나온 것인지, 아파트의 너무나 분명한 벽과 복도를 건너 이웃집에서 침입한 목소리인지 잠시 분간이 안 되었다. 지나치게 감정적인 목소리였다. 죽겠다는 건지, 죽이겠다는 건지, 죽음을 내걸고 있는 감정이었다. 잠은 완전히 달아났다.

이 새벽에 저 목소리는 또 누구, 누구의 꿈을 들추고 잠을 깨웠을까. 나처럼 쪼그리고 앉아서 귀를 떼어 버릴 순 없으니 어쩔 수 없지 않느냐는 듯이 도청을 하고 있는 이웃 사람들의 조금씩 다른 자세와 가지가지의 잡념을 다 상상할 수는 없을 것이다.

저 목소리의 주인은 언젠가 저 목소리를 남의 것처럼 기억하리라. 유년기를 지난 한 사람이 저토록 적나라하고 비인간적인 소리를 지른 건 그의 인생에서도 예외적인 사건에 속할 것이다. 예외적인 것은 나의 경험으로 온전히 받아들여지지 않기 때문에 언제나 '외부성'을 간직한다. 예외적인 것, 지금 어떤 기억이 먼 길을 돌아 나를 찾아오려 하는가.

깊은 새벽에 내게 들려온 타인의 외침은 언어학적인 효과보다는 건축학적인 사건으로 작용했다. 말하자면, 그 외침은 그 외침이 관여하는 특별한 공간을 만들어 냈던 것이다. 내가 잠에서 깨는 순간에 내가 자각한 것은 바로 그 공간이었다. 복도와 옆집과 옆집과 옆집, 12층과 13층과 14층, 똑같은 크기의 유리창들과 똑같은 벽지가 발린 벽들, 그런데 무엇이 다른 드라마를 만드는 것인가. 나는 왜 잠이 깨어 똑같은 순간에 깨어 버렸을 몇몇 타인들의 서로 다른 꿈에 대해 생각하는가. 순간적으로 만들어지는 이 건축적 구조, 감정적 구조를 지각한다는 것은 무엇인가. 감정의 거대한 건축물 한구석에서 불을 켜고 시를 쓴다는 것은 무엇인가.

✺

"로댕에게는 늘 대기의 관여가 매우 중요했다."라고 쓴 릴케의 문장에 나는 밑줄을 그었다.* 릴케는 로댕의 예술사를 따라가면서, 로댕이 자신이 세운 사물들 자체의 위대함과 독자성 안에서 자족적으로 작품을 완결하지 않고 나아가 작품과 대기의 관계를

---

* 라이너 마리아 릴케, 안상원 옮김, 『릴케의 로댕』(미술문화, 1998), 90쪽.

고조시켜 나갔다는 사실에 감동하였다. 작품과 대기의 관계가 고조되는, 이를테면 「칼레의 시민」이나 「발자크」상 앞에서 분명 릴케의 호흡은 대기와 특별하게 관계했을 것이다.

릴케의 호흡이 고조되었다는 것, 릴케의 체험, 이것이 또한 중요한 것이다.

예술적 감동이나 시적 체험에 대해 내게 나타나는 감각적 증상으로 표현하면, 희박한 공기 속으로…… 들어가는 것. 일종의 고산병 같은 것.

연인들의 키스 안에서 우리의 숨이 넘치거나 모자라듯이, 그것은 에로틱한 것.

텍스트의 경험이 통상적인 호흡의 질서를 바꾸어 놓는다는 것, 그것은 근본적으로 삶을 다시 생생하게(낯설게) 사는 것. 그 가장 극적인 체험과 더불어 우리는 세상에 나왔다. 자궁에서 쫓겨난다는 것은 호흡법을 바꾸어야 한다는 것이었다. 그래서 우리는 가장 빨간 얼굴로 첫울음을 빵 터뜨렸다.

밀란 쿤데라는 호흡의 규칙을 무섭다고 말한 적이 있다. "나는 내 심장이 고동치는 소리를 듣는 것이 무섭다. 그것은 내 삶의 시간이 계산되고 있다는 사실을 끊임없이 환기해 준다. 악보에 이정표처럼 세워진 음표들을 보면서 뭔가 죽음의 느낌 같은 것을 받는 것은 이런 이유에서다. 그러나 가장 훌륭한 리듬의 거장들은 이처럼 단조롭고 예측할 수 있는 규칙적인 리듬을 침묵하게 하고 자기네의 음악을 '시간 바깥의 시간'의 작은 정원으로 바꿔 놓을 줄 알았다."*

호흡의 발견, 호흡의 고통, 호흡의 기쁨, 그것은 글쓰기가 삶의 운동이며 사랑의 행위라는 것을 말해 준다.

✠

너와 나 '사이'를 채우는 것은 투명한 공기, 중성적인 대기가 아니다. 너와 나의 '사이'가 발견되는 순간, 다시 말해 '사이'가 너와 나를 재발견하는 순간, '사이'의 공기는 감정적인 친밀성, 수용성, 생산성, 전염성, 부패성, 공격성, 파괴성…… 등등의 성질을 가진다. 공기는 일종의 분위기이며 느낌이며 통로이며 싸움터다. "공기를 좀 바꾸자."라고 네가 나에게 말한다면, 내가 할 수 있는 일은 무엇일까. 네가 진정 원하는 것은 무엇인가.

✠

고층 빌딩의 한 사무실에서 정전을 경험한 적이 있다. 엘리베이터가 작동하지 않았기 때문에 20층 사무실을 나오기 위해서는 라이터로 작은 불빛을 만들면서 캄캄한 계단을 내려올 수밖에 없었다. 20층이나 38층의 계단은 나에게 아프리카의 초원이나 달의 분화구처럼 한 번도 현실적인 풍경이었던 적이 없는 환상의 공간이었다는 것을 나는 그때 알았다. 나는 그때 2층의 계단과 20층의 계

---

* 밀란 쿤데라, 권오룡 옮김, 『소설의 기술』(민음사, 2008), 182쪽.

단이 매우 다르다는 것을 알았다. 20층의 계단에 누군가 나타났다는 것은 정전과 같은 비상사태가 발생했다는 의미이거나 그 누군가가 혼자 있고 싶었다는 뜻일 것이다. 나는 20층 계단에서 울었던 사람들을 생각했다. 20층 계단에서만 중얼거릴 수 있었던 그 누군가의 속내에 대해 생각했다.

그 계단을 다 내려온 나는 빌딩의 내장을 빠져나온 것 같은 기분이었다. 나는 거대한 감정의 구조물이 검은 숨을 내쉬는 것을 느꼈다. 너의 이름을 알고, 직업을 알고, 가족을 알고, 종교를 알고, …… 나이를 알아도, 나는 너를 충분히 알았던 적이 없다. 반대로, 너의 이름을 모르고, 직업을 모르고, …… 나이를 몰라도 나는 너를 충분히 안다고 느낀 적이 있다. 그 앎이 가짜일지라도, 너의 20층 계단에서 위태롭게 깜박였던 라이터 불빛에 대하여 나는 쓸 것이다, 쓰지 않을 수 없을 것이다.

2부
맨몸, 거울의 몸, 타인의 몸

이상의 절벽과 거울

절벽

절벽 앞에 한 사람이 서 있다. 그가 오른발을 들면 오른발은 허공 속으로 들어간다. 오른발이 음계(音階)를 찾지 못한 음(音)처럼 떨리고, 지상에서 가장 고독해진 왼발이 후들거린다. 오른발의 자리에 왼발을 놓을 수 있을까. 그는 걸어갈 수 있을까. 푸드득, 다시 한 번 푸드득, 그는 새가 될 수 있을까. 새의 몸통에서 떨어지는 가벼운 깃털이 될 수 있을까. 가벼운 깃털이 되기 위해 새는 공중에서 얼마나 필사적으로 몸부림을 쳤던 것일까.

이 순간, 단 한 발자국이 의미하는 것은 새의 꿈인가, 죽음의 깊이인가. "꽃이보이지않는다. 꽃이향기롭다."

그래서 절벽은 그토록 무시무시한 위치이며 끝내 그리운 장소다. 절벽에 가까이 가는 시인이 있다. 절벽을 밀고 가는 시인이 있다. 절벽은 한계를 환기시키고 불가능성을 거의 체험에 육박하게 상기시킴으로써 무한을 펼쳐 보인다.

　내게 이상이라는 시인은 절벽의 건축술을 그 무엇보다도, 말하자면 작품보다도, 자기 자신에게 적용했던 사례처럼 보인다. 나는 그가 써 나갔던 예술로서의 자서전, 그 보이지 않는 책, 그 절벽을 생각해 보려고 하는 것 같다.

　나는 기억할 수 있을 것 같다. 이 기억은 나의 것도 그의 것도 아니다. 그 누구의 것도 아닌 이 기억이 어떻게, 왜, 발생하는가. 나는 다만 기억의 욕망이 가리키는 지점을 마침내 눈이 없어지도록 깊숙이 들여다보고 싶을 뿐. 기억이 깊어진다. 어느 날 밤 나는 보이지 않는 이 책, 이상의 자서전을 소리 내어 읽는가. 아직도 목소리는 허공을 만지고 허공은 목소리를 만지는가.

　　꽃이보이지않는다. 꽃이香기롭다. 香氣가滿開한다. 나는거기墓穴을 판다. 墓穴도보이지않는다. 보이지않는墓穴속에나는들어앉는다. 나는 눕는다. 또꽃이香기롭다. 꽃은보이지않는다. 香氣가滿開한다. 나는잊어 버리고再차거기墓穴을판다. 墓穴은보이지않는다. 보이지않는墓穴로나 는꽃을깜빡잊어버리고들어간다. 나는정말눕는다. 아아. 꽃이또香기롭 다. 보이지도않는꽃이—보이지도않는꽃이.

　　　　　　　　　　　　　　　　　　　　—이상, 「절벽」 전문

　'보이지 않는 꽃', '보이지 않는 묘혈'이 '있다.' 보이지 않지만 그러나 저 어딘가에 있는 것이 아니라, 보이지 않음으로서 있는 것, 그 무엇을 이상은 '느끼고'(향기롭다) '수행한다.'(묘혈 속에 눕는다)

그에게 꽃과 묘혈과 절벽은 주체가 '대(對)하는' 인식론적 대상도 미적 대상도 아니었다. 그는 꽃과 묘혈과 절벽에 포함된다. 그는 존재론적으로 꽃과 묘혈과 절벽의 분자(分子)인 것이다. 그는 절벽에 잠재되어 있다. 그는 절벽이라는 특정 장소에서 불가능성을 확인하는 것이 아니라, '절벽으로서' 불가능성을 연기(延期)하고 연기(演技)하면서 상연하는 중이다. "나는정말눕는다. 아아. 꽃이또향기롭다. 보이지도않는꽃이 ── 보이지도않는꽃이."

그가 오른발을 들면 절벽은 오른발의 모양으로 튀어나온다. 오른발은 절벽의 나뭇가지처럼 바람에 휘감긴다. 문득, 나는 길을 걷다가 그런 한 발자국의 깊이에 대해 생각한다. 어느 날 문득, 나는 얼어붙는다.

거울

신호가 바뀌자 횡단보도 위로
내 사랑하는 검은 거울, 그림자가 나를 이끈다
이때 지나가던 사람이 내 검은 거울 상판때기에다
꽁초를 휙 던진다

── 김혜순, 「현기증」 부분

이 상황에서 꽁초를 던진 자에게 나는 화를 낼 수 있겠는가. 내 검은 거울 그림자에게, 그것도 면상에다가 그 더러운 꽁초를 던지다니! 이봐 당신, 대체 내게 왜 이러는 거야?

만약 이런 반응을 보였다간 바로 미친 사람 취급을 받을 것이다. 시민 정신이나 공중도덕 운운한다면 그러려니 할 수도 있겠지만, 도대체가 미치지 않고서야 길바닥에서 얼굴을 찾을 순 없다고 그는 생각할 것이다. 거울 바깥의 나와 거울 속의 나를 혼동하면 이렇게 황당한 경우를 만들 수 있으니, 유념할 것!

그러므로 나는 입을 꾹 다물고 횡단보도를 건너가야 한다. 꽁초가 던져졌어도 거울의 세계는 여전히 조용할까. "거울속에는소리가없소/ 저렇게까지조용한세상은참없을것이오"(「거울」)라고 했던 이상이라면 꽁초는 거울 속으로 들어올 수 없다고 했을까. 내가 청한 악수를 받지 않았던 거울 속의 나는 거울 표면에 휙 던져진 꽁초에 대해서도 무정하고 초연할까. 거울 속의 나는 꽁초를 모른다, 모른다는 사실조차 모른다. 거울 바깥의 나만 펄쩍 화가 났다가 슬며시 멋쩍어지는 꼴이다. 넌 누구니? '거울 속의 나'란 존재, 네 정체는 뭐니?

거울 바깥의 나는 거울 속의 나를 물끄러미 들여다보지만 도통 모르겠고, 거울 속의 나는 아예 거울 바깥의 내 존재에 대해 의식조차 하질 않는다. 거울 바깥의 나는 거울 속의 나를 모르고, 거울 속의 나는 거울 바깥의 나를 모른다는 것조차 모르는 형국이다. 이 무지(無知)는 학습이나 경험, 사유나 상상력 같은 것을 통해 해소할 수 있는 성질의 것이 아니다. 차라리, '나는 모른다. 그러므로 존재한다.'라고 말해야 할 것 같다. 나는 모른다. 그러므로 원한다. 나는 모른다. 그러므로 움직인다…….

그런데, 정말 전적(全的)인 무지일까. 모르는 것, 모른다는 것을 아는 것, 모른다는 것을 모르는 것, 안다는 것을 모르는 것, 알고 싶지 않은 것, 모르는 체하다가 정말 모르게 된 것, 아는 체하다가 정말 알게 된 것, 내가 나를 속이는 것, 내가 내게서 미끄러지는 것, 내가 나를 꼭 붙잡는 것…….

'나는 모른다. 그러므로 존재한다.'의 구조는 내가 아는 것을 포함하며 내가 아는 것 속에서도 작동한다. 거울 속의 나는 이를테면 꽁초 때문에도 화가 날 수 있고 머리를 쳐들 수 있다. 꽁초를 주워 들고 거울 속에서 걸어 나와 입을 꾹 다물고 걸어가는 내 뒤통수에다 불을 붙일지도 모른다. 의외로 꽁초를 던진 이 사건의 작자와 죽이 맞아 시시덕거리고 있을지도 모른다. 어쩌면 거울 속의 내가 걸어 나온 이유란 것이 오직 담배가 몹시 그리웠기 때문일지도 모른다. 거울 속은 지나치게 시끄러운 세상이라고 말해야 할 것 같다.(『엄청나게 시끄럽고 믿을 수 없게 가까운』, 이것은 조너선 사프란 포어의 소설 제목인데 왜 갑자기 이 대목에서 떠오르는 걸까. 거울 속은 믿을 수 없게 가까운 세계라고도 말하고 싶은 모양이다.) 어쨌든, 나는 거울의 적막 때문에 몹시 외로웠던 이상과 반대되는 말을 한다고는 생각하지 않는다. 엄청나게 시끄럽고 동시에 믿을 수 없게 조용한 세계, 나는 그렇게 표현해도 된다고 생각하는 것이다.

믿을 수 없게 가까운 세계, 뒤축에 붙어 있는 그림자처럼 거울은 나로부터 뻗어 있다. 검은 거울로부터 컬러(color)를 가진 내가 일어서서 걸어 다니고 말을 하고 있다. 황정은의 소설 『백(百)의 그림자』에서는 어느 날 그림자가 일어서서 어딘가로 걸어가고 컬러를 가진 내가 그림자를 쫓아가기도 한다. 그림자를 따라가면 안돼, 그렇게 걱정스럽게 일러 주는 이도 실은 홀린 듯이 그림자를 따라가 본 적이 있었다. 그림자의 힘은 세다.

"나는至今거울을안가졌소만은거울속에는늘거울속의내가있소/ 잘은모르지만외로된事業에골몰할게요." 지금 내 앞에 거울이 없어도 거울 속에는 내가 '있다.' 보이지 않는 거울이 있으며 보이지 않는 거울 속에 내가 있다. 보이지 않는 꽃의 향기가 만개하여 코가 벌름거리듯이. 보이지 않는 묘혈에 나의 물질적인 신체가 진짜로 드러눕듯이. 마침내 내가 그 보이지 않는 절벽이 되듯이, 이미 되었듯이. 보이지 않는 거울과 내가 구분이 되지 않는 순간, 나는 거울을 깨뜨릴 듯하다. 거울은 절벽처럼 위태롭다.

거울의 에로스. 거울의 타나토스. 이상의 거울은 독사진(獨寫眞) 같다. 거울의 열정인가, 선택인가, 사기(詐欺)인가. 나는 거울에 속는가, 속는 척하다가 정말 속아 넘어가는가, 거울을 속이는가. 그의 거울은 보이지 않는 더 깊은 곳에다 가족과 여자와 13인의 아이들을 감춘 모양이다. 경성제국대학과 제비다방과 일본과 파리는, 19세기와 20세기는, 미래는, 적(敵)은 거울 속 그 어디에 있는가.

보이지 않는 타인의 냄새, 목소리, 손은 가까운 곳에서 믿을 수 없게 가까운 곳에서 멀어진다. 미끄러운 거울에서, 깎아지른 절벽에서 '너'의 손을 잡는다는 것은 얼마나 무섭고 안타깝고 간절한 일인가. 너의 손을 잡으면, 너의 손을 놓으면, 아아……. 절벽에서는 죽을힘을 다하여 너를 부른다.

사랑의 기술

'눈싸움'이라는 걸 누구나 한번쯤은 해 봤을 것이다. 두 사람의 시선이 허공에서 겨루고 있다. 이 싸움을 지속시키는 힘은 무엇일까. 게임의 규칙이 팽팽한 시선을 요구하지만, 그런 눈빛을 계속 유지한다는 것은 결코 쉬운 일이 아니다. 실패가 예정되어 있기 때문에 게임의 형식이 가능한 것. 이내 나는 풋, 하고 웃음을 터뜨리며 상대방을 향해 직진하고 있던 눈빛을 무너뜨린다. 번번이 그렇게 두 손 들었던 '눈싸움', 거기에는 분명 내가 모르는 특별한 노하우가 있을 것 같다. 말하자면, 당신에게 레이저같이 강력한 눈빛을 쏘아 보내는 기술. 아니 그건 사랑의 은유가 아닌가.

그런데 시인 김수영은 "눈을 떴다 감는 기술"을 노래한다. "욕망이여 입을 열어라 그 속에서/ 사랑을 발견하겠다", 그렇게 강렬한 발음으로 시작하는 그의 시 「사랑의 변주곡」에서 "눈을 떴다 감는 기술"은 "사랑을 만드는 기술"이며, "불란서 혁명의 기술"이며, "우리들이 4·19에서 배운 기술"로 재발명된다. "사랑은 재발명되어야 한다." 이것은 아르튀르 랭보에게서 빌려 쓰는 문장이다.

사랑에 빠진 많은 연인들은 서로를 비추는 거울처럼 눈을 빤히 뜨고 있는 기술, 계속 뜨고 있는 기술, 일명 '눈싸움'의 기술이야말로 사랑의 기술이라고 우길 것이다. 눈싸움 속에서 눈을 뜬 채로 눈이 머는 것, 그것은 연애에 관한 낭만적 통념이기도 하다. 그런데 눈을 감는 것은 '두 사람'으로부터 '한 사람'으로 돌아가는 일이 아닌가. 그것은 사랑의 은유가 아니라 이른바 사색과 고독의 은유가 아닌가. 그런 질문을 「사랑의 변주곡」의 시인에게 날려 보자.

욕망이여 입을 열어라 그 속에서
사랑을 발견하겠다 도시(都市)의 끝에
사그러져 가는 라디오의 재갈거리는 소리가
사랑처럼 들리고 그 소리가 지워지는
강이 흐르고 그 강 건너에 사랑하는
암흑이 있고 삼월(三月)을 바라보는 마른 나무들이
사랑의 봉오리를 준비하고 그 봉오리의
속삭임이 안개처럼 이는 저쪽에 쪽빛
산이

사랑의 기차가 지나갈 때마다 우리들의
슬픔처럼 자라나고 도야지우리의 밥찌끼
같은 서울의 등불을 무시한다

이제 가시밭, 넝쿨장미의 기나긴 가시가지
까지도 사랑이다

왜 이렇게 벅차게 사랑의 숲은 밀려닥치느냐
사랑의 음식이 사랑이라는 것을 알 때까지

난로 위에 끓어오르는 주전자의 물이 아슬
아슬하게 넘지 않는 것처럼 사랑의 절도(節度)는
열렬하다
간단(間斷)도 사랑
이 방에서 저 방으로 할머니가 계신 방에서
심부름하는 놈이 있는 방까지 죽음 같은
암흑 속을 고양이의 반짝거리는 푸른 눈망울처럼
사랑이 이어져가는 밤을 안다
그리고 이 사랑을 만드는 기술을 안다
눈을 떴다 감는 기술 — 불란서 혁명의 기술
최근 우리들이 4 · 19(四 · 一九)에서 배운 기술
그러나 이제 우리들은 소리 내어 외치지 않는다

복사씨와 살구씨와 곶감씨의 아름다운 단단함이여
고요함과 사랑이 이루어놓은 폭풍(暴風)의 간악한
신념(信念)이여
봄베이도 뉴욕도 서울도 마찬가지다
신념(信念)보다도 더 큰

내가 묻혀 사는 사랑의 위대한 도시에 비하면

너는 개미이냐

아들아 너에게 광신(狂信)을 가르치기 위한 것이 아니다

사랑을 알 때까지 자라라

인류(人類)의 종언의 날에

너의 술을 다 마시고 난 날에

미대륙(美大陸)에서 석유(石油)가 고갈되는 날에

그렇게 먼 날까지 가기 전에 너의 가슴에

새겨둘 말을 너는 도시(都市)의 피로(疲勞)에서

배울 거다

이 단단한 고요함을 배울 거다

복사씨가 사랑으로 만들어진 것이 아닌가 하고

의심할 거다!

복사씨와 살구씨가

한번은 이렇게

사랑에 미쳐 날뛸 날이 올 거다!

그리고 그것은 아버지 같은 잘못된 시간의

그릇된 명상(冥想)이 아닐 거다

— 김수영, 「사랑의 변주곡」 전문

이른바 사색과 고독은 사랑의 사건에서 결코 배제할 수 없는 것. 사랑은 '한 사람'에게 '두 사람'이 스며드는 사건이라고 할 수 있다. 다시 말하자면, '나와 너'(두 사람)의 관계가 나(한 사람)를 사

로잡고 흔들며 시험하고 실험하며 재발명하게 하는 것이다. 사랑은 관계의 재발명이면서 주체의 재발명인 것이다. 그런 의미라면 사랑은 '한 사람'으로 돌아가야 하는 사건이기도 하다. "눈을 떴다 감는" 그 고요한 시간에 사랑의 혁명이 혁명의 사랑이 검은 화폭에 새로운 그림을 그린다.

"혁명// 눈 감을 때만 보이는 별들의 회오리", 이건 진은영 시인의 시 「일곱 개의 단어로 된 사전」에서 읽은 것. '나와 너'의 관계가 '나'에게로 돌아와서 변화를 일으키지 않는다면, 의심하라, 그것이야말로 둘이 하는 사랑이 아니라 혼자 하는 사랑, 이를테면 자위와 같은 것일지도 모른다.

"눈을 떴다 감는 기술"은 일단 당신을 어둠과 고요 속에 감쌀 것이다. 이 어둠과 고요의 자궁에서 무슨 일이 일어나는가. 그 안에는 아무리 많이 말해도 비밀처럼 남는 무엇인가가 있을 것이다. 시의 언어는 비밀에 매혹되듯 침묵의 영역으로 이끌린다. 진은영은 "별들의 회오리"를 보았다. 김수영은 "복사씨와 살구씨와 곶감씨의 아름다운 단단함", "단단한 고요함"을 떠올렸다. 김수영에게 "눈을 떴다 감는 기술"이 빚어낸 고요함은 복사씨와 살구씨와 곶감씨의 가능성들, 아직 "소리내어 외치지 않"은 혁명의 언어들로 충만하다. 이 충만함의 감각을 이렇게 옮길 수도 있을 것이다. "난로 위에 끓어오르는 주전자의 물이 아슬/ 아슬하게 넘지 않는 것처럼 사랑의 절도(節度)는/ 열렬하다".

바로 이 구절에 이어 김수영은 "간단(間斷)도 사랑"이라고 말한다. 우리는 하루에도 수천 번 눈을 깜박이겠지만(5초에 한 번꼴이라고 치면, 8시간 잠을 자는 사람의 경우 하루에 1만 1520회 정도 눈을 깜박인다는 계산이 나온다는군.) 좀처럼 "사랑을 만드는 기술"로서 "눈을 떴다 감는 기술"을 발휘하지는 못한다.

기왕 이 시에서 전해 들었으니, "사랑을 만드는 기술", "눈을 떴다 감는 기술"을 한 번 사용하여 시를 읽어 보면 좋겠다. 그러니까 눈을 감고, 그 어둠 속에서 시를 다시 떠올려 보자는 것이다. 그것은 누군가의 시를 복사하는 일이 아니라 재발명하는 사건이 될 것이다. 독서는 눈을 뜨고 하는 것인 만큼 눈을 감고 하는 것이기도 하다. 놀라운 독서의 경험은 사랑이 그러하듯 나에게로 돌아와 나를 변화시키고 창조적으로 만드는 사건이 되어 주는 것이다. 자, 이제 "눈을 떴다 감는 기술"을 최대한 발휘하면서 천천히 눈을 감아 보자. 사랑에 빠지듯이 어둠에 빠져 보자. 사랑을 통해서만 보이는 것이 있듯이 어둠을 통해서만…… 보이는 것이 있는 것이다. 우리는 그렇게 깜깜한 타인 속으로 스미면서…… 환해지고 투명해지는 어떤 순간, 순간을 맞이하게 되는 것이다.

무엇이었어요, 당신?

혀의 지층 사이에는 납작한 화석의 시간만 남겠죠 날개와 다리 사이에서 진화를 멈추어버린 어떤 기관만이 남겠죠

이건 우리가 사랑하던 모든 악기의 저편이라 어떤 노래의 자취도 없어요

생각해보니 꽃이나 당신이나 모두 노래의 그림자였군요 치료되지 않는 그림자 속에 결국 우리 셋은 들어와 있었군요

생각해보니 우리 셋은 연인이라는 자연의 고아였던 거예요 울지 못하는 눈동자에 갇힌 눈물이었던 거예요
　　　── 허수경, 「그 그림 속에서」 부분(《문학선》 2011년 가을호)

허수경의 좋은 시 중에서도 특별한 기억으로 독자들의 혀끝에

남아 있는 시가 「혼자 가는 먼 집」이 아닐까 싶다. 이를테면 "당신……, 당신이라는 말 참 좋지요, 그래서 불러봅니다."라는 첫 구절을 입속에 굴리면, 혀는 그 누구의 것일 수도 있는 오래된 사랑의 그림자를 풀어 놓을 것이다. "치병과 환후는 각각 따로인 것을 킥킥 당신 이쁜 당신……, 당신이라는 말 참 좋지요, 내가 아니라서 끝내 버릴 수 없는, 무를 수도 없는 참혹……, 그러나 킥킥 당신".

「그 그림 속에서」라는 시는 「혼자 가는 먼 집」의 연인, '불가능성의 가능성'(하이데거)이거나 '가능성의 불가능성'(레비나스)으로 사유되는 죽음 저편의 연인이 보내온 것 같다. 허수경은 '죽음'이라는 "모든 악기의 저편"에서도 종결되지 않는 사랑의 노래를 들려준다. 사랑은 타자를 향하여 뛰어드는 사건이다. 당신은 "내가 아니라서 끝내 버릴 수 없"다는 것이 사랑의 문법이다. 그러나 절대적인 타자인 죽음은 사랑의 사건을 기억의 지층으로 묻어 버리지 않는가. 죽음은 사랑의 노래를 수신인 부재의 허공으로 삼켜 버리지 않는가.

허수경은 왜 죽음이라는 절대적인 폭력 속에서 사랑의 가능성을, 가능성의 불가능성을, 불가능성의 가능성을 노래하는가. 죽음도 우리를 갈라놓지 못해요, 그런 낭만적이고 강력한 사랑의 고백을 그대에게 바치고 있는 것은 아니다. 그녀의 노래는 사랑의 선언이 아니라 사랑의 물음이다. "당신 없는 허공", 죽음의 허공에서 나는 묻는다. "무엇이었어요, 당신?"(「그 그림 속에서」)

당신은 의문형이다. 그 무엇도 손에 거머쥘 수 없는 죽음의 허공처럼 당신, 내가 사랑하는 당신이야말로 나의 인식 속에 사로잡을 수 없는 존재다. 나는 당신이라는 말을 좋아하지만 당신이라는 말을 결코 소유할 수 없다. 당신이라는 말을 장악할 수 없기에 내게 당신, 당신이라는 말은 사랑의 발음으로 하염없어진다.

허수경의 시에서 죽음은 사랑의 비극을 초래하는 돌이킬 수 없는 사고라기보다는 사랑의 실재를 드러내는 가장 강력한 은유로서 에로스의 타자성을 꽃피운다. 사랑은 타자성을 안전하게 지우는 것이 아니라, 타자의 맨살에 가장 가까이 가는 모험 속에서 내게 포획되지 않는 부재로서의 당신을 하염없이 불러내는 경험이다.

"구름의 틈 속으로 들어간 나비처럼 훅, 사라"지는 당신, 혹은 당신의 당신인 나. "빛과 공기의 틈 사이에서 꽃이 태어날 때 그때마다 당신은 없었죠 그랬겠죠, 그곳은 허공이었을 테니// 태어나는 꽃은 그래서 무서웠죠 당신은 없었죠"(「그 그림 속에서」). "상처의 몸이 나에게 기대와 저를 부빌 때 당신……"(「혼자 가는 먼 집」), 당신은 부재한다.

"치료되지 않는 노래"를 기꺼이 앓는 것, 허수경은 '치료되지 않음'을 기꺼이 수락하며 수행한다. 그녀는 "연인이라는 자연의 고아", "울지 못하는 눈동자에 갇힌 눈물"의 자리에서 상처의 몸인 타자를 향한 사랑의 문법을 발견하는 것이다. 그러므로, 내가 아니라서 끝내 버릴 수 없는 당신, 무엇이었어요, 당신?

타인의 흔적

내가 아직 태어나지 않았을 때,
천사가 엄마 뱃속의 나를 방문하고는 말했다.
네가 거쳐온 모든 전생에 들었던
뱃사람의 울음과 이방인의 탄식일랑 잊으렴.
너의 인생은 아주 보잘것없는 존재부터 시작해야 해.
말을 끝낸 천사는 쉿, 하고 내 입술을 지그시 눌렀고
그때 내 입술 위에 인중이 생겼다.*
— 심보선, 「인중을 긁적거리며」 부분(《문학동네》 2010년 겨울호)

어느 날 이 시인은 피부의 주름들 중의 하나인 '입술 위의 인중'에 대하여 탈무드가 들려주는 이야기에 대단히 마음이 끌린 모양이다. 이야기와 함께 인중을 긁적거리면, 존재의 비밀이 접혀 있는 영혼의 문을 두드리고 있는 것만 같다. 입술 위의 인중은 태어날 때부터 이미 거기에 있었던 주름, 그것은 현재의 삶 속으로 태어나기 그 이전의 흔적을 간직하고 있는 "영혼 위에 생긴 주름"이다. "*탈무드에 따르면 천사들은 자궁 속의 아기를 방문해 지혜를 가르치고 아기가 태어나기 직전에 그 모든 것을 잊게 하기 위해 쉿, 하고 손가락을 아기의 윗입술과 코 사이에 얹는데, 그로 인해 인중이 생겨난다고 한다."

천사는 결국 그 모든 것을 잊게 할 거면서 왜 자궁 속의 아기에게 전생과 지혜를 가르치는 수고를 하러 엄마 뱃속을 찾아오는가. 물론 이 질문은 천사에게 돌릴 것이 아니라 인중을 긁적거리는 시인에게 돌아가야 할 것이다. 그는 왜 이 우화에 매혹되며 이 우화를 필요로 하는가. 이 우화로부터 그는 어떤 존재론적 전환을 꿈꾸는가. 지(知)와 기억을 무지(無知)와 망각의 조건으로 상상하는 이 이야기는 플라톤의 상기설이나 피타고라스의 윤회설 등을 연상시키는데, 이 시의 배후에 있는 그 모든 이야기는 한 시인에게 어떤 시적 암시와 영감을 촉발하는가.

최근에 들어 심보선이 더욱 골몰하고 있는 문학적 관심사는 타인의 친밀성을 일깨우는 것이다. 심보선은 이러한 관심의 자장에서 친구, 연인, 이방인(이 세 개의 이름은 심보선 시의 키워드라 할 만하다.)을 시적으로 호명하고 있다. 「인중을 긁적거리며」라는 시에서도 친구와 연인과 이방인은 찾아지는데, "가끔 인중이 간지러"울 때 그 영혼의 주름으로부터 "타인의 슬픔"이 새어 나온다.

인중은 망각의 표식이다. 이전에 내가 살았던 전생이라는 겹겹의 생은 망각됨으로써 현생의 내가 알지 못하는 인생, 내 것이라고 할 수 없는 인생, 타인의 인생이 된다. 그러므로 "전생에서 후생까지" 내게 접히고 접히는 주름들을 펼친다면 나는 몇 번이고 타인의 인생을 살았던 존재이며, 몇 번이나 타인의 인생을 살아갈 존재로 드러나게 되는 것이다.

시인이 이 시에서 윤회의 상상력에 매혹되는 이유는 '나'라는 존재 안에 '타인들'이 비밀처럼 감춰져 있기 때문이다. 쉿, 나는 타인들이다. 이 시가 흥미로운 지점은 타인의 친밀성을 매개하는 '나'를 상상하는 방식에 있다. 달리 말하면, 심보선은 '나'라는 주체를 다시 상상함으로써 타인들을 안으로 불러들인다. 나의 우정, 나의 사랑, 나의 연민은 타인들의 우정, 타인들의 사랑, 타인들의 연민이다. 나는 타인들의 슬픔을 쓰는 텍스트다. 나는 '상상의 공동체'다. 그러므로 나의 사랑과 슬픔에는 '이타적인 나르시시즘'이 스민다.

이러한 상상력 앞에서라면, "나는 '나'라는 말이 좋아"질 것 같다. 심보선은 '나'라는 말을 좋아할 수 있는 어떤 순간을 시적으로 포착하고자 한다. 이를테면, "나는 '나'라는 말이 양각일 때보다는 음각일 때가 더 좋습니다." "내가 '나'라는 말을 가장 숭배할 때는/ 그 말이 당신의 귀를 통과하여/ 당신의 온몸을 한 바퀴 돈 후/ 당신의 입을 통해 '너'라는 말로 내게 되돌려질 때입니다."(「'나'라는 말」)

회귀하는 '맨몸'

　여동생을 잃고 차례로 아이를 잃고
　그 구체적인 나의 세계의, 슬프고 외롭고 또 애처로운 맨몸에 상복
(喪服)을 입혀주었다
　누가 있을까, 강을 따라갔다 돌아서지 않은 이
　강을 따라갔다 돌아오지 않은 이
　누가 있을까, 눈시울이 벌겋게 익도록 울고만 있는 여인으로 태어
나지 않은 이
　강을 따라갔다 돌아왔다
　강을 따라갔다 돌아와 강과 헤어지는 나를 바라보았다
　돌담을 둘렀으나 유량과 흐름을 지닌 집으로 돌아왔다
　돌담을 둘렀으나 유량과 흐름을 지닌 무덤으로 돌아왔다
　　―문태준, 「강을 따라갔다 돌아왔다」 부분(《창작과비평》 2011년 봄호)

　어쩌면 당신은 문태준의 시를 읽고 나서 "그 구체적인 나의 세

계", '맨발'을 씻어 보았던 어떤 저녁을 가졌을 수도 있겠다. 내가 이렇게 말하면 아마도 당신은 문태준의 시 중에서도 가장 잘 알려진 시편에 속하는 「맨발」을 떠올릴 테지만(실은 나도 같은 시를 염두에 두고서 이런 말을 건네는 거지만) 우리의 이 같은 감각적 경험은 그의 시 세계 전반에서 발생하는 것이다. '맨발의 감각', 여기서 살펴보고자 하는 시 「강을 따라갔다 돌아왔다」를 가지고 말한다면, '맨몸의 감각'은 문태준의 시가 매혹을 불러일으키는 곳곳에 스며 있다.

'죽음'이 그렇듯이 '맨몸'은 존재 일반의 벗어날 수 없는 절대적인 조건이다. 죽음에 대해 사유하는 것과 맨몸에 대해 사유하는 것은 '나'를 '타인'의 것과 같은 운명 속에서 나타나게 한다. 다시 말해, 개별자들의 타자성 사이에서 망각되었던 공동성과 친밀성이 상기되는 것이다. 죽음이라는 초(超) – 법적인 조건을 사유하면서 윤동주는 "별을 노래하는 마음으로 모든 죽어가는 것들을 사랑해야지"라는 저 유명한 「서시」의 구절을 썼을 것이다. '맨몸'을 존재론적 조건으로 드러내는 문태준은 '맨몸의 감각' 속에다 '모든 살아가는 것들을 사랑해야지'라는 문장을 기입하고 있을 것이다. 우리는 모두 '죽어가는 것들'이면서 '살아가는 것들'이다.

'살아가는 것'이 '죽어가는 것'과 같은 방향을 취하고 있다는 것은 "그 구체적인 나의 세계의, 슬프고 외롭고 또 애처로운 맨몸에 상복을 입혀주었다"에서 감각적으로 묘파되고 있다. 그리고 "강을 따라갔다 돌아왔다"라고 말해지는 존재의 그토록 처연한 반복 속에서 "집"과 "무덤"은 "유량과 흐름을 지닌" 채로 서로를 향해 있다.

그러므로 "눈시울이 벌겋게 익도록 울고만 있는 여인으로 태어나지 않은 이// 누가 있을까". 바로 이 질문, 이 탄식이 중요하다. 문태준은 윤회의 시간에서 타인의 흔적을 찾아낸다. "눈시울이 벌겋게 익도록 울고만 있는" 저기 저 여인이 윤회의 시간 속에서 나의 슬픈 형상으로 태어나는 것이다.

회귀하는 저 무한한 시간은 타인의 시간이다. 문태준은 무한을 환기하는 돌아오고 돌아오는 시간을 시적 '순간' 속에서 반짝이게 한다. "그 구체적인 나의 세계의, 슬프고 외롭고 또 애처로운 맨몸"의 감각. 그 감각에 닿으면서 나는 그의 「어두워지는 순간」이라는 시를 또한 중얼거려 보는 것이다. "어두워지는 것은 하늘에 누군가 있어 버무린다는 느낌,/ 오래오래 전의 시간과 방금의 시간과 지금의 시간을 버무린다는 느낌".

불안, 시를 쓰는 기분

여름은 너의 불안에서 딴 토마토
한 알처럼 아름답고

물밑에 가라앉은 발목처럼
미끄럽다

나는 1초 전의 생각을
1초 후에 지속할 수 없다

그 밖의 모든 시간에서
파랗게 토마토가 자라는 것처럼
—심지아, 「이웃들」 부분(《문예중앙》 2011년 가을호)

이상하게도 나는 이 시를 읽으며 카뮈의 『이방인』을 생각했다.

권총을 그러쥔 뫼르소의 손에 힘이 느껴질 때, 그 손은 "1초 전의 생각을/ 1초 후에 지속할 수 없"는 순간의 열기에 휩싸여 있었을 것이다. "손은 뜨겁고/ 빛난다". 탕, 예외적인 침묵을 깨뜨리는 첫 번째 총성이 발생한 후에 불행의 문을 강박적으로 두드리는 네 번의 총성이 울렸고, 뫼르소는 햇빛 때문이라고 했다. 그렇다면, '토마토' 때문이라고 해도 될 것이다. 그 "여름은 너의 불안에서 딴 토마토/ 한 알" 같았으므로.

'이방인'은 '이웃들' 밖에서 고독한 존재가 아니라 '이웃들' 안에서 불편한 틈새를 어슬렁거리며 사는 존재다. "나는 타이밍, 어긋나기 위해 태어난"(「이상한 활주로」) 그런 존재의 기분, 심지아의 시 「이웃들」에서 흘러나오는 기분을 무어라 규정할 수 있을까. 파스칼은 "인간은 무(無)를 알지는 못하지만 느낀다."라고 했다. 하이데거는 불안을 세인(世人)들의 잡담 속에서 빠져나와 존재의 본질인 '무(無)'를 느끼는 기분이라고 했다. "불안에서 딴 토마토 한 알"을 손에 쥔 "나는 나의 알몸"의 기분, 무를 느끼는 기분에 내맡겨져 있다. 나의 겉옷은 이웃들의 친교와 뒷담화의 자리에 벗겨져 있을 테지.

시 「이웃들」에는 암만 둘러봐도 우리가 익히 알고 있는 이웃들의 둥근 얼굴이 보이지 않는 것 같다. "1초 전의 생각을/ 1초 후에 지속할 수 없는" 그 틈새의 시간을 열어젖히고 그 시간을 연장시키는 나의 존재론적인 방식이 열렬할 뿐이다. 딱히 그 무엇으로부터 도래한다고 가리킬 수 있는 대상이 없으므로 다만 막연할 수밖에 없는 불안이라는 기분은 이 시에서 손바닥에서 으깨지는 토마토같이 감각의 폭력으로 전달되고 전염된다. 그러나 그 틈새의 시간 밖, "그 밖의 모든 시간"에서 파랗게 자라는 토마토는 잠든 이웃들의 정원에서 영원히 떨어지지 않을 것인가. 파랗게 자라는 토마토들은 늘상 감추어지는 이웃들의 맨얼굴이 아닐까. 나의 손바닥에서 "열렬한 비명"처럼 "고요한 포옹"처럼 으깨지는 토마토는 이웃들의 정원에서 딴 것이 아니었나.

'이웃들'과 '이방인'은 이분법적으로 분명하게 구획되지 않는다. 영원한 이웃들이 있고 영원한 이방인이 있는 것이 아니다. 이웃들과 이방인의 경계는 상대적이며 잠정적이다. 말하자면, 나는 이곳에서 이웃들이기도 하면서 저곳에서 이방인이기도 하다. 당신도 저곳에서 이웃들에 속하면서 이곳에서 이방인으로 서성이곤 했던 것이다. 혹은 이웃들인 척하는 이방인이었나, 나는? 나는, 당신은, "얼굴이 비대칭으로 자라나는/ 로라와 로라"(「로라와 로라」). 그러므로 내가 손에 쥔 토마토는 "너의 불안에서 딴 토마토".

"토마토를 손에 쥐었다// 몸 밖으로/ 두 개의 심장을/ 꺼내 놓은 것처럼// 손은 뜨겁고/ 빛난다". 그런 손으로 시를 쓰는 시인이 이웃들 속 어딘가, 어딘가에서 "어둠을 오래 바라"(「수달 씨, 램프를 끄며」)볼 것이다.

깊이의 무한함과 몸의 순간

손 대신에 발을 넣을 수 없을까.
그곳에.
호주머니의 깊은 곳에.
핀란드의 어두운 겨울에.

두 눈이 감기고
두 발이 깨어날 수 있도록.
월요일의 핀란드라는 것은 촛불처럼 조용해서
소리들도 나무처럼 자라니까.

누군가의 손수건이 하늘에서 타오르고
길들은 문득 북극에 이르는 곳,
아이들이 하나 둘
다른 아이들의 잠 속으로 흩어지는 밤이 오면

태양이 동전처럼 빛나는

그런 밤이 오면

　　　　　── 이장욱, 「핀란드」 부분(《시인세계》 2011년 여름호)

"호주머니의 깊은 곳"에 "손 대신에 발을 넣"으면 "핀란드의 어두운 겨울에" 도착할 수 있다. 이장욱이 알려 주는 핀란드 가는 방법이다. 우리는 여권과 비행기표를 마련하여 핀란드에 갈 수 있겠지만, 호주머니의 깊은 곳에 발을 넣을 수는 없을 것이다. 그러므로 이장욱의 여행법으론 핀란드에 갈 수 없을 터. 그렇다면 "두 눈이 감기고/ 두 발이 깨어날 수 있도록" 하는 것은 시인의 백일몽뿐인가. 이 시에서 '이국적인' '환상적인' '리얼한' 핀란드 자체는 별로 중요하지 않다. 이 시는 지리적인 장소에 대한 매혹이 아니라, 언제나 지도상에는 부재하는 공간인 '깊이'에의 매혹과 불안에 이끌린다. 이를테면, 호주머니의 깊은 곳.

내 외투의 호주머니에 관해서라면 다 알 수 있을까. 누군가 뒤집어 보일 수도 있다고 말했지만, 뒤집어진 것은 이미 호주머니가 아니다. 호주머니는 그 속이 그 깊이가 보이지 않을 때만 호주머니인 것이다. '깊이'의 차원은 높이나 두께, 길이나 넓이, 면적이나 부피의 차원처럼 숫자로 기술될 수 없다. '깊이'의 차원에서 존재와 공간은 불확정적인 어떤 무한함을 갖는다. '깊이'의 차원에 손을 넣고 발을 넣을 때, 영혼을 담글 때, 우리는 그 바닥에 닿을 수 없기에 불안하고 안타까우며 모호해지고 자유로워진다. 원근법은 깊이를 주체의 시선을 중심으로 재구성하지만, 손에도 눈에도 잡히지 않는 깊이에는 실상 중심이 없다. 깊이는 다 말해질 수 없고

다 보여질 수 없는 존재의 규정 불가능한 영역이다.

오늘은 다만 그곳을 핀란드라는 이름으로 불러 보는 것이다. "호주머니의 깊은 곳"은 "핀란드의 어두운 겨울"과 이미지를 나누고 섞고 생산하면서 '구체적인' 느낌으로 깊어진다. 그러나 나는 그곳에 발을 넣을 수는 없어서 오늘도 손을 넣는다. 그곳에 "거대한 손가락들이/ 하늘에서 내려온다." 호주머니의 깊은 곳에서 고독한 손가락들이 꼼지락거린다. 어느 겨울날 저녁에 외투 호주머니에 깊숙이 두 손을 찌르고 저편으로 걸어갔을 한 사내의 뒷모습을 떠올린다. 그는 "호주머니의 깊은 곳"을 향해 걸어갔을 것이다.

이장욱의 시는 언어의 성긴 그물로 건져지지 않는 존재의 '깊이'를 체험하게 한다. 그의 시는 '깊이'에 대하여 사색하고 말하는 것이 아니라, '깊이'에로 매혹하며 '깊이'를 이룬다. 이러한 '깊이'의 체험이 이루어지는 시적 순간이라면, 당신은 어쩐지 "당신을 지나간 한 남자의 특성을 이해하였다"라고 말할 수 있을 것 같은 기분이 들 것이다. 이렇게 존재가 환해지는 한 순간이 이장욱의 시에는 있다.

이 사람은 어디서 태어났다. 정각과 정각 사이에서. 공과금 고지서와 함께. 연애도 했다.

누군가 이 남자이다. 그럴 수밖에 없는 것으로 이루어져 있다. 목젖이나 귀청 같은 것. 부르르 떠는 것. 그것만으로 이 남자를 판단한다면, 모든 것이 진짜다.

(중략)

부르르 떨리는 그것이 아니라면, 당신은 그를 지나쳤을 것이다. 요
란하게 사이렌이 울리고,
　민방위 훈련이 시작되어도 마찬가지.

　한 남자가 당신에게 나타나고, 한 남자가 당신에게 사라지고, 내일
의 위치가 달라졌다. 당신은 지금 막,
　당신을 지나간 한 남자의 특성을 이해하였다.
　　　　　　　　— 이장욱, 「특성 없는 남자」(《문학동네》 2011년 여름호)

　「특성 없는 남자」는 이장욱이 '존재'를 포착하는 특별한 또 하
나의 방식을 보여 준다. "어디서" "누군가"로 태어나서 "공과금
고지서와 함께" 살아가는 인생, "연애도 했"던 인생, 그는 "특성
없는 남자"다. "특성 없는 남자"라는 범주는 저 행인들과 인파를
묶고, 나의 일상과 가족과 회사를 요약한다. 그런 특성 없는 남자
가 당신을 지나간다. 무의미한 스침들 속에서 이장욱은 "무엇"엔
가 "흔들"리는 순간을 포착한다. 아무도 "특별한 사건이라고 생각
하"지 않는 "목젖이나 귀청 같은 것", "부르르 떠는 것"과 같은 몸
의 진동을 그는 수신(受信)한 것이다. "부르르 떨리는 그것"을 의
미론으로 환원할 수 있는 '감정이나 세계관'으로 온전히 번역해
낼 순 없을 것이다. 의미론적인 번역이 불가능한 그 지점에서 "목
젖이나 귀청 같은 것. 부르르 떠는 것. 그것만으로 이 남자를 판단
한다면,/ 모든 것이 진짜다."

모든 것을 진짜로 만드는 것은 상징 언어로 번역되지 않고 규정되지 않는다. "부르르 떠는 것"의 실재로서 "한 남자가 당신에게 나타나고, 한 남자가 당신에게 사라지고, 내일의 위치가 달라졌다. 당신은 지금 막,/ 당신을 지나간 한 남자의 특성을 이해하였다." 검은 존재가 환해지는 한 순간이야말로 '시적 순간'이라 부를 수 있는 시간이다. '시적 순간'은 지각되지 않는 '현재'의 생생한 지각이다. "내일의 위치가 달라"지는 바로 그 순간, 당신을 지나가는 한 '존재'.

새로운 생명파

펄펄 들끓는 바다에 빠진 저 생쥐를 봐

날고 있어 바다 위를

파고는 바다의 체온계

고열로 펄펄 끓고 있지 지금

막 울음을 터뜨리기 직전의 너의 표정

(중략)

지구는 또 다른 터전을 찾아가기 위해

인류가 올라탄 한 척의 유랑선, 유령선

여정이 시작된 후 가장 먼저 생긴 변화는

바로 망자의 탄생이었지

그것은 기억해야 할 것들이 생기기 시작했다는 뜻이야

지구에서 최초의 망자가 태어난 날을 기억해?

우리는 슬퍼해야 할지 기뻐해야 할지 몰라서

그저 악수를 나누듯

망자와 체온을 절반씩 나눠 가졌던 것을
함께 잘 살아보자고, 기억하겠어?
　　　── 김중일, 「체온의 탄생」 부분(《현대시》 2011년 1월호)

'체온의 탄생'은 '생명의 탄생'이다. 몸의 온도를 미학적인 문제로 부각시켰던 문학사적 전사(前史)를 뒤져 본다면, 이른바 '생명파'(서정주의 문학사적 정리에 의하면, 1930년대 후반기에 나체로 일어선 질주하고 저돌하고 향수하고 원시 회귀하는 일군의 시인들)의 뜨거운 목소리를 불러낼 수 있을 것이다. 서정주의 『화사집』과 유치환의 『생명의 서』는 전혀 다른 차원에서 독보적인 시집이면서도 "싱싱한 체온"(김중일, 「체온의 탄생」), 과도한 체온을 시적 에너지로 삼았다는 점에서 상통한다. 김중일 시의 발성과 지향에서 "질주하고 저돌하고 향수하고 원시 회귀하는", 이른바 생명파적 미학의 새로운 가능성을 발견할 수 있다.

　그의 시 「체온의 탄생」에서, 체온은 생명력을 표현하는 몸의 언어이다. 그러므로 감기 몸살 따위로 열이 오른 이마 위에 '싱싱한 체온'이 머무르는 게 아니다. 바다에 빠진 생쥐의 필사적인 허우적거림 속에서, 막 울음을 터뜨리기 직전, 막 고백하기 직전, 막 이별하기 직전의 너의 표정 속에서, 사랑하는 너의 이마를 짚으러 가는 연인의 손바닥 위에서 '싱싱한 체온'은 생명의 춤을 춘다. 여기서 체온은 눈금이 가리키는 특정한 숫자(이를테면, 36.5)에 고정되지 않고 파도처럼 끊임없이 출렁인다, 들끓는다, 움직인다. 체온은 "고양이보다 날렵하고 모공보다 작은 체온"들이다. 그것은 단수의 표현이 아니라 복수의 움직임들이다.

생명은 죽음을 전제한다. 살아 있다는 것은 죽는다는 것이다. 생명의 탄생은 죽음의 탄생과 마주한다. 지구에서 생명의 여정을 시작한 인류가 죽음을 처음으로 의식했을 때 비로소 인간에게는 시(詩)와 같은 어떤 것이 필요해졌을 것이다. 김중일은 「체온의 탄생」에서 "망자의 탄생"을 사유한다. 망자의 탄생, "그것은 기억해야 할 것들이 생기기 시작했다는 뜻"이라고 그는 말한다. 기억이란 부재하는 것과 함께 사는 것이다. 망자를 기억하기 위해서 인간에게는 노래가 있어야 했으리라. 김중일이 시를 통해 닿고자 하는 어떤 곳에는 망자의 기억, 과거의 기억, 원시의 기억이 묻혀 있다. 죽음과 함께 사는 생, 그것은 생의 본질이면서 미학적인 지향이며 윤리적인 의지의 문제이기도 한 것이다.

나의 수난극

어머니가 촛불로 밥을 지으신다 비가 오기 시작하는데 어머니가 촛불로 밥을 지으신다 날도 어두워지기 시작하는데 어머니가 촛불로 밥을 지으신다 하늘이 죽어서 조금씩 가루가 떨어지는데 어머니가 촛불로 밥을 지으신다 나는 아직 내 이름조차 제대로 짓지 못했는데 어머니가 촛불로 밥을 지으신다 피뢰침 위에는 헐렁한 살 껍데기가 걸려 있는데 어머니가 촛불로 밥을 지으신다 암이 목구멍까지 올라왔는데 어머니가 촛불로 밥을 지으신다 맥박이 미친 듯이 뛰는데 어머니가 촛불로 밥을 지으신다 손톱이 빠지기 시작하는데 어머니가 촛불로 밥을 지으신다 누군가 나의 성기를 잘라버렸는데 어머니가 촛불로 밥을 지으신다 목에는 칼이 꽂혀서 안 빠지는데 어머니가 촛불로 밥을 지으신다 그 칼이 내장을 드러냈는데 어머니가 촛불로 밥을 지으신다 펄떡거리는 심장을 도려냈는데 어머니가 촛불로 밥을 지으신다 담벼락에 비가 마르기 시작하는데 어머니가 촛불로 밥을 지으신다

— 정재학, 「어머니가 촛불로 밥을 지으신다」 전문

(『어머니가 촛불로 밥을 지으신다』, 민음사, 2004년)

'~하는데(나의 신체가 수난을 당하는데), 어머니는 촛불로 밥을 지으신다.' 이 시의 모든 문장(열네 개의 문장)은 '어머니가 촛불로 밥을 지으신다'로 종결되면서 이어진다. 종결자 어머니. 리듬의 어머니. 이 어머니는 어떠한 상황에서도 흔들림이 없다.

내 수난의 정도가 점점 심해지는데(피뢰침 위에 헐렁한 살 껍데기가 걸리고, 암이 목구멍까지 올라오고, 손톱이 빠지고, 성기가 잘리고, 목에 칼이 꽂히고, 칼이 내장을 드러내고, 심장을 도려내는데……) 어머니는 그 어떤 감정적인 동요도 보이지 않고 촛불로 밥을 짓는 환상적인 노동으로 수난의 리듬을 이끌어 가고 있다. 내 수난의 과도함은 리얼리티의 감각을 초과한다. 어머니가 부여하는 리듬 속에서 수난의 환상은 고통의 과시가 아니라 신체를 단련하는 일종의 훈련법이 된다. 촛불과 밥을 신비하게 결합시키고 있는 어머니의 행위는 노동이라기보다는 차라리 종교의식에 더 가까워 보이지 않는가. 이 '차가운 샤먼' 앞에서 내 신체는 단련되고 쇄신된다. "그는 자신이 몸이 아니면 학대하지 않았다"(「멈추지 않는, 끊이지 않을」)라는 구절처럼, 정재학의 시에서 그의 신체는 집중적으로 환상의 학대를 받고 있으며 이 학대에 순종적으로 내맡겨져 있다.

그의 시는 마조히즘의 시학이라 부를 만하다. 김영하의 소설이 '나는 나를 파괴할 권리가 있다'라고 차갑게 말했다면, 정재학의 시는 '나는 나를 파괴할 의무가 있다'라고 뜨겁게 말하는 것 같다.

그는 기꺼이 타자들과 무의식의 통로로 자신의 신체를 내어놓는데, 그의 수동적인 신체는 자기주장을 내세우지 않음으로써 오히려 표현하는 신체가 된다. 외부와 내부, 심층과 표면은 그의 신체에서 위계화되지 않고 평면화된다. 수난의 환상은 이 평면화를 감당할 수 있는 신체로 한 몸뚱어리를 고양시킨다. 그사이에 시간은 흘러, 비는 그치고 담벼락에 비가 마르기 시작한다.

우리는 정재학의 시들에서 주체와 타자, 내부와 외부, 표면과 심층이 찢어지고 관통하고 뒤섞이고 흩어지는 소란을 가장 감각적으로 실연하는 신체를 만날 수 있다. 그 소란을 환상적이라고 말한다면, 여기서 환상은 물리적이거나 심리적인 체계들 사이의 벽을 쉽게 뚫으며 주파해 내는 이행의 능력에 붙여지는 이름이다.

'귀 없는 토끼'라는 감각 기계

함구

함구는 조금씩 우리를 달리게 하는지도 모른다

함구는 조금씩 바깥에서 깊어진다

여기는 속 없는 굴속 같군

보이지 않는 곳에서 바깥을 모으는

굴은 지상으로 입을 벌리고

토끼는 반시계 방향으로 굴을 오른다

빨간 눈은 데굴데굴, 먼저 굴러가 있다

있는 힘껏 자기 자신으로부터 멀리뛰기

토끼는 자신의 눈을 보면서 달리는 것이다

자신을 함구하는 빨간 눈이 토끼의 공률이다

(중략)

납굴증

밤의 소리들이 만질 수 없는 귀를 음각한다

귀 가득 무엇이 이리 무거울까

귀가 뜨거워질 때까지

언제까지 이러고 있어야 하는지

귀는 말라 가고 우는토끼,

몸 안을 반시계 방향으로 돌고 있다

몸을 얻고 나서 몸 밖으로 나오기가 어려워진

이 밤은 누군가의 눈 속 같군

눈알이 염주가 될 때까지

이 밤을 모으고 있는 눈은 누구의 것인지

우는토끼 속의 우는토끼

돌아보는 눈까지 멈추고

한 벌 귀로 남은 밤

　　　　　　— 김성대, 「귀 없는 토끼에 관한 소수 의견」 부분

　　　　　　　　　　　　　(《세계의 문학》 2010년 겨울호)

　김성대의 첫 시집 표제작이기도 한 「귀 없는 토끼에 관한 소수 의견」은 5연으로 이루어져 있는데(인용한 부분은 1연과 4연이며, 2연에는 '아버지랠리', 3연에는 '아랍인 투수 느썸', 5연에는 '미결'이라는 소제목이 각각 붙어 있다.) 그 다섯 연에 공통적으로 등장하는 구문이 바로 "반시계 방향"이다. 살펴보면, "토끼는 반시계 방향으로 굴을 오른다"(1연), "반시계 방향의 급커브를 꺾어져서야"(2연), "반시계 방향으로 공회전하기 때문에"(3연), "몸 안을 반시계 방향으로 돌고 있다"(4연), "눈알을 반시계 방향으로 굴리며"(5연). 이 같은 반시계 방향의 회전에 골몰하면서 김성대의 토끼는 시공간에 대한 제도화된(일상적인) 감각 기계를 해체하여 새로운 감각 기계로 재탄생한다.

사실 시계 방향(클락와이즈)은 북반구에서 시계가 처음 고안되었기 때문에 그렇게 정해진 것이다. 해시계의 원리를 생각해 보라. 북반구에서 그림자가 회전하는 방향. 그것은 진리와는 무관한 우발적인 기원을 갖지만, 현실적으로 벽에 걸린 저 시계는 시계 방향이라고 정해진 방향으로만 돌아야 하는 법. 그렇다고 해서 반시계 방향으로 굴을 오르는 토끼가 안내하는 시공간이 현실이 아니라는 것은 아니다. 우리가 암만 이 토끼의 뒤를 쫓아간대도 김성대의 토끼는 앨리스의 토끼처럼 우리에게 판타지의 차원에서 상상되는 '이상한 나라'를 펼쳐 보여 주진 않는다. 다만, 현실은 '현실 이상(以上)'이라는 것을 알게 될 것이다. 현실은 현실의 표상이나 법을 초과한다. 그 초과하는 영역, 혹은 어긋나는 부분에서 김성대의 시적 촉수는 놀랍도록 민감하게 작동한다.

'귀 없는 토끼'는 감각적인 결여 상태에 놓여 있다기보다는 오히려 감각의 증폭 상태에 있다고 할 수 있다. 귀 없는 토끼는 그 몸이 통째로 한 개의 귀로, 하나의 빨간 눈으로 변한 것 같다. "귀 안쪽"과 "눈 속"은 더 확장되고 더 깊어지고 더 멀어진다.

소위 정상인의(다수자의) 귀와 눈은 귀와 눈이 '아닌 것'을 보고 듣는다. 그때에 귀는 귀를 망각하고 눈은 눈을 망각함으로써만 현실적인 기능을 수행하는 것이다. 김성대의 시는 이 망각의 어둠을 감각하는 이상한 감각 기계를 작동시킨다. 다수자의 세계에서는

'귀 없는 토끼'를 감각적 결함이나 결여로만 간주하겠지만, 김성대는 '귀 없는 토끼'의 새로운 감각적 능력을 빌려 존재의 비밀 속으로 "조금씩 바깥에서 깊어지는" 시적 모험을 펼쳐 보인다.

이 시적 모험은 불가피하게 소수 의견이다. 김성대의 시적 감각 기계는 한 권의 시집으로 이토록 낯선 시공간을 우리 앞에 불쑥 출현시켰다. 이 이상한 시공간에 매혹되기 시작했다면 우리는 비록 망각 자체를 망각했을지라도 그곳을 기억해 내게 될지도 모른다. "몇십 년 후의 벽돌이 1950년의 창고를 완성하고/ 1950년의 창고 안에서 몇십 년 후의 창고가 사라진다".(「1950년의 창고」)

신(新)에밀

아니야, 내가 말할래. 내가 나를 해결하고 싶어라. 오늘은 정말로
나만 말할래. 어제처럼 그제처럼 내가 말할래. 있잖아 낳아서 키우고
싶어. 정말이야 딸아이를 키우고 싶다.

기대가 좋아서 릴케가 좋아. 온 평생을 기다리고 기다리다가. 발레
리를 만나고 끝났다는 말. 릴케야, 너가 그랬지. 끝이 난 줄 알았다고
너가 썼잖아. 끝이 다시 저 멀리 달아났나봐? 네가 쓴 문장은 그렇게
읽혀.

— 김승일, 「에듀케이션」 부분(《현대문학》 2011년 1월호)

'에듀케이션'이란 무엇인가? 김승일의 시는 에듀케이션을 둘러
싼 세속적인 담론과 제도들 주변을 맴돌며 불편하면서도 유쾌한
아이러니와 배반을 일삼고 있다. 살아 있는 한 인간에게 에듀케
이션의 세계로부터의 완전한 '졸업'이란 것이 과연 가능할까. '에

듀케이션'은 김승일이 자신의 시와 함께 제출한 화두처럼 보인다. 이 세계가 거대한 학교라면 그는 이 세계에 대해 질문하고 있는 것이다.

기형도는 "혈통과 교육에 대해 배"우면서 우리의 기억 속에서 추방된 집시의 시간, 시의 시간을 상기시킨 바 있다.(「집시의 시간」) 이때 시의 시간은 지나간 시간이며 교육에 의해 잊혀진 시간이다. 그것은 잃어버린 시간이므로 더없이 아름다운 시간이다. 그리고 우리는 혈통과 교육과 현실이라는 너무나 산문적인 시간을 살아가고 있는 것이다.

그러나 김승일에게는 이 낭만적인 분할이 없기에 노스탤지어를 품을 수 있는 잃어버린 순수한 유년이 그 어딘가에 따로 숨겨져 있지 않다. "상급반에 진학하면서" 혈통과 교육이 그를 장악한 것이 아니라, 그가 에듀케이션의 세계 속으로 태어난 것이기 때문일 것이다. 그는 에듀케이션의 세계 바깥을 상정하고 있지 않다. 에듀케이션은 존재의 조건과 같은 것이다. 그에게 시는 에듀케이션의 세계 어느 구석 어느 틈새에 파편처럼 흩어져 있는 것이다. 그는 에듀케이션의 세계 속에서 시의 시간과 영혼을 망가뜨리지 않고 보존하며 양육하기 위해 에듀케이션의 세계를 간지럽히고 들쑤시고 내달린다.

'딸아이를 낳아서 키우고 싶다.' 김승일의 이 바람은 『에밀』을 썼던 루소를 떠올리게 한다. 내게 에밀이라는 문학적 아들을 생산하고 양육한 루소는 인생을 처음부터 다시 시작하고 싶은 불가능한 욕망에 사로잡힌 사람처럼 보였다. 물론 김승일이 낳아서 키우고 싶은 딸은 아빠의 과거를 고쳐 쓰고 인생을 다시 쓰는 존재가 아니다. 그는 딸아이에 대한 획기적인 교육 비전이나 프로그램을 구상하지 않는다. 그에게 딸아이는 미래의 시간이며 기대와 기다림의 시간이다. 릴케가 발레리의 시집에서 기다리던 시를 보았듯이, 그리고 그 기다림이 다시 미래로 달아나듯이, 그렇게 '기다림'은 한 존재를 키운다. 도래하지 않은 것을 기다리는 것, 그것이 김승일이 말하는 시적 에듀케이션일 것이다. "나는 배웠습니다. 고요한 눈물. 기다렸습니다. 중요한 것을."

우리가 김승일이라는 신인을 알게 된 지는 불과 채 몇 년도 되지 않았다. 이 시의 구절을 변형해 말한다면, 우리는 '기대가 좋아서 신인을 좋아'하는 것이다. 그가 더 오래 그런 신인으로 "저 멀리 달아"나기를…….

'그것'이 '있다'

그것을 생각하자 그것이 사라졌다

성경을 읽다가
다 옳다고 느꼈다

예쁜 것이 예뻐 보인다
비극이 슬퍼서
희극이 웃기다

좋은 것이 좋다

따뜻한 옷의 따뜻함을 느낀다
컵 속의 물을 본다

투명한 빛이 바닥에 출렁인다

그것은 마시라고 있는 것
— 황인찬, 「그것」 전문(《세계의 문학》 2011년 봄호)

　"예쁜 것이 예뻐 보인다", "좋은 것이 좋다", "따뜻한 옷의 따뜻함을 느낀다", 「그것」이라는 시의 동어 반복처럼 보이는 이 문장들은 어떤 효과를 생산하는가. 이 문장들은 그것 자체로 완강하게 폐쇄되어 의미론적으로나 미적으로나 어떠한 지향도 거절하고 있는 듯이 보인다. 그것은 그것으로 '있을' 뿐이다.

　황인찬의 등단작 「단 하나의 백자가 있는 방」(《현대문학》 2010년 6월호)에서부터 출현했던 이러한 문장들, 이 언어들은 '이상하게' 낯설다. 언어는 침묵하고 사물만이 존재한다. "이곳에 단 하나의 백자가 있다는 것을/ 비로소 나는 알았다/ 그것은 하얗고,/ 그것은 둥글다/ 빛나는 것처럼/ 아니 빛을 빨아들이는 것처럼 있었다".

　하이데거의 용어를 빌린다면, 황인찬의 시는 '존재자'의 정체성을 규명하기에 앞서 그것이 '존재'한다는 사건을 불러일으키고자 한다. 존재자의 개별적 속성이 아니라 그것이 존재함을 드러내는 존재의 빛을 환기하고 있는 것이다. "투명한 빛이 바닥에 출렁인다". 황인찬의 언어가 낯설다면, 존재 망각의 사태 속에서 독자의 기대가 존재자에 맞추어져 있기 때문일 것이다.

　이른바 '낯설게 하기(Ostranenie)'는 주로 기법의 차원에서 논의되어 왔다. '낯설게 하기'라는 용어를 처음으로 문학 사전에 등록시킨 쉬클롭스키의 논문 「기법으로서의 예술」에서, 시는 '낯설게 하기' 기법을 통해 지각의 자동화를 제거하는 지연(遲延)되고 뒤틀린 말로 정의된다. 여기서 핵심은 시에서 사물에 대한 지각의 자동화가 제거되는 사건, 이 글의 맥락에서 고쳐 말하면, 존재 망각의 안개가 걷히는 사건이 일어난다는 것이다. 그러나 이 사건은 괄호 안에 숨고 기법에 대한 감탄만이 표면화되는 일종의 전도가 발생하는 경우가 왕왕 있는 것 같다. 어쨌든 황인찬의 시 세계가 낯설 때, 우리는 기법에 대한 놀라움 없이도, 이를테면 외국인의 한국어 사용법 같은 기법을 지우는 기법(「나의 한국어 선생님」,《세계의 문학》2011년 봄호) 속에서 사물의 고독과 존재의 고독이 일어서는 것을 보게 된다. 그것이 낯설다. 그것이 생생해진다. 그것이 사건으로 찾아온다.

황인찬의 시편들에서 키워드로 떠오르는 단어를 집어낸다면, '그것'과 '있다'를 찾아낼 수 있을 것이다. '그것'은 존재의 처소와도 같다. '그것'은 수많은 존재자를 담아낼 수 있다. '그것'은 비어 있다. 책상도 꽃병도 강아지도 농구공도…… '그것' 속에 담길 수 있다. "그것을 생각하자 그것이 사라졌다", 그렇게 '그것'은 어디에도 정박하지 않는다. '그것'은 무한한 가능성을 지닌다. 그래서 '그것'은 비인칭적이다. 그렇지만 '그것'이 문맥이나 상황 속에 나타날 때 '그것'은 언제나 제한되어 특정한 것을 감싼다. 가령, "컵 속의 물을 본다// (……)// 그것은 마시라고 있는 것". 황인찬의 시에서 '그것'은 '그것'의 무한함과 유한함 사이에서 출몰한다.

'그것'이 '있다'. 황인찬의 시 세계를 이렇게 한 문장으로 표현한다 해도, 그 한 문장이 우리에게 알려 주는 것은 거의 아무것도 없을 것이다. 다시 말해, 이 하나의 문장은 그 무엇을 의미론적으로 요약하고 있는 것도, 미적으로 구속하고 있는 것도 아니다. '그것'이 '있다', 그리하여 그는 존재의 집을 세우고 무너뜨리며 다시 폐허에서 일어나는 시적 사건에 속하는 자가 되리라는 예감만을 전할 수 있을 뿐, 다음에 어떤 사건이 펼쳐질지에 대해서는 침묵하기로 한다. 시적 사건은 시와 함께 찾아올 뿐이기 때문이다. 다만 침묵 속에서 그가 기다리고 있다는 것, 침묵 속에서 그가 깨어난다는 것을 생각해 보는 것이다.

물결과 숨결

잠시 엄마와 월요일이 사라진 것을 메모했다
그때는 아가미가 생겼다

침대에 누우면. 눈썹들이 쏟아지고
돌고래의 문장을 배워본다
지느러미가 생기면
파도의 단추를 모두 채워주고 싶다
─성동혁, 「그 방에선 물이 자란다」 부분《시와반시》 2011년 여름호)

며칠 전에 텔레비전에서 어떠한 예고도 없이 수중 연기(水中演
技)의 미션을 받은 배우 지망생 6인이 수중 연기에 도전하는 장면
을 보았다. 오디션 장소인 수영장에서 그중 절반은 끝내 울면서
미션을 포기했는데, 이들의 공포는 죽음 앞에서 느끼는 것처럼 보
였다. '물속'이라는 공간은 생명의 조건인 '숨쉬기'를 위협하기 때

문이었다. 또한 그렇기 때문에 오히려 물속에서의 표정은 더욱 극적이기도 한 것이었다. 더 절박하고 더 안타깝고 더 절망적이고 더 벅차고 더 우아하기조차 했다. 물속에서 한 사람은 '더' 살아 있었으며 연인들은 '더' 사랑하였다. 물속에서 연기는 연기를 초과하였다.

성동혁의 "그 방"에서는 "숨이 차고" "밤이 숨차"다. 물이 자라는 방이기 때문이다. "거울을 보면", "침대에 누우면", "스위치를 켜면", 수중 신(scene)처럼 물속에 등장하는 그 누군가는 표정을 넘치거나 모자라는 이상한 표정을 드러낸다. 표정을 '만들고' '짓는' 주체의 구성력은 "그 방"에서 위력을 잃는다. 물의 방에서 견고한 형상은 해체된다.

나는 역진화(逆進化)한다. "잠시 엄마와 월요일이 사라진 것을 메모했"던 것은 인간적인 언어 행위의 마지막 장면처럼 느껴진다. 엄마가 없는 세계는 역설적으로 엄마의 자궁 속 물의 나라다. 그 나라에는 '월요일'과 같은 시간의 표식들이 없고, 흐르는 모든 것들을 붙잡아 맬 언어가 없다. 만약 엄마의 뱃속에서부터 말하는 태아였다면 우리는 물의 나라에 대해 기억할 수 있을까. 어쩌면 그곳에서 우리는 "돌고래의 문장" 같은 것을 가지고 있었을지도 모른다. 그러나 물의 나라에서 우리에게 요청하는 것은 언어가 아니라 다른 호흡법, 이를테면 "아가미"와 같은 것이다. 자 이제, 나는 포유류의 습성을 잃고 어류에 가까워진다.

포유류 인체는 약 70퍼센트, 물과 친한 어류는 대략 80퍼센트가 물로 구성되어 있다고 한다. 내가 어류에 가까워진다는 것은 물에 더 가까워진다는 것이리라. 출렁거리는 나는 "파도의 단추를 모두 채워 주고 싶다". 파도의 단추를 모두 채워도 물은 흐르고 넘치는 법. 물은 자라는 것이다.

여기서 성동혁이 보여 주는 '액체 주체'는 커다란 물방울처럼 아슬아슬하게, "간헐적으로 살아 있는 것 같다".(「여름정원」,《세계의 문학》 2011년 봄호) 죽음과 함께 자라는 생을 그의 시는 투명하게 들여다본다. 그는 커다란 물방울이 되어 스스로의 내부를 환하게 드러내고자 한다. "스위치를 켜면, 물이 우르르 밝다". 마치 그는 "창문"이, "방의 동공"이 되려고 하는 것 같다. 마침내 "방의 동공이 크다".

2011년 봄 성동혁은 등단 소감에 "소중히 숨 쉬겠습니다."라고 썼다. 그것은 그의 고백이자 선언이었다. 물결과 숨결 속에서 그의 시는 '더' 생생한 생을 환기시켜 줄 것이다. 숨이 막히는 우리는 시 앞에 창문을 열 것이다. 다시, 아침, 다시, 새로운 공기다.

3부
쓴다, 쓴다, 쓴다,

쓴다, 발 없는 새처럼, 빛나는 쟁기처럼

1 잃어버린 머리를 찾으려고 그는 얼마나 두리번거렸을까

죽음을 품고 햇빛을 더 강하게
죽음을 품고 어둠을 더 거칠게
(중략)
거울 속의 해골바가지여,
너와 마주치기 전에는
삶이 그렇게 놀라운 것도 외로운 것도 아니었다.

　　　　　　　　　　　　　　　　—「휘둥그레진 눈」부분

그의 첫 시집 『대설주의보』(1983)에 수록되어 있는 시이다. 폐
결핵을 앓고 있던 청년 최승호는 어느 보건소의 거울에서 해골바
가지를 보았던 것이다. 죽음의 뼈대가, 죽음의 머리통이 얇은 살
가죽을 벗어 버린 듯이 거울 속에 홀연히 나타나서 그를 마주하고

있었다. 그는 깜짝 놀랐다. "죽음을 품고 햇빛을 더 강하게/ 죽음을 품고 어둠을 더 거칠게"……. 삶은 그토록 놀라운 것이었고 외로운 것이었다.

"그런데 선생님, 저도 며칠 전에 깜짝 놀랐어요. 너무 놀라서 눈이 휘둥그레졌어요. 그곳은 지하철 환승역 통로였어요. 저쪽에서 머리 없는 남자가 걸어오는 거예요. 머리 없는 남자는 낡은 양복을 입고 있었고 바지는 3센티미터쯤 짧았어요. 3센티미터 짧은 양복바지가 그가 처한 현실적인 난감함 같은 걸 보여 주는 듯했어요. 그는 검은 비닐봉지를 만지작거리고 있었고, 그 비닐봉지가 바스락거리는 소리까지 들리는 것 같았는데, 어찌 된 걸까요? 그에게 머리가 없는 거예요. 이 기괴한 광경은 눈을 몇 번 깜박이자 곧 착시였다는 게 밝혀졌지요. 그는 하얀 야구 모자를 쓰고 있었는데, 배경이 흰 타일이었던 거예요. 그렇지만 그 하얀 모자가 오히려 남자의 '머리 없음'을 감추고 있는 것은 아닌가, 저는 그런 말도 안 되는 생각에 잠시 빠져 있었어요."

나는 최승호 시인을 인터뷰하기 위해 잡지사로 가면서 며칠 전에 마주쳤던 그 기이한 광경을 다시 한 번 떠올렸던 것이다. 그러자 이상하게도 나는 시인 최승호와 그 기이한 광경을 함께 보았을지 모르겠단 생각이 뜬금없이 드는 것이었다. 시간과 공간이 휘어져 있는 우주의 어느 모퉁이에서 누군가, 또 누군가의 휘둥그레진 눈. 자코메티와 베케트와 몬탈레,* 그리고 최승호가 언젠가 어디

---

* 최승호가 매혹을 느꼈던 예술가들. "참 이상하지. 나는 자코메티를 베케트를 그리고 몬탈레를 서로 연관시키지 않고 각각 좋아했는데, 통하는 게 있었나 봐. 베케트의 연극 「고도를 기다리며」의 유일한 무대 장치였던 앙상한 나무

선가 고독한 자세로 홀로 서서 그렇지만 함께 보았던 것. 그것은 무엇이었을까?

나는 '머리 없는 남자'에 대해 그에게 물었다. 마치 근황이나 안부 인사를 묻듯이. 그가 최근에 낸 열세 번째 시집『북극 얼굴이 녹을 때』에서 보았던 연야달다(演若達多)에 대해 나는 물었던 것일까. "연야달다가 거울을 보다 자신의 머리를 찾아 나서는 일화가 능엄경에 있다. 그는 머리가 없어졌다고 생각하고 잃어버린 머리를 찾아서 길을 떠난다. 잃어버린 머리를 찾으려고 그는 얼마나 두리번거렸을까."(「장터의 두절새우」)

"머리를 보여 주지 않는 거울? (로브그리예(?) 작품에서 봤던 이미지였던가.) 백화점 에스컬레이터의 벽 거울이 낮으면 거울의 세계에선 머리 없는 사람들이 우르르 올라가고 내려갈 수 있어. 아마도 내가 상상한 연야달다의 거울은 그런 것이 아니었을까. 거울에 속아서 그는 머리를 두리번거리며 머리를 찾아 나서지. 앙리 미쇼의 작품 중엔 '머리 없는 사람이 장대를 오르는 이미지'가 있어. 선시에는 머리 없는 원숭이가 거꾸로 나무를 오르내리지. 이오네스코의 개구리, 머리 없는 개구리는 그야말로 '무방향' 그 자체지. 이 개구리는 어디로 가야 할지 모르는 거야. 내 시에는 두개골을 옆구리에 끼고 다니는 머리 없는 광인도 있어. 머리 없는 사람들이 머리가 바뀌었다고 싸우기도 하지. 광기 같은 걸까? '글 쓰는 개미'의 커다란 머리도 결국 책상 아래로 떨어져 버리지.(「검은

한 그루를 자코메티가 만들었잖아. 그리고 나중에 알게 된 사실인데, 이탈리아 시인 몬탈레의 시집을 베케트가 번역한 바가 있었어."

잉크병」,『북극 얼굴이 녹을 때』) 이것은 선에서 말하는 언어도단(言語道斷) 같은 걸지도. 언어의 길이 끊어지고 마음 갈 곳이 사라지는 단계, 사유가 끊어지는 자리로 가는 것. 이것은 '캄캄한 맛'."

머리는 기이하다. 이를테면, 앞면은 최승호임을 알려 주는 얼굴, 뒷면은 캄캄한 뒤통수. 우리는 종종 머리를 밑으로 떨어뜨리거나 옆으로 돌리거나 그러면서 얘기를 이어 갔을 것이다. 문득, 시는 얼굴의 것이 아니라 뒤통수의 것일 거라는 생각을 했다. 그였다면 시는 얼굴에도 속하지 않고 뒤통수에도 속하지 않는다고 했을까. 그것은 얼굴에도 속하고 뒤통수에도 속한다는 것과 같은 뜻일까.

"어디에도 머물지 않는 글쓰기. 쌍대(雙對)의 이치. 어둠을 말하면 밝음을 말하라고 했지. 어둠에도 속하지 않고 밝음에도 속하지 않는 것. 침묵에도 속하지 않고 말에도 속하지 않는 것. 성속미추장단을 다 쓰려면 '무소속'이어야 한다. 나는 어둠도 쓰고 밝음도 쓴다. 숭고도 쓰고 속됨도 쓴다." 그렇게 그는 쓴다, 발 없는 새처럼.

2 발 없는 새처럼

"절벽을 붙든 둥지 속의 독수리 새끼는 아직 새가 아니야. 독수리의 모습을 하고 있어도 절벽에 의지하고 있을 때는 새가 아니지. 새가 되는 순간은 몸을 던지는 순간이다. 그때부터는 발이 필요 없어. 발 없는 새(무족조)처럼 나의 글쓰기를 어디에도 의지하지 않는 무소속의 자리에 두려고 해. 내가 쓴 우화 중에 이런 이야기가 있어. 올빼미 부부가 새끼 네 마리를 낳았어. 때가 되자 세 마리는 떠났는데, 한 마리는 끝끝내 못 떠나고 그곳에 남았지. 어떻게 됐을까. 그 한 마리는 나뭇가지를 발톱으로 움켜쥐고 굶어 죽었어."

요즘에 그는 잠들기 전에 『임제록』의 한 구절을 음미한다고 한다. "말하자면, 수면제 같은 거지."라고 말하는 그의 얼굴에는 부드러운 미소가 떠올랐다. 『임제록』에서 그가 특히 좋아하는 구절은, "마음은 형상이 없이 온 우주를 관통하고 있으면서 지금 눈앞에서 작용한다.(心法無形, 通貫十方 目前現用)"이다. 잠들기 전에 그의 영혼의 크기는 광막해진다. 바로 이 구절은 그의 명상과 사유 속에서 르클레지오의 어떤 소설 맨 앞에 적혀 있던 "시선을 가로막는 것은 없다."(백인들의 속담)라는 문장과 교차하고 있었다.

"마음은 눈알과 같은 거야. 시선이 막힘없이 물질을 꿰뚫을 수 있는 것은 그것이 물질이 아니라 텅 비어 있기 때문이지. 형상이 없는 마음처럼 말이다. 물질을 꿰뚫으려면 형상에 속박되어 있으면 안 되지. 무소속이어야 하는 거야."

그렇지만 자본주의 세계에서 갖가지 상품들은 우리의 시선을 붙잡으려고 한다. 말하자면, 시선을 가로막으며 상품들이 현란하게 전시되고 있는 것이다. 쇼윈도 앞에서의 시선은 산만하며, 보이는 물질에 사로잡히며, 욕망으로 붉게 충혈되어 있다. 이 피곤한 눈을 잠시 감고 싶다. 눈물이 나온다. 사물을 뚫고 나아가는, 그리하여 보이지 않는 것을 응시하는 것이 시적 시선일까.

"무릇 시선에 대해서는 직선적으로만 상상하는데, 그건 아니지.

그러고 보니, 꿰뚫는다는 표현도 직선을 연상시키는군. 시의 것은 둥근 시선이어야 해. 구체(球體)의 시선은 사방을 보는 시선이야. 안쪽으로 구부러져 안을 볼 수 있는 시선이기도 하지." 심법무형(心法無形)의 시선. 그것은 온 우주를 관통하고 있으면서 바로 지금 눈앞에서 작용한다. 그가 눈을 깜박였다.

3 죽음을 관통하여 자유로운 삶, 죽음을 품고 싱싱한 삶

"바라는 것이 없기 때문에 죽을 때에도 그는 자유롭다." 『반딧불 보호구역』에 실려 있는 시 「나비」의 끝 구절이다. 최승호 시인의 30여 년의 시작(詩作)을 관통하는 것은 '죽음'의 문제라 할 수 있을 것이다. 그는 왜 그토록 '죽음'의 문제에 천착하는가.

"죽음의 문제는 자유!" 그는 간결하게 말했다. "삶이라는 것이 죽음에서 가로막힌다면 자유롭지 않은 거야. 죽음을 관통하지 않고는 삶이 자유로워지지 않아. 천국을 구하거나 불멸의 이름을 구하거나, 그러기 시작하면 삶이 복잡해지고 괴로워지고 무거워지지." 그는 발 없는 새를 사랑하듯이 무소속, 무소유의 나비를, 그런 나비의 춤을 사랑한다.

그러므로, 그가 지향하는 무소속의 글쓰기는 나비의 춤과 같은 것이리라. "나비는 가벼운 몸 하나가 있을 뿐이다. 몸 하나가 전 재산이다. 그리고 무소속이다. 무소유(無所有)의 가벼움으로 그는 날아다닌다. (……) 그의 생은 훨훨 나는 춤이요, 춤이 끝남은 그의 죽음이다."

"니코스 카잔차키스의 묘비명, '나는 아무것도 원하지 않는다. 나는 아무것도 두려워하지 않는다. 나는 자유.' 이것은 힌두교 어느 우화에서 얻은 거지. 한 무사가 배를 타고 가다가 소용돌이를 만났다는군. 노를 아무리 힘껏 저어도 배는 속절없이 소용돌이 속으로 끌려 들어가는 거야. 문득 이 무사는 노를 놓아 버리지. 무언가를 깨달았던 거야. 소용돌이 속으로, 죽음 속으로 들어가면서 이 무사는 이렇게 노래했지. '나는 아무것도 원하지 않는다. 나는 자유.' 붓다의 마지막 깨달음이 바로 이것이었어. 석가가 고행을 할 때, 어느 날 강에서 목욕을 하고 있는데 고행으로 인해 체력이 너무 떨어졌던 모양인지 그만 강물에 떠내려가게 되었어. 그런데 그렇게 떠내려가다가 강가에 드리워진 나뭇가지 같은 걸 붙잡게 된 거야. 그걸 잡고 애써 기어 나오다가 석가는 불현듯 깨닫게 되지. 자기를 죽이려고 고행을 했는데, 살려고 이렇게 매달려서 기어 나오는 것은 대체 무엇이란 말인가. 석가는 그길로 고행을 포기해. 보리수나무 아래서 소년에게 풀방석을 만들어 달라 하여 앉은 자리를 부드럽게 하고, 그리고 지나가는 마을 처녀에게 우유죽을 부탁해서 먹지. 우유죽은 동물에서 나오는 거라 그걸 먹는 건 계율에 어긋나는 것이었지만, 그는 그런 비난에는 아랑곳하지 않고 맛나게 먹고는 또 한 그릇을 더 달라고 해서 빈속을 채웠어. 대체 석가에게 어떤 변화가 생긴 것일까. 석가의 마지막 욕심이 깨달음이었어. 석가는 그걸 포기한 거야. 그 마지막 욕심이 사라지면서 절대적인 평화에 이르게 되지. 그리고 샛별을 본 거야. 깨달음을 포기하는 자리에 깨달음이 있었던 거지. 그러므로, '우습다, 소 탄 자여, 소를 타고 소를 찾는구나.'(「십우도」의 첫 번째 단계에 대한 게송) 앞에서 우리가 말한 연야달다가 그런 상태일까. 잃어버린 머리를 찾으려고 그는 얼마나 두리번거렸을까."

"바라는 것이 없기 때문에 죽을 때에도 자유롭다."(「나비」) 자유로운 삶이란 죽음에 구속되지 않는 삶이라고 최승호는 말한다. 죽음으로부터의 자유는 자유의 가장 깊은 차원일 것이다. 죽음을 관통하여 자유로운 삶. 그 한편으로 시인 최승호에게 죽음의 문제는 또 다른 차원에서 시적인 몸(살과 뼈와 피)의 문제가 된다. 그것은 감각의 차원. 죽음을 품어서 '싱싱한' 삶을 그는 응시한다. "죽음을 품고 햇빛을 더 강하게/ 죽음을 품고 어둠을 더 거칠게"(「휘둥그레진 눈」).

"죽음을 망각하고 사는 삶과 죽음이 깃들어 있음을 느끼는 삶은 그 광채가 다르지. 어두운 동굴 속에 있다가 나왔을 때야 느낄 수 있는 광채 같은 것. 거대한 다이아몬드 벽처럼 죽음이 뿜는 광채가 있어."

"시는 캄캄한 개흙에 뿌리를 박고 자라는 게 아닐까."

최승호 시인의 첫 시집 『대설주의보』를 펼치면 그 첫 번째 놓여 있는 시가 「밤의 힘」이다. 이 시는 운명적으로 그의 서시(序詩)와 같은 것일지도 모른다. 그럴지도 모르겠다고 그가 중얼거렸다. '죽음이 뿜는 광채'가 가득한 「밤의 힘」.

(전략)
기억해 두자 저 얼크러져 꿈틀대는 밤의 힘
비록 내가
거신족(巨神族)의 식탁을 위한 한낱 제물(祭物)에
혹은 밤이 낳고 밤이 먹는

밤의 아들에 불과하다 해도

세찬 빗발이 나를 두드리고

내가 다시 싱싱해지고

나의 두개골 안에

불타는 가시덤불의 거센 불길이

느껴지는 이 싱싱한 밤을.

　　　　　　　　　——「밤의 힘」 마지막 부분

4 최승호 시의 운동, 시간의 궤적

나는 언젠가 최승호 시인의 시 전반을 통해 관철되는 중요한 방법론이자 미학적인 토대를 '반복'이라고 얘기했던 적이 있다.* 그의 시 쓰기는 직선의 운동이 아니라 곡선의 운동을 해 왔다.

"조개껍질이나 소라, 달팽이도 그렇지. 그것들은 소용돌이를 이루면서 나아가거든." 그의 말대로 그의 시는 같은 자리가 아닌 방식으로 되돌아온다. 그리고 다시 몸을 틀어 나아간다. 나는 이 운동성이 그의 시 세계를 확장시켜 왔으며 더 깊어지게 했다고 생각한다. 허(虛), 무(無), 공(空)의 세계관이 "거대한 변기의 세계관"(김현)으로 소용돌이를 이루면서 다시 더 멀리 더 깊이 돌아 나가는 이 궤적은 최승호의 문학사를 이룬다.

아마도 곧 '휴대 가능한' 최승호의 문학관이 한 권의 시집으로

---

* 졸고, 「최승호 시의 생태학」, 《우리어문연구》 25집, 2005.

나올 모양이다. 그에게 출간을 앞두고 있는 새 시집에 대한 이야기를 들어 보았다. 제목은 『아메바』, 그 부제는 '분류되고 변형되는 이미지들'이라고 한다. "최근에 냈던 시집을 제외하고, 그러니까 『고비』까지의 12권의 시집을 대상으로* 내가 그동안 집중해 왔던 이미지별로 시들을 분류해 보았어. 불안. 공포, 공허, 우울, 고독, 슬픔…… 그러고선 각각의 주제가 잘 드러나는 시의 3, 4행 정도를 앞에 붙여 놓고 그걸 여러 가지로 변형해 보았지. 가령, '그 오징어 부부는/ 사랑한다고 말하면서/ 부둥켜안고 서로 목을 조르는 버릇이 있다', 이건 「오징어 · 3」(『고슴도치의 마을』)에 나오는 구절이지. 바로 이 구절이 이를테면 '그 오징어 부부는 싸울 때 서로의 얼굴에 먹칠을 한다'와 같이 변형되는 거야. 또, '그 오징어 부부는 죽을 때 각자 홀로 눈을 감을 것이다'……"

그리하여 그의 입술에서는 "초대왕 오징어는 길이 9미터의 고독을 끌고……"와 같은 중얼거림이 흘러나왔다. 이 같은 작업을 하면서 12권의 시집은 아홉 가지 색깔의 포스트잇이 붙여져서 마치 무지개처럼 책상에 펼쳐져 있었다고 한다. 그가 구상한 새 시집의 형식이 잘 말해 주듯이 시 쓰기가 시 쓰기를 밀고 나가는 것이다. 한 편의 시는 한 편의 시로 끝나는 것이 아닌 것 같다. 내가

---

* 그가 말하는 12권의 시집은 다음과 같다. 『대설주의보』(1983), 『고슴도치의 마을』(1985), 『진흙소를 타고』(1987), 『세속 도시의 즐거움』(1990), 『회저의 밤』(1993), 『반딧불 보호구역』(1995), 『눈사람』(1996), 『여백』(1997), 『그로테스크』(1999), 『모래인간』(2000), 『아무것도 아니면서 모든 것인 나』(2003), 『고비』(2007). 그리고 『북극 얼굴이 녹을 때』(2010), 『아메바』(2011)를 그의 문학사에 추가할 수 있다.

썼던 것이 나를 만들기도 하는 것이다. 그러므로 나는 시 쓰기를 통해 형성되기도 하는 것. 이것이 시와 삶이 별개의 것일 수 없는 또 다른 이유다. 무엇이 원인이고 무엇이 결과란 말인가.

"그래. 결과가 다시 원인이 되지. 꽃이 지는 자리에 씨앗이 생기는 거야. 니체가 말했지.(바슐라르가 인용했던 것) '쓴다. 그리고 철학한다.' 내가 과거에 썼던 작품은 과거에는 현재였던 거야. 그 과거의 현재를 현재의 현재로 놓고 변형시켜 보았던 것이 이번 작업이라고 할 수 있어. 이 작업에는 '시간의 겹' 같은 것이 있어. 실험, 자기 테스트, 훈련, 상상력의 모험…… 나는 무얼 하려고 했던 걸까. 실은 나도 잘 모르겠어."

　가슴이 있다는 것은 고통스럽다. 공허와 비애와 우울과 불안, 고독과 절망감과 그리움, 그 모든 것이 하나의 가슴에 들어 있지 않은가. 가슴이 있다는 것은 고통스럽다. 그렇다고 가슴의 서랍들을 다 빼 버리고 텅 빈 가슴으로 살아갈 수도 없는 일. 벽돌은 가슴이 없다. 구름도 가슴이 없다. 가슴이 있다는 것은 고통스럽다.
　　　　　──「가슴의 서랍들」 전문(『북극 얼굴이 녹을 때』)

그는 가슴의 서랍들을 하나씩 하나씩 열어 보았을 것이다. 새 시집 『아메바』의 작업은 그에게 '가슴의 서랍들'을 회감 반추하는 계기가 되었다고 한다. "가슴이 있다는 것은 고통스럽다." 그럼에도 불구하고, 그는 그 고통스러운 가슴의 서랍들을 천천히 열고 오랫동안 들여다보았을 것이다. 그 고통이 투명해질 때까지. 그가 이런 말을 했다. "밝음 앞에서의 비애라고 할까. 나는 웃음의 이미지, 충만의 이미지, 밝음의 이미지 앞에서는 이상하게 눈물이 핑 돌아. 그렇지만 어둠(비극)에 관해서라면 눈빛 흔들리지 않고 잘 들여다 볼 수 있어." 그의 형형한 눈빛, 고독한 눈빛에는 이 어두운 세계에 대한 사랑이 정제되어 있을 것이다.

그는 10여 년 전에 '마르셀 뒤샹 전(展)'에서 「여행 가방 속 상자」를 인상 깊게 보았노라고 말했다. "뒤샹은 자기 작품을 축소하여 가방 안에 넣었어. 이 여행 가방을 들고 가면 마르셀 뒤샹의 박물관을 들고 걷는 거지. 나도 언젠가는 그런 작업을 한번 해 보고 싶었어." 뒤샹의 「여행 가방 속 상자」를 '휴대 가능한 뒤샹 미술관'이라고 한다면, 시집 『아메바』는 '휴대 가능한 최승호 문학관'이라고 할 수 있을 것 같다. 또한 그는 『아메바』의 작업을 프랑스 시인 레이몽 크노의 「문체 연습」에서도 암시를 받았다고 했다. 크노는 1매가량 되는 짧은 글을 100여 가지로 변형했다고 한다. 그리고 "이탈리아의 어떤 정물 화가가 똑같은 오브제를 배치만 바꾸어 다시 그리는 작업을 한다는 말을 어디선가 들었는데, 이번 시집 작업을 하면서 누군가의 말 속에서 스쳐 갔던 그 화가에 대한 생각도 많이 했어."

5 북처럼 두드린다, 빛나는 쟁기처럼 파도친다, 쓴다

"동시 쓰는 작업은 선생님에게 어떤 의미가 있고 재미가 있으신지?" 그는 『최승호 시인의 말놀이 동시집』 등 많은 동시집을 펴내고 있다.

"리듬 공부를 하고 있어. 말놀이의 바탕에는 리듬이 있거든. 동시를 쓰면서 말의 음악성에 대한 관심이 더 커졌지. 시의 피가 리듬이고, 살이 이미지, 그리고 뼈대가 의미라고 할 수 있어. 피와 살과 뼈, 그러니까 리듬과 이미지와 의미가 살아 있어야 시가 생물이 되는 법이지. 우리 몸에서 뼈가 가장 깊이 감춰져 있듯이 시에서의 의미는 겉에 그대로 드러나는 것이 아니라 리듬과 이미지에 감싸여 있어야 해. 생각해 보면, 초기 시에서 나는 리듬을 희생해서라도 이미지를 각인시키려고 했지. 너무 유려한 리듬은 이미지와 의미를 구렁이처럼 넘어가 버린다고, 다시 말해 이미지와 의미의 작용을 무화시켜 버린다고 생각했지. 그렇게 될 수 있는 소지도 분명 있지만, 이미지와 의미에 생명력을 충전하는 것이 리듬이겠지. 나는 이제 현대적인 리듬을 고민하고 있어.

현대적인 리듬이라는 게 뭘까? 나는 타악기에 관심을 갖게 되었어. 가장 원초적이면서 현대적인 리듬이 거기에 있다고 생각하는 거지. 플라멩고에서 가장 중요한 것이 무엇일 것 같아? 바로 마루야, 마루. 마루가 북인 거지. 요즈음은 아프리카 음악을 많이 들어. 아프리카인들에게는 대지가 북이야. 발로 창으로 대지를 두드리며 북 위에서 춤추는 거지. 관악기 현악기 중심이었던 오케스트라에도 타악기가 굉장히 많이 들어와 있어. 새로 만들어지는 가장 많은 악기가 타악기라고 해. 현대 음악의 변화된 지점에 타악기가 있는 것 같다. 물론 시에서 이를 어떻게 실현할 것인가, 그것은 어려운 과제지. 어쨌든 우리의 몸도 북이야. 우리는 진동 속에 있는 거야. 끊임없이 새로운 피를 만들어 내는 심장이 타악기인 거지."

그의 이야기가 깊어지고 있었다. 나는 그의 말을 듣고서 '호흡'

에 대해서 이야기했다. 나는 언젠가 이 얘기를 글로 쓴 적이 있었다. "호흡은 우리와 가장 가까이 있는 것, 가장 흔한 것, 가장 자명한 것이다. 그것이 우리에게 처음 일어난 것으로 체험되는 사태, 즉 숨쉬기라는 행위에 대한 각성은 죽음을 가장 가까이에서 마주하게 한다. 죽음과의 대면은 '살아 있음'에 대한 가장 극적인 체험이라고 할 수 있다. 죽음이라는 검은 빗금을 미래의 시간에 기입하지 못하는 존재는 자신의 '살아 있음'을 확증할 수 없다. 죽지 않는 것은 죽은 것밖에 없기 때문이다." 내가 썼던 이 문장을 그의 이야기 속에서 되풀이하고 보니, 나는 그와 무언가 공명하고 있는 것이 느껴졌다.

"그래. 호흡이 리듬이지. 생명 있는 것들은, 자연의 흐름 속에 있는 것들은 모두 그것을 가지고 있지. 들숨과 날숨, 낮과 밤, 밀물과 썰물……."

밀물과 썰물……. 나는 느닷없이 그의 시 「이름 붙일 수 없는 것」을 다시 읽고 싶어진다. 이 시는 내가 그를 만나는 자리에 가지고 갔던 시집 『북극 얼굴이 녹을 때』 중에서 그가 가장 마음에 든다고 했던 시이기도 하다.

바다는 온통 잿빛이다
어두운 하늘에서 희미하게 별이 돋기 시작한다

텅 빈 해안에는
고독이라는 거대한 등뼈가 솟아 있다
그것은 발이 두 개다

어둠 속에서 어둠 속으로
그것은 느릿느릿 걸어다닌다

어쩌면 밤의 바다는 한때 광활한 사막이었는지도 모르겠다. 고대의 낙타들, 그것들은 현재 먼지들이다. 형상 있는 것들의 미래는 붕괴, 해골, 흙먼지, 무형이었던 것이다.

황량한 바다에서 바람이 불어온다
밤은 보이지 않는 것들
이름 붙일 수 없는 것들로 파도친다
하늘과 땅을 갈라놓았던 수평선을 뭉개며
밤이 깊어간다
낮의 바닥에 이글거리는 공허가 있고
밤의 심연에는 꿈틀거리는 무가 있다

(후략)

"몬탈레의 시에 '바다는 늙지 않는다'라는 구절이 있어. 바다 안에 쟁기가 있기 때문일 거야. 묵은 것, 죽은 것을 갈아엎는 쟁기 말이야. 작가가 늙지 않으려면 빛나는 쟁기 같은 펜촉을 가져야 해. 우리 몸에서 보면 심장이 쟁기가 아니겠어. 심장은 묵은 피를 새 피로 갈아엎는 쟁기라고 할 수 있지. 빛나는 쟁기 같은 펜은 그러니까 뛰는 심장 같은 펜이라고 할 수 있겠지."

……. 인터뷰를 마치고 잡지사 사무실을 나오니 '붉은 악마들'

이 몰려다니고 있었다. 그날 저녁이 월드컵 한국 – 아르헨티나전
이 있는 날이었기 때문인데, 붉은 악마들 덕택에 최승호 시인과
긴 대화를 나누었던 어느 오후의 날짜까지 알 수 있게 된 셈이다.
빈약한 기억력을 대신하여 인터넷 검색을 해 보니, 그날은 2010년
6월 17일.

이장욱은 어디에 있는가

1

그가 걷고 있었다. 비디오 가게가 있고, 약국과 슈퍼, 언제나 닭튀김 냄새가 흘러나오는 맥줏집 따위가 있는, 세상 어디에나 있을 것 같은 그런 길에 그는 섞여서 느린 발의 속도만으로 흘러가고 있었다. 수유리라고 하면 수유리의 어느 골목이고, 남도 광주의 어느 동네라고 하면 또 그렇다고 할, 어쩌면 내가 사는 동네라고 해도 아 그렇구나 하고 끄덕일 법한 그런 길들이 도시의 속살을 이루고 있으므로, 만약 걷고 있는 그의 곁에 누군가 하늘에서 뚝 떨어져 놓인다면 여기가 어딘지 끝내 어리둥절할 것이다. 그래서 울 것 같은 표정으로 옆에 있는 그에게 물어본다면 그는 '울 것 같은 바로 그 누군가의 표정'으로 이 길의 주소를 기억할 것이다.

그러므로, "처음이자 동시에 마지막인 무수한 현재들의 힘으로,""과거형을 현재의 지속처럼 느끼는 힘으로,"(《146 왕의 결여》,「우리는 아프리카」)* 그는 걷고 있다고 말할 수 있을 것이다. 약국에서 나오는 청년의 손에 들린 약봉지가 부푼 과자 봉지처럼 커다래서, 스물여덟 개의 알약으로 아침 점심 저녁을 분할하는 그이의 하루 속으로 그가 문득 스몄으므로, 그는 어쩔 수 없이 어지러웠을 것이다. 옥탑방 창문으로부터 부리를 내민 종이비행기가 짧은 비행을 시작했기 때문에, 누군가 난간에서 너무 깊숙이 허공 속으로 허리를 꺾고 있어서, 검은 비닐봉지가 날개를 다친 날짐승처럼 공중에서 허우적댔기에, 3초 후에 저 검은빛이 퀵서비스 오토바이맨의 눈을 덮칠 것이므로, 그는 뒷목이 뻣뻣해지도록 고개를 쳐들고 있을 것이다. 느닷없이 할렐루야를 외치며 팔을 높이 쳐든 자가 너무나 힘껏 눈을 감았으므로, 그자의 눈꺼풀 안쪽의 세계가 이 세계로부터 차단되었으므로, 속눈썹이 파르르 떨렸으므로, 이장욱의 눈빛은 이장욱으로부터 더욱 멀어졌을 것이다.

---

*「우리는 아프리카」는 '픽션 에세이'라는 명칭으로 《현대문학》 2006년 3월 ~2007년 1월에 걸쳐 연재되었다. 지금껏 그가 펴낸 책들로는 세 권의 시집 『내 잠 속의 모래산』(2002), 『정오의 희망곡』(2006), 『생년월일』(2011), 장편소설 『유쾌한 칼로의 악마들』(2005), 「동경소년」, 「변희봉」, 「고백의 제왕」, 「아르마딜로 공간」, 「기차 방귀 카타콤」, 「곡란」, 「밤을 잊은 그대에게」, 「안달루씨아의 개」 이렇게 여덟 개의 단편을 묶은 단편집 『고백의 제왕』(2010)이 있으며, 산문집으로 『혁명과 모더니즘 — 러시아의 시와 미학』(2005), 『나의 우울한 모던 보이』(2005)가 있다. "이렇게 쓰고 싶다는 감정과 이렇게 쓰고 싶지 않다는 감정 사이를 헤매면서 이 이야기들을 썼다. 쓰고 나면, 이렇게 쓸 수밖에 없었다고 생각하게 된다. 지금은? 그저 멍하니 중얼거리는 중이다. 나는 이런 글들을 썼구나, 이런 것을 쓰는 것이 나라는 사람이구나……라고." 바로 얼마 전에 그가 첫 번째 단편집을 내면서 했던 말이다.

이 순간, 나는 그의 이런 문장들을 떠올리게 된다. "나는 내가 아주 오랫동안 혼자 살아온 노인처럼 낮고 견고한 감정을 갖게 되기를 바란다. 하지만 삶과 세계가 조금씩 위태로워지는 수많은 순간들과 지속들 앞에서 바늘처럼 긴장할 수 있기를 바란다. 자신으로부터 벗어나고 싶을 때가, 자신에게 가장 가까워지는 순간이라는 것을 알고 있다."(『고백의 제왕』에 붙인 「작가의 말」) 혹은 '코끼리군의 엽서' 중에서, "사랑이 없으면 리얼리즘도 없어요."(「인파이터」) "우리는 유려해지지 말자."(「근하신년」)

2

우리는 유려해지지 말자.
삶에 대해서. 그러므로 문학에 대해서.
문학의 고독 속에서. 그러므로 삶의 한가운데서.
'아이러니'는 집에 오면 벗어서 걸어두는 외투 같은 게 아니야. 만약 아이러니를 외투처럼 걸어두고 투명한 명상에 잠길 수 있는 집이 있다면, 그것은 문학의 집은 아닐 거야.
"그러나, 그럼에도 불구하고, 그 아이러니의 너머까지"(〈98 아아러니의 너머〉, 「우리는 아프리카」) 아이러니 속으로, 그 깊은 데, 그 불가피성 안으로 인파이터.

3

　나는 이장욱을 '형'이라고 부른다. 지금은 대학가에서도 여학생의 입에서는 사라진 호칭이 되었지만, 그땐 다들 그렇게 불렀으니까 내 주변에도 많은 형들이 있었다. 그는 선량하고 부드러운 미소를 지을 줄 알았지만 그에게는 조금 더 깊숙이 닫히는 침묵과 조금 더 어둡게 파이는 의자가 있었다. 그를 만나는 자리엔 거의 언제나 커다란 탁자가 놓여 있었으니까, 내 낡은 기억 속에는 그의 '의자'가 남아 있다. 똑같은 공산품 의자들이었겠지만 그가 앉으면 '그의 의자'가 되는 순간이 있다. 우리들은 그렇게 조금씩 서로 다른 의자에 앉아서 주로 시에 대해 얘기했을 것이다. 아홉 명이 모이면 아홉 개의 의자가 있었다. 3센티미터쯤 공중으로 들린 의자, 왼쪽으로 기우뚱한 의자, 지하에 네 개의 다리를 파묻은 의자, 한 개만 파묻은 의자, 테이블에 끌려간 의자…… 어이없는, 어처구니없는 의자들. 종종 누군가의 농담이 먹혀들어서 웃음소리가 커질 때가 있는데, 그럴 때면 한두 명쯤은 터무니없이 큰 소리를 내기도 했을 터인데, 어쩐지 그의 웃음만은 그럴 수도 있을 것 같지만 끝내 그의 웃음'소리'는 기억에 떠오르질 않는다. 그는 예리하게 얘기하면서도 따뜻하게 말했다. 많이 그리고 크게 말하는 법 없이 그는 말을 잘했다. 말을 잘했지만, 고요한 사람이라고 나는 그를 기억한다. 그는 조금 '덜' 말할 줄 알았고 침묵을 좋아했다.
　지금도 그렇게 생각한다. 그는 '한결같다'고 느끼게 하는 사람이다. 시간에 훼손되지 않고 시간을 통과하며 성숙해 온, 진화해 온 이장욱의 '소년'이 있기 때문일 것이다. 그 소년이 어디선가 글을 쓰고 있다. 나는 어쩐지 '고마워'라고 조그맣게 말하고 싶은 기분.

1994년 2월 어느 날 그를 처음 만났다. 그때도 커다란 탁자가 있었을 것이고, 아홉 개쯤의 서로 다른 의자와 아홉 명쯤의 사람들이 있었을 것이다. 그 후로 그와의 만남을 그렇게 이어 왔으니, 나는 그를 '가까운 선배'로 꼽고 있었을 것이다. 그랬는데, 그럼에도 불구하고, 10년쯤 지난 어느 날 불현듯, 만약 내가 그를 길에서 우연히 만났는데 행로가 같아 10분쯤 나란히 걸어가야 하는 상황이라면 그 10분이 그다지 편하지 않을 것 같다는 생각이 들었다. 짧은 10분 안에 어색한 침묵이 몇 번이나 끼어들 것 같았다. 그 생각은 나 스스로에게도 다소 놀라웠다. 10년 동안 그런 10분이 있긴 있었던가. 그에게 나의 이 가정법의 심정을 말했더니, 그가 뭐라고 했더라. "내가 좀 그렇지……." 어쨌든 그는 별로 섭섭해하지도 놀라워하지도 않았던 것 같다. 그 순간에 나는, "내가 좀 그렇지……."라는 말은 내가 해야 하는 것일지도 모른다는 생각을 뒤늦게 하고 있었다. 나는 무언가 깜박 잊고 있었던 것이다.

나로서는 그를 통해 "내가 좀 그렇지."에 닿았을 때, 그러니까 이 세상에 불편하게 난처하게 끼어 있는 어느 부분에 닿았다고 느꼈을 때, 이상하게도 그에 대해 남아 있던 한 조각 그 '불편한 10분'이 3월의 눈송이처럼 녹는 것 같았다. 3월의 눈송이처럼 그 10분의 틈새가 환해지는 느낌이었다. 며칠 전에 그의 소설집을 읽었기 때문에, 또 그의 시집을 다시 들추어 보았기 때문에 가능하게 된 비유이지만, 그래도 엉뚱한 맥락이지 싶지만, 「아르마딜로의 공간」에서 "우리는 유려해지지 말자"라는 말을 들은 것 같았던 것이다. 아무튼, 「아르마딜로의 공간」을 읽고, 「동경소년」을, 「변희봉」을,

……천천히 읽을 수 있어서 2010년 4월 어느 날이 참 좋았다는 것.

4

"내 마음이란 것은 자동문 위에 달린 센서처럼 유끼를 느끼고 빨갛게 빛을 발했으니까요."(「동경소년」) 그렇게 그의 소설 속 인물들은 태어났을 것이다. "내가 바라보면 유끼는 그곳에 있었고, 내가 바라보지 않으면 유끼는 희미해져버렸습니다. 나는 온힘을 다해서 유끼를 생각했습니다." '온힘', 그것이 "타자라는 관념이 아니라 당신이며, 추상적인 언어가 아니라 구체적인 말"(「작가의 말」)을 쓰게 한다.

그는 당신을, 인물들을 사랑하는 힘으로 '소설'을 썼다. "사랑이 없으면 리얼리즘도 없"다는 것. 내가 아닌 '당신', 나의 경험 너머의 '죽음'을 쓴다는 것은, 쓰고 싶다는 것은, '너'와의 거리를 '내 쪽'으로 끌어당기는 방식이 아니라 나를 벗어나며 '너 쪽'으로 다가감으로써 좁히겠다는 것. 그러나 그는 이 '거리(距離)'의 불가피성을 순정한 사랑으로 지울 수 있다고 믿지 않는다. 그는 끝내 낭만적일 수 없다. 그가 생각하는 사랑은 '거리'(차이)를 지우는 힘이라기보다는 '거리'를 들끓게 하는 것, 그리하여 투명하게 '너'를 들여다볼 수 없게 하는 것. '투명한 시선'이라는 환영을 물리치는 것. 나의 눈빛으로, 나의 생각으로 '너'를 완전히 포획할 수 없다는 것. 너는 나를 혼란에 빠뜨리고 진동하게 만들며 부단히 변경하게 만든다. 나의 생각은 확실하지 않고, 그럼에도 불구하고,

아니 그렇기 때문에 생각은 종료되지 않고 계속된다. 사랑을 포기하지 않는 한 나의 시도는 또 한 번의 헛발질이라도 계속될 수밖에 없는 것이다. "사랑이 없으면 리얼리즘도 없"다고 할 때, 그의 리얼리즘은 이 불투명성을, 이 불확실성을 가리키고 있을 것이다. 이 불투명성 속에서 그의 인물들은 피와 살을 얻고 관절을 구부려 인사하고 점점이 걸어 다닌다. 불투명성의 유물론, 그렇게 말해 볼 수도 있지 않을까.

5

그를, 타인을, 구체적인 당신을 그린다는 것은 확실히 어려운 일이다. 경험의 가능성, 고백의 가능성을 벗어나 있는 죽음(벗어나는 순간에만 죽음인 죽음)의 문제를 다룬 소설 「곡란」에 대해 이장욱은, 쓰면서 정신적으로 힘겨웠다고, 인물들과 사람들과 나 자신에게 무작정 용서를 빌면서 썼다고 말했다. 쓰는 동안 무언가에 사로잡혀 있었다고 했다. 가까스로 말할 수 있는 것 이상(以上)으로 쉽게 넘어가서 유희할 수 없는 이장욱에게, 자신도 모르게 인물들을 오해와 과장과 소문에 넘기게 될까 봐 정말이지 두려운 이장욱에게 있어 '죽음'의 문제는 끝내 어떤 해결과 답에도 머무르지 않으면서 남는 문제가 되어야 했을 것이다. 다시, 질문으로 남는 것이 죽음일 것이며, 그리고 당신, 당신일 것이다. '죽음은 죽음이다', '당신은 당신이다'에서 그 어딘가 갈라지고 꿈틀거리고 복잡해진다. 독자인 내게 이장욱의 소설을 거쳐 남는 당신, 당신은 나로부터 멀리 가서 나에게 가장 가까워지는 시간으로, 오래된 해변으로, 바람이 모래를 한 꺼풀 벗겨 가기도 하는 모래산으로 데려갔다.

90년 전, 근대소설사에 입장한 청년 김동인은 용맹하게 거장 도스토옙스키를 가짜 작가라고 말한 바 있다. 인형을 매단 줄을 놀리듯 인물들을 지배하지 못하고, 그러니까 참인생의 모양을 창조해 놓고서도 "자기가 창조한 인생을 지배할 줄 몰랐는지 능력이 없었는지 모르되, 어떻든 그는 지배를 못하고 자신이 거기 지배를 받았다."(「자기의 창조한 세계」, 《창조》 1920년 7월)는 것. 잡지 《창조》를 구상했던 김동인에게 소설은 신의 창조물에 견주어지는 인간의 창조물, 무(無)로부터 솟는 것, "자기의 요구로 말미암아 창조한 그 세계가 가짜든 진짜든"은 아무런 상관이 없는 것이었다. 그렇게 말하는 자리에서 김동인이라면 "인물들과 사람들과 나 자신에게 무작정 용서를 빌면서 썼다."고 중얼거리는 90년 후의 아득한 후배 문인에게 "아니 대체 누구에게 용서를 빈다는 거지. 이봐, 인물들은 당신이 생명을 불어넣은 그림자일 뿐인데. 당신의 손가락으로 춤추게 하라구. 줄을 쥐고 있는 것은 당신이야."라고 일갈할지도 모르겠다. 그렇지만 도스토옙스키에 대한 김동인의 단상을 바흐친을 참조하며 들여다보았던 김윤식 선생은 근대소설가가 쥐고 있다고 생각하는 바로 그 인형의 줄은 모놀로그(독백)적인 목소리일 뿐이라고 했을 터. 어쨌든, 나는 인물들이 한눈에 들어오는 무대 위에서 이장욱의 섬세한 손을, 그의 유려한 손놀림을 찾지 않을 것이다. 이장욱에게 인물들은 작가의 자기 그림자가 아니다. 차라리 인물들이 드리우는 그림자 속에서 그는 움직일 것이다. 그의 영혼이 떨릴 것이다.

그래서, 라는 말은 언제나 이상하지만, 그래서 그는 소설을 쓸 것이다.

6

그렇군. 그래서, 라는 말은 이상하군.

'그러므로'라는 접속사는 우리의 생각을 매끄럽게 이어 주는가. 그러므로, '그러므로'의 보법은 앞에서 뒤로 끝을 향하여 가는 이야기의 노선을 표시해 주는가. 마침내 하나의 이야기는 하나의 이야기로 완결되는가.

그러므로, 라고 이장욱이 썼을 때(산문에서, 시에서, 음, 오히려 그의 소설에서는 못 본 것도 같은데…… 어쨌든) 종종 나는 멈칫하게 된다. 이 경우 차라리 '그런데', '그러나' 같은 접속사였다면 쉬웠을 테지만, 그가 '그러므로'를 선택하는 데에는 '그러므로'의 발견이 있다. 당연히 그가 발견하는 '그러므로'의 세계는 '전적(全的)'이지 않다. 'a 그러므로 b'의 세계는 수많은 가능성 중의 하나일 뿐이며, 다른 가능성들을 제치고 우뚝 솟는 것도 아니다. 다만, 'a 그러므로 b'일 때의, 그 순간에만 반짝이는 진실이 깊은 지층에서 발굴되었을 뿐이다. 이장욱이 쓰는 '그러므로'는 '그러므로'의 세계와 전혀 무관한 듯한 '우연의 세계'에서도 당신과 나를 교차할 수 있다. 나는 「아르마딜로 공간」을 잠깐 떠올려 보았다. 느닷없이 이상한 기분에 휩싸여 겨우 고개만 뒤로 돌려 보기도 하는 것이다. "수

많은 오후들이 연결되는 곳"으로.

"아프리카의 초식 동물들과 우리 동네의 부랑하는 개들이 같은 시간 속을 흘러가다가, 문득 같은 자세로 먼 하늘을 바라보는 순간. 아프리카의 초식 동물들과 우리 동네의 개들이 서로를 느끼면서 멀거니 고개를 들어보는, 이상한 시간. 그런 시간에 로자는 나를 떠났고, 그런 시간에 두기도 나를 떠났다."(〈22 수많은 오후들이 연결되는 곳〉, 「우리는 아프리카」)

7

아무래도 이 글은 '작가의 초상'이라기에는 너무 헐렁하다. 코도 눈썹도 그리지 않은 꼴이 되어 버린 것 같다. 오래된 사진 같은 글을 쓰고 싶었는데, 이렇게 돼 버렸다.

아주 오래된 사진. 시간의 물결이 하염없이 지나가고 지나가며 남긴 것. 이장욱이, "결국은 어둡고 고요한 진심만이 남는 것"이라고 했던 것.

언젠가는 오래된 친구에게 그런 편지를 쓰고 싶다.

희미한, 너무나 희미한,
그는 '거의 모든 세상'이 되려 한다

미지수 X: 시간, 비(非)장르, ……과 미신과 맑스, 그리고

조연호의 글쓰기들, 책의 꼴로 붙여진 그 이름을 불러 본다면 『죽음에 이르는 계절』(2004), 『저녁의 기원』(2007), 『행복한 난청』(2007).* 그러나 그것들은 영원처럼 아스라이 흩어지면서, 혹은 "1과 자기 외에는 나눌 수 없는 외로운 소수(素數)의 꿈을 꾸고 또 꾸"(「X」)면서 미지의 X에 거의 도달하고 있다.

이 두 권의 시집(『죽음에 이르는 계절』, 『저녁의 기원』)과 한 권의 산문집은 책의 이름으로도, 그 안의 큰제목 소제목으로도, 심지어 장르의 호명으로도 분절되지 않고 또 계속되는 주름, 글쓰기의 '시간'과 같다. 이 '시간'은 거의 만져지는 것처럼 존재하는 것이어서 우리에게 시간 자체를 체험하게 한다.

---

*그 이후에 두 권의 시집 『천문』(2010)과 『농경시』(2010)를 잇따라 출간했다.

'시간'이 아니라 '인과'나 '결론' 같은 것, '지도'나 '해석' 같은 것에 더 마음을 주고서 초초하다면, 조연호의 글을 읽는 것은 자칫 비경제적인 노역으로 느껴질지도 모른다. 애써 노동을 했는데 쥐어지는 것은 없는 느낌이랄까, 손가락 사이로 계속 새어 나가는 모래알 같은 것이랄까. 그러나 시간은 그 자체로는 침묵이며 어둠이며 자유이며 우주의 음악, 무어라 이름 붙일 수 없는 것이니, 메아리와 그림자가 옆으로 흘러나와 이중의 목소리가 되고 다중의 몸이 된다. "여백이 주체를 말하고 방백이 독백을 대신한다. 어디서부터 계곡이고 어디서부터 능성인지, 어디서부터 나무고 어디서부터 숲인지, 어디서부터 희극이고 어디서부터 비극인지."(『행복한 난청』) 이 희미함! 이토록 희미하면서 이토록 밀도를 높일 수 있다니!

시간이 시간이 아니라 다른 것으로 (그 노골적인 요구라면 '돈'으로) 어떤 식으로든 환수되고 교환되어야 이 세계의 근원적인 허무를 간신히 참을 수 있게 프로그램된(대체 언제부터? 이 물음 앞에 나는 습관처럼 '근대'라는 말을 쓰려는 유혹을 피하겠다.) 인간이라는 종에게, '시간' 자체의 경험은 달력 바깥에 '있는' 13월, 제5의 계절, 제8요일에 일어나는 찢김이며 고요함이다. "천왕성의 위성 오필리아는 0.83일 동안 1년 모두를 산다. 너무 짧은 1년. 너무나도 긴 1년. 이곳에서 사람들이 가진 달력들은 모두 달랐다."(『행복한 난청』) 깜짝이야, "다음에 또 멀리서 온 편지를 받으면, 우린 그땐, 차분히 겉봉을 뜯지 말고 먼저 놀라는 연습을 하자"(「무지개 산장의 개들」)고 했으니, 먼저 놀라는 연습을 하고 편지의 한 구절을 베낀다. "희망에겐 공간만 존재하니까 3차원, 비관에겐 공간과 시간이 모두 존재하니까 4차원, 그러니까 모든 게 시간의 문제라고 생각했다."(『행복한 난청』) 그러니까 시간은 미지수 X라고밖에 말할 수 없는…… 그것은 거의 모든…….

그가 두 번째 시집 『저녁의 기원』에 붙인 자서에는 단 두 문장이 외롭게 서 있다. 각각 멀리서 온 이 두 문장의 호응은 원래부터 서로의 메아리며 그림자인 듯이 공기를 진동시키고 발밑을 출렁이게 한다.

"세상은 불타고 있다.(붓다)/ 시인은 희망을 가질 권리가 없다.(블랑쇼)"

조연호에 이르러 우리는 '장르의 확장'에 대해 좀 더 숙고하게 된다. 일단, 그의 글쓰기를 장르적으로 미지수 X라고 적어 두자. 파스칼 키냐르의 글쓰기를 '비(非)장르'라고 하면서, 동시에 '소설'이라는 장르의 이름을 구태여 벗겨 낼 이런저런 이유들을 찾지 않는 태도가 필요하다고 나는 느낀다. 나는 조연호의 '시'에 대해서 그렇게 생각하는 것이다. '시'로부터 '비-장르'에 도달하는, '비-장르'로서 '시'가 되는 글쓰기를 조연호의 시와 에세이는 펼쳐 나간다. 키냐르의 소설이나 에세이, 또 이를테면 한유주의 소설, 그리고 조연호의 시와 에세이는 장르론적인 벽으로 나뉘지 않는다. 그들 글쓰기의 사이는 혹은 너머는 서로에게 열려 있는 문이 내포하는 다정한 이웃의 초대, 손짓과 기다림, 걸림 없는 허공, 무한한 파장과 떨림 같은 것들로 채워져 있다. 쓴다, 쓴다는 것에 대해 붙이는 이름과 분류는 어떤 글쓰기의 시간 속에서 너무나 희미해지고 그리고 무관해진다.

블랑쇼가 이미 현재 시제가 되어 있는 미래로서 감지했던 '미래의 책'을 개념화하기는 난감하다. 거기에는 "문학 자체를 필연적으로 벗어나 '가면서', 그래도 문학 자체를 향하여, 문학의 본질적인 상태를 향해 '오고 있는'" 글쓰기의 상태와 실천이 그렇게 움직일 뿐이다. "장르와는 거리가 멀고, …… 자기 형태를 결정하고 자리를 고정시킬 수 있는 힘을 부인하면서 분류를 벗어나는, 있는 그대로의 책"(블랑쇼, 『미래의 책』)이 이어지는 시간, "씌어지지 않은 말이 씌어진 말을 기다리는 시간"(조연호, 「저녁의 기원」), 미래가 과거를 기다리는 시간, 문득 "내일까진 이제 아주 조금밖에 남지 않았다, 그게 바로 사유의 힘이라고 생각했다."(『행복한 난청』)는, 자기 글쓰기 자체를 향하고 있는 그런 중얼거림이 흘러나오기도 한다. 필경 '산문집'으로 분류되어 서점가의 책꽂이에 꽂힐 조연호의 어떤 글들은 '시'로 불리는 그의 또 다른 어떤 글들과 이름을 섞고 몸을 섞는다. 말하자면, "누나가 쓴 글자는 한없이 느려져 겨울이 되어서야 한 장의 편지가 될 것이다"(「물 밑의 피아노」)라고 할 때처럼, 그렇게 한없이 연기되는 한 장의 편지 속에서.

"누나, 피아노들이 떠오르고 있어. 앞코가 찢어진 신발 속으로 물이 드나들고, 누나의 글씨쓰기는 앞과 뒤가 하나의 섬으로 연결되어 있었다", 이건 시집에서 읽은 구절이고, "그래, 가보지는 않았지만 아마 고아 해변은 정말 더러울 거야, 단추가 많고 단추구멍은 더 많은 곳. 난 오필리아를 생각했다", 이건 산문집에서 읽는 구절인데, 나는 조연호의 계속되는 글쓰기를 이런 방식으로 꿰매면서 시시각각 다른 파도들을, 시적인 울림들을 한없이 배열할 수도 있을 것이다.

나는 조연호의 산문집을 갖게 되면 두 권의 시집 옆에 나란히 꽂아 두겠다. 30대의 젊은 김춘수, 그러니까 50년 전의 김춘수는 그의 첫 번째 시론집 『한국 현대시 형태론』에서 유치환의 『수상록』을 가리키면서 이 에세이는 "산문시(이를테면 그와 동시대의 텍스트, 김구용의 산문시가 그의 책상의 또 한편에 펼쳐져 있었다.)와 어떻게 다른가?"라고 물은 바 있었다.

왜 이 질문은 아직까지도 낯선가. 그것은 장르의 근본적인 차원을 건드리는 질문이기 때문이다. 시와 에세이가 상호 침투하면서 지워지는 장르의 경계를, 그 불안한 해체를, 불투명한 미래를 일찌감치 감지했던 김춘수는(그러고 나서 그는 이런 미래를 잊어버린 듯이 보인다. 그는 언어의 또 다른 극, 무의미시를 향해 나아갔다.) "도저한 장르의 해체로부터 시의 보다 확대된 개념을 획득해 가면서 전개해 나아가"는 시의 자유로운 운동이 그리는 무정형의 거대한 궤적을 상상한다. 그에게 이러한 시의 확장은 장르 이전의 저 아득한(미래가 그렇듯이 희미하고 불투명한) 글쓰기의 기원을 향해 있는 것이기도 했다. 기원은 미래에서 상상된다, 이렇게 말할 수도 있겠다.

이렇게 말해 놓고 나니, 문득 떠오르는 조연호가 썼던 이런 구절. "나에게 오늘의 전부를 다오, 그러면 나는 내일의 일들이 무엇인지 모두 말할 수 있다. (……) 새로운 눈은, 목각처럼, 낡은 눈 속으로."*

---

* 『저녁의 기원』에 실린 장시 「근친의 집」에 달려 있는 각주 중에서. 여기의 각주들은 본문에 따르는 부연이 아니라 본문을 넘어서는 것. 그것은 또 다른 페이지. 오늘 나는 그의 시에 각주를 다는 사람들 중의 한 명일 따름. 또 다른

글쓰기는 움직이는 손, 끊임없이 엇갈리는 두 개의 다리와 같은 것일 뿐이다. "지금 내가 백 번째 계단을 오르고 있다면, 그 다음 계단은 백한 번째가 아닌 첫 번째 계단"(『행복한 난청』)일 뿐이다.

『저녁의 기원』쪽으로, 「근친의 집」쪽으로, "짐승의 언어로 쓰는 나의 농경시"쪽으로. "새로운 눈은, ……, 낡은 눈 속으로", "존재의 일부가 아니고 기억의 일부이기 때문에("태어난 후 줄곧 무엇이 나와 전극으로 연결되어 있다는 생각"때문에) 나와 같은 사람의 이야기를 들으려 나는 일기를 쓴다". 이상한 기억 속에서 개체 발생과 계통 발생은 섞인다, 그 잡음이 지지직거린다. "어린 신이 찾아"와서 말하는군. "이봐, 식탐군, 자넨 한계가 없어서 마음에 든다." 오래된 일기 속에서는 "머리가 둘 달린 소년", 근원적인 악의, 균열, 불평등과 모순, 병인(病因)이 아니라 병, "난청이 되기를 바라는 바람", "동종포식", "근본적으로 모두를 위하지 않는/ 몹시도 좋은 타인의 혀들"이 어지러운 무늬를 찍는다. "사람들의 발에 밟히며 빨강부터 보라까지 모두 엉망이" 되는 "무지개가 돌아온다".

그러니까 경계들이 깨끗하게 없는 곳이 아니라 뒤섞이고 뭉개져 있는 자리에서 조연호는 '기원'을 느낀다. 그것은 인과의 논리로 추적해 가는 기원이 아니라, 말하자면 프루스트의 찻잔 속에서 일어나는 바람과 구름 같은 아스라한 기억의 어느 풍광이 돌아오는 것이다. 그곳에서 (또 여기에서도) 이런 아포리즘이 가능하다.

페이지가 앞으로 많은 이들에 의해 쓰이겠지. 페이지들이 넘어가면서 생산될 또 다른 글쓰기들이 자못 궁금하다.

"짐승이 이유를 알 수 없다면, 신도 말해 줄 수 없다." "짐승이 아름답지 않다면, 아름다운 신은 세상에 없었다." 짐승과 신은 아래위에 배치되는 것이 아니라 나란히 옆에 놓인다. 거기서 만나는 오래된 인간의 얼굴. 낡은 눈. 새로운 눈. 그런 옆이라면 '오른쪽/왼쪽'이라는 익숙한 인간적인 구획 같은 것도 무화된다.

인간화하는, 인과의 논리가 개입하는, 체계를 구축하는, 한계를 긋는 그러한 시선과 인식과 길들여진 감각을 조연호는 좀체 신뢰하지 않는다. 그것들이 '현실'을 완성했다고 믿지 않는다. 그는 '완성'이라는 관념을 불신한다. 그는 난시, 실명, 난청, 이명, 오독 따위에 지극한 애호를 표하고 그런 생의 골목에서 골방에서 문득 "날아다니는 새"(집시의 원뜻이 '날아다니는 새'랬지.)의 몸이 되고 노래가 된다. "어느 누구보다 가장 먼저 당신의 난청에 발자국을 찍고 싶네요."

나무 아래 몇 사람이 카드놀이를 하고 있었고, 맹인은 노래로 구걸을 하는 중이었다. 그때 태자의 마음은 무척 우울했다.

"이것은 무엇이냐?"

"예, 눈이 멀어 볼 수 없는 사람입니다."

"그런데 어째서 노래는 할 수 있느냐?"

"노래는 눈으로 볼 필요가 없기 때문입니다."

"사람은 꿈을 꾸느냐?"

"예."

"무엇을 보기 위해 이 사람은 꿈을 꾸느냐?"

맹인 – 집시의 노래, 맹인 – 집시가 꾸는 꿈, 그것을 우리는 또 미지수 X라고 적어 두자.

그는 글쓰기를 통해 그것에 이른다. 그에게 미지수 X와 친한 것들은 기이하고 낯선 소재 자체로서, 그 날것의 차원에서 등록되는 게 아니다. 나와 사물들은 정교하게 세공된 굴절을 거쳐 여러 개의 얼굴과 그림자와 메아리를 얻게 된다. 조연호의 이러한 작업은 사물의 표면을 깎아 내어 심층의 뼈대를 드러내는 방식이 아니라, 사물로부터 더 많은 그림자들이 흘러나오도록 함으로써 표면을 풍요롭게 하고 그 표면에서 내부와 외부를 뒤섞는다. 그리하여 표면은 명확한 윤곽을 잃는 대신 떨림과 울림을 갖고 번져 나간다.

"희미한 것들은 언제나 나를 들뜨게 한다."(『행복한 난청』) "발끝의 수보다 발 그림자의 수가 더 많은 숲에서" "고쳐질 때마다 조금씩 미완성에 가까워져간다."(「근친의 집」)

"미지수는 늘 미신과 맑스에 관대했다."(「X」) 이 문장을 조연호의 첫 번째 시집의 문장으로 번역하면, "맑시즘의 가장 그리운 문장에 밑줄을 긋고 성당(聖堂)으로 가고 싶었다."(「낡은 장화」)

미신과 마르크스를 버렸고 그리워하지도 않는 이 세계에서 조연호는 자발적으로(이 표현을 고르면서 나는 잠깐 배수아의 소설 『일요일 스키야키 식당』에서 보았던 '자발적인 가난'이라는 어구를 떠올렸다. 혹은 자발적인 고독.) "지하실(모든 집들의 심연)"(「연혁(沿革)」)이 되고 "쥐"가 되어 이 세상의 기둥들을 갉아 없애고자 하는가. 그걸 기획과 전략이라고 할 순 없다. 그건 단지 그에게 삶의 한 방식으로 선택되었을 뿐이다. 무엇인가를 기꺼이 포기함으로써 그 무엇과 무관해지고 그것을 넘어서는 방식.

그렇지만 "쥐들은 아무리 나무 기둥을 갉아도 쥐가 되지 않았다." 그 방식으로, 우람한 세상의 기둥들이 무너질 리 만무하겠지만 그래도 최소한 쥐는 될 수 있지 않을까. 마치 바퀴벌레처럼 사람들이 혐오하는 작고 까만 동물인 쥐 말이다. 그런데 쥐에 대한 착각이 있었다. 그건 쥐이면서 쥐가 아니다. 세상은 세상의 기둥에 기생하는 "쥐들을 위주로 유지되었으므로" 그는 쥐조차 될 수 없다. 그는 쥐에 대해 착각했다. 그러나 이 오차가 중요하다. 이것이 그의 미적 저항이며 그의 시의 어떤 정치성을 이룬다.

그의 정치성에는 '희망'이라는 이름이 빠져 있다. 그는 희망의 이름으로 '미신'과 '맑스'를 호명하는 게 아니다. 그것들은 버려졌으므로 이 세상의 것이 아닌 것이 되었으므로 더 아름다워졌을 뿐이다. "세상은 불타고 있다.(붓다)/ 시인은 희망을 가질 권리가 없다.(블랑쇼)" 그는 "머물 수 없는, 희망 없는 곳으로부터, 머물수없고희망없는곳으로" "편도표를 끊었다"(「적(敵), 밋밋한 여닫이문」), 끊는다. "희망과는 다른 삶이 눈을 비볐다."(「연혁」)

희망이란 무엇인가. (결국 갚지 못해 나를 울리고 마는) 빌린 돈, "누이동생이 미장원 주인이 되는 꿈"(「희망」), "한 장 영수증 같은 꿈"(「근친의 집」), 이런 엇비슷한 것들이 있겠지. 그런데 "월급 받은 날, 어쩐지 기분이 나빠 혼자서 철썩철썩 자기 뺨을 때"(「근친의 집」)리고 있는 사내. '빈익빈'의 화살표에 있으면서 그는 왜 이런 소박한 꿈도 품지 않겠다는 건가. 본질적으로 비정치적인 이러한 꿈들, 이 세계의 틀 내부의 논리에 따름으로써만 작동되는 이러한 희망 사항들을 비관하는 자리에 서고 그것들로부터 무관해지는 미적 자리를 찾아 끝없이 이동함으로써 그의 정치성은 발생한다. '집시의 정치성' 같은 것이 그의 시에는 있다.

그렇다면 다음과 같은 면모는 어떤가. "쌀을 경작하는 데 볍씨를 사 온다는 것, 목화밭을 경작하는 데 목화씨를 사 와야 된다는 것, 공기, 물, 햇빛, 달빛과 같이 토지도 모든 사람을 위한 공공자산이어야 한다, 라는 비노바 바베의 말을 듣고 그때 나는 눈물을 흘렸다. 아마 내가 단 한 번도 볍씨를 만져 보지 못했고 단한 번도 목화밭을 보지 못했기 때문이었겠지."(「……로 갔던 사람들 ― 한유주『달로』에게」,《너머》 2007년 여름호) 이것은 단 한 번도 목화밭을 가져 보지 못한 자가 비노바 바베의 말에서 희망을 보았기 때문에 흘리는 눈물인가. 그가 본 것에 이름을 붙여야 한다면, 그건 희망이 아니라 '아름다움'이라 해야 할 것이다. 거기에는 가능성으로 끌어당기는 인력이 아니라 불가능성을 바라보는 어떤 '거리(距離)'가 가로놓여 있다. 그의 시는 오히려 이로부터 더 멀어지는 '길이'와 '거리감'을 냉정하게 보여 주려고 한다.

그는 희미하게라도 희망의 예언을 하는 자가 아니다. 그의 것은 "병(病)이라는 낡은 산책길", "시(詩)라는 잘 닫히지 않는 상자"(「달의 목련」). "속을 빨갛게 숯으로 채워 넣은 착한 무당"(「불의 교성(交聲)」)에게서, 혹은 그에게서 앞질러 가는 풍경을 보았다면 그건 조금 더 먼저 (앞서서) 추락하고 있는, 분해되고 있는, 붕괴되고 있는 그림이었을 것이다. 이를테면, "맑은 정오에 구릉을 지나던 객차와 화차 사이에 어린아이가 끼어 죽은 날."(「죽음에 이르는 계절」) 또 이를테면 다음과 같은 것이다. "떨어지고 있지만, 아주 천천히 떨어지고 있으니까 괜찮아요."(「근친의 집」) 이런 말을 전해 받고, 당신은 정말 괜찮은가. 떨어지고 있다고 전혀 느끼지도 생각하지도 않고 있었는데 말이다.

이런 장면은 어떤가. "할머니는 왜 무서운 늑대 가면을 쓰고 계세요"라고 묻는 이상한 아동 빨간 모자의 귀에 들려오는 할머니의 갈라지는 목소리, "이 가면은 지금 너도 하나 쓰고 있지 않니?" (「빨간 모자」) 얼굴을 만져 보는 당신, 괜찮은가. 얼굴과 가면은 분리되지 않는다. 당신이 웃으면 웃는 가면이 된다. 최고로 비관적으로 보여도, 그래도 괜찮아, "최고로 나쁜 생은 진짜와 가장 닮은 생."(『행복한 난청』) 얼굴에, 이 가면에 피가 흐른다. 이건 살아 있는 거구나.

> 웃는 가면을 쓴 자신이 너무 추하고 쓸쓸해
> 내 얼굴에 끌을 넣었고 면(面)으로부터 피가 흘렀다.
> ―「근친의 집」 부분

화이트 노이즈(White Noise), 그리고

> 그가 자살했어요
> 심해어처럼 모든 방을 홀로 떠돌고
> 포화 지점을 지나 그는 최대가 됩니다
> 동쪽 끝에서 아니 거의 모든 세상에서
> ―「거의 모든 세상」 부분

기형도가 "와이셔츠 흰빛은 터진다"(「물속의 사막」)라고 써야 했던 순간은 "포화 지점을 지나"는 어떤 순간이었을 것이다. 아르토의 『잔혹연극론』에서 그 표현을 떼어 온다면, "쇠가 흰색으로 변할 때까지 달아오르듯이 과도한 것은 모두 하얗다고 말할 수 있다." 이때의 흰색은 가장 극단적인 해체의 표시다. "색깔로부터 경계가 잉태되었다"(『행복한 난청』)면, 이 흰색은 경계를 지나 있는 색이거나 경계로부터 터져 나오는 색이다. 나는 조연호의 시에서 이 흰색에 대한 매혹을, 아니 이 흰색을 본다. 그것은 거의 색이라고 할 수 없는.

그는 이 매혹의 발원 지점을 설명해 보려고 한다. 거기에는 '소리'가 있다. 음운과 음절을 이루지 못하는 '잡음들'. 방송 주파수를 맞추지 못한 라디오에서 하얀 소리, 폭포의 거친 물방울들이 쏟아지고 있고, 또 텔레비전 화면에는 은빛의 비늘들이 파닥거리고 있다. 고장 난 텔레비전 앞에서 "아름다운 무늬지 않니?"(「수로」), 그렇게 말을 건넨다. 그는 이렇게도 말했다. "불안하고 외로운 어느 밤의 뇌우와 폭풍 속에서 즐거운 농담과 카드놀이를 한번쯤 해 본 사람들은 흰색과 잡음을 하나로 이해할 수 있는 공감각의 능력자들일 것이라고 나는 생각했다. 개연성 없이 사람에게 총을 겨눌 수 있는 색, 병동의 색, 그리고 알약의 색."(『행복한 난청』) 그리고 달빛. "나의 핏줄 속을 너는 수은처럼 흐른다", 너는 "월면(月面)"(「근친의 집」). 뼈 그리고 뜨거운 먼지들……. 순간의 빛. 가시와 그림자와 메아리의 색깔.

그는 과도하다. 그의 글쓰기에는 한계를 지나는 산책길이 있다. 과도하게 멀고, 과도하게 가까우며, 과도하게 엷어지며 또 깊어지는 길들, 증식하는 길들이 있다. 그리고 과도한 섬세함. 그의 수사학 또한 과도하다. 비유와 비유와 비유로 이어지는 문장. 그렇게 밀려 나가는 문장은 어느 순간부터 비유이기를 거의 멈춘다. 어쩐지 나는 이상하게 잔잔한 물결에 이리저리 떠밀려 다니는 기분이다. 어느 결에 이건 거의 비유가 아니라 비현실적인 현실이 되고 현실적인 비현실이 된다. 이 지점에서 조연호 문장의 특이한 매혹이 번져 나가기도 한다. 어쨌든 또 이렇게도 현실은 흔들린다.

과도한 계절이랄 수 있는 '여름'에 대한 그의 편애 또한 심하다. 다시 태어나면 되고 싶은 게 뭐냐는 질문을 받으면 그는 '여름'이라고 대답하겠노라고 했던가. '여름'이 된다니, 그건 대체 어떤 건가. 형상이 아닌, 공간이 아닌, 시간의 어떤 이름 '여름'이 되고자하는 그의 글쓰기는 '포화 지점을 지나 최대'가 되려 한다. 그것은 '거의 모든 세상'. 그 시간에 나는 너, 너희, 그, 우리……

뿌리는 유난히 멀어지구요, 드디어 마차가 말을 앞지르구요, 고무줄이 가장 우아해질 때까지 길게 ─ 여름까지 ─ 잡아당기고 있었어요. (……) 우화(偶話)는 최대한 하얘지고 왕은 수염을 사랑합니다.
─「사할린으로 가는 순록」 부분

이 멀어짐, 이 뒤바뀜, 이 끝까지 늘어나는 느낌, 나는 그 속에서 최대한 하얘지는 것을 느끼고 그가 되고자 하는 여름을 감각할수 있을 뿐이다. 아스라함과 팽팽함이 공존하는 이 순간에 여름은 현현한다. 그의 우화 속에서 겨울이 "내가 들어갔던 어떤 문보다 좁"다면, 여름은 고무줄처럼 우아하게 위험하게 "포화 지점을 지나 …… 최대가" 되는 시간 속에 존재한다.(「거의 모든 세상」) 그러므로 "내가 가장 많이 잃은 공은 여름으로부터 와서 여름으로 가는 공"(「약대지구의 덧없는 여름」)이었겠지. "여름의 사이렌이 울리던 길고 흰 길"(「길 끝의 엽사(獵師)들」), 지평선이 뜯기는 그 길 끝에서 빛이 터지고 흰 공이 날아오르기 시작하겠지. 여름은 여름의 끝에서 시작하겠지. 나는 이 글을 덮고 축축한 어느 여름날, 달력 속의 어느 날 쓰고 있다. 그러나 조연호가 되고자 하는 여름의 순간은 달력이 보증하는 것이 아니다. 너희들의 이 여름은 어떠니? 이런 건 안부의 인사쯤 될까.

그는 희미함을 밀고 나가 '흰 글씨'가 되고자 하는 것 같다. 그는 소녀의 목소리로 "흰색만으로 방학일기를 적고 싶어"(「금요일의 자매들」)라고 말하기도 하고, 16세기와 18세기 사이의 책들을 배회하는 이상한 독서가가 되어 흰 것을 사랑했던 고디바가 수레에 싣고 떠난 "책에 적힌 흰 글씨들"을(「고디바 부인의 일몰과 일출」) 기다리기도 한다. '흰 글씨', 그것은 그가 쓰는 '화이트 노이즈'의 최대치에 붙이는 표현일 수 있을 것이다. 또한 더불어, '흰 글씨'는 "씌어지지 않은 말이 씌어진 말을 기다리는 시간"(「저녁의 기원」)의 것. 그리고 '씌어진 것들이 씌어지지 않은 것들을 향하는 시간'에도 흰 글씨는 이어지고 있겠지. 침묵 속에서도 소동 속에서도 글쓰기는 계속된다.

(어디선가) (누군가) (무엇인가) 쓴다

"사람도 연루되어 있고 문장도 연루되어 있다. 이 시집의 어딘 가와."

이 문장은 김언이 「연루된 사람들」이라는 시에 붙인 각주다. 이 각주는 김언의 세 번째 시집 『소설을 쓰자』를 해설하는 지면에서 신형철이 목표로 한 '김언 시집 사용 설명서'의 성격을 갖는다고 해도 좋을 것이다. 나아가 이것은 김언의 미래의 문장, 김언 식으로 표현하자면 다음 문장, 다음 장면, 다음 소설과 연루되어 있다. 이를테면, "미완성된 소설의 다음 소설"(「소설을 쓰자」) 어딘가와 연루된다.

김언은 한 편의 시에 있어서 가상의 봉합을 완성하는 자족적이고 미학적인 마지막 마침표를 도무지 믿을 수 없다. 우리는 김언 의 시 한 편을 한 편의 시로 읽을 수 있지만, 우리의 독법으로부터 달아나면서 김언이 쓴 시는 쓰일 시를 향해 해체되고 있는 중이다. 거꾸로 말해도 된다. 쓰일 시가 쓴 시를 향해 돌진하면서 무엇인가를 깨뜨리고 폭파시킨다. 그렇게 시가 시를 밀고 나간다.

나(너)를 나(너)라고 부를 수 없을 때까지, 시를 시라고 부를 수 없을 때까지. 정체성 모호한 그것, 이름 없는 그것을 그는 잠정적으로 '소설'이라고 말해 두는 것 같다. 때때로 그것은 '그것', 혹은 3인칭 '그'로 불린다. 우리가 '아는' 소설의 명명법으로 부를 수 없는, 김언의 '소설'이라는 호명은 거의 비어 있는 이름이다. 김언의 시는 현대시의 어떤 한계선을 밀고 나가고 있는 것으로 보인다. 한계가 한계를 밀고 나간다. 그는 여기로부터 한 발자국을 또 떼어 놓는(나아가는, 멀리 돌아가는, 때로는 되돌아가야 하는) 기분으로 질문을 계속한다.

그는 문제를 해결하기 전에 다음 문제를 제기한다. 문제의 해결은 불가능하고 불가능한 것에 다가가는 방식으로 질문은 다시 등장한다. 우리는 복잡해진다. 우리의 복잡한 심경과 처지를 다소 유머러스하게 표현하면 이런 걸까. 물음표처럼 꼬부라진 "내 털은 엉겨서 서로를 그리워해. 이상하지?"(「톰의 혼령들과 하품하는 친구들」) 혹은, "모르니까 자꾸 만원이다".(「되지 않는 이유」) 그래도 어쩌겠어. 진실은 그리운 것, 모르는 것에 더 가까이 있으니.

그러므로 김언은 "긍정의 시간과 부정의 시간 사이에 (……) 질문의 시간을 쏟아붓"는다.(「인터뷰」) 김언은 모르는 것들, '빈칸'들, '비워 놓은 것'들에 엉겨서 "왠지 쓸쓸해 보"이고 "충분히 비좁"은 상태다.(「당신은」) "불타는 두개골 속 (……) 끓는 뇌"(「분신」), 시끄러운 뇌는 '외로움'과 '비좁음'이라는 상호 역설적인 감각의 복합 상태를 격렬하게 겪는다. 이제는 김언 표를 붙여도 좋을 것 같은 그 특유의 '비문'들은 상호 모순적이거나 서로를 미끄러지게 하는 복수의 감각들과 생각들과 입장들의 복합 상태(공존 상태)를 가장 가깝게 보고하는 문장이 되기도 한다.

반면, '조용한 뇌'는 어떤 것일까. 모처럼 우리의 뇌는 "아메바"처럼, "혹은 돌멩이처럼" "단백질에 취해 잠을" 자기도 하는데, 아, 이 나른하고 평화로운 무기질을 향한 퇴행의 상태는 입에서 "항문에 이르는 길"이다. 그것은 입에서 '말'이 나가는 것과는 "영원히 다른 길"이다. 그것은 "짐승의 꿈"(「아메바」).

그러나 입이 언어에 매개될 때, 즉 언어적인 존재가 될 때, 파악할 수 없는 욕망의 불안정한 운동이 가동된다. 타자를 경유하여 언제나 늦게 도착하는 언어는 입에서 항문에 이르는 자족적인 길과는 전혀 다르게 갈라지고 흩어지며 내가 그러쥘 수 없는 '사건들' 속으로 섞인다. 그것은 도무지 '내가 한 말' 같지가 않다. 김언은 나로부터 벗어나며 흩어지는 언어에 대하여 "뱀에 빠져서 허우적거렸"다고 쓰기도 하고 "공기에 빠져서 허우적거렸"다고 표현하기도 한다. "광택이 전부인" 뱀이 미끄럽게 빠져나간 감각의 흔적만을 간직한 빈손, "말이 지나"가고 음악이 흩어진 "공기를 향해/ (……) 귀를 쫑긋 세우고" 있는 나는(「뱀에 대해서」) 언어가 머무는 집이 아니라 언어의 '퍼레이드'가 지나가고 지나가는 모종의 "뚫린 길"(「퍼레이드」)이다. 너무 많은 것들이 나를 통과한다. 이건 마치 '톰의 혼령'처럼. 나는 비어 있는 장소처럼.

「퍼레이드」라는 시를 조금 더 빌려 얘기해 보자. "건물을 비워 놓은 곳"이 길이며, "그 길을 따라 상가가 들어서고 노동자들이 지나가고 마침내 군대가 지나가는 것이 이 도시가 만들어 낸 우리들의 목표다." 우리들의 목표를 따라 도시가 만들어지고 도시 계획에 따라서 길이 닦이고 뚫리는 것이 아니다. 오히려 사태는 역순으로 진행된다. 김언이 이렇게 되돌려 놓는 순서는 "사건 다음에 문장이 생기는 것이 아니라/ 문장 다음에 사건이 생긴다"(「이보다 명확한 이유를 본 적이 없다」)라는 진술에서 발생한 뒤집힘에 정확히 대응한다.

이렇게 순서를 돌이키면서 김언이 맨 뒤로 돌리는 것은 '의미'의 차원이다. 목표, 의도, 의미는 기원으로 간주될 수 있는 사전(事前)적인 것이 아니라 사후적으로 구성되는 불안정한 생산물이라는 점을 일단 김언은 명확하게 밝힌다. 이를 신학적 버전으로 표현하면, "태초에 문장이 있었다.""문장이 말씀을 완성해 간다. 들리지 않는 그 목소리를"(「이보다 명확한 이유를 본 적이 없다」).

김언의 시로부터 우리가 이렇게 다소 앙상하게 추려 낼 수 있는 것은 언어학적인 사고의 소산일지 모르지만, 그의 시에서 시적인 매혹과 긴장과 불편함이 진동할 때 우리가 만나고 있는 것은 문장에 대한 생각이 아니라 문장이다. 말하자면, 김언의 "다른 문장"(「시집」, 두 번째 시집 『거인』). 이 '다른 문장'이란 게 무엇일까?

이를테면, "100% 불쌍한 아저씨!/ 99% 울고 있는 아저씨!"(「톰의 혼령들과 하품하는 친구들」)에서 벌어진 간극, 그 잉여에서 다른 문장들은 부글거리고 엉키고 피어오르고 갈라지고 흩어진다. 「연루된 사람들」이라는 시에서는 이런 사태가 빚어졌다. "100% 불쌍한 남자와 99% 울고 있는 남자 사이에서/ 두 형사는 새로 태어났다." 두 형사는 '다른 문장'을 쓰는 자들, 그리하여 '다른 사건'을 일으키는 자들일 것이다. 그들의 증식과 변형 때문에 사건은 종결되지 않는다. 이야기는 끝이 나지 않는다. 김언에게서 길의 비유를 가져온다면, 눌려 있던(억압되었던), 모자라는 동시에 남아도는 것들이 터져 나오는 그 간극은 "미로를 잠식하면서 뿔뿔이 흩어진 노동자들을 시민으로 만들어 버"리는 "대로"가 아니라(「퍼레이드」) 노동자들이 뿔뿔이 흩어지면서 사라져 간 '미로'에 해당될 것이다.

"남아도는 것"이 막혀 있는 상황을 김언은 '감옥'이라고 불렀다. 『소설을 쓰자』에 실려 있는 첫 번째 시가 「감옥」이다. 1연, "내가 덥다고 말하자 그는 문을 열었다. / 내가 춥다고 말하자 그는 문을 꼭꼭 닫았다. / 내가 감옥이라고 말하자 그는 꼼짝 말고 서 있었다." 이렇듯 언어의 감옥은 꼼짝없이 몸의 감옥이다. 2연에는 이런 느닷없는 문장이 끼어 있다. "2 더하기 2는 네 명이었다. 남아도는 것은 꼭 필요한 것이었다." 감옥의 무대 뒤에는 "남아도는 것"들이 대기실의 배우들처럼 자기 차례를 엿보고 있는 모양이다. 3연에 이르면, "내가 명령이라고 말하자 그는 망령처럼 일어서서 나갔다. 누군가의 입에서."라는 마지막 문장이 쓰인다. '명령'과 '망령'의 균열에서 '누군가의 입'이 벌어졌다.

누군가 말한다. 여기서 주어의 정체를 찾을 수는 없다. 주어의 '자리'는 거의 비어 있다. 이 장소에서 나도 당신도 말을 한다. 우리들은 그곳에 담긴 적이 있다. '말'들은 감옥을 벗어나, 대로를 벗어나, 세트장을 벗어나, 어느 후미진 골목을 방황하고 누구의 마음을 간절히 두드리기도 했을까.

문제는 거울이 아니라 주체다

1 거울 알레르기

"낯이 설어 낯이 설어 미치겠"(「고대가요 remix」)고, "익숙해익 숙해미치겠어"(「거울에게」).* 이래도 미치겠고 저래도 미치겠다는 것. 이렇게 '거울 알레르기'가 있다면 거울을 보는 데 "강심장"이 필요하기도 하겠다. 그런데 보아하니 강심장을 가진 것도 아니면 서 그녀는 왜 자꾸 거울 앞으로 자진해 다가가서는 번번이 괴로워 하는 것일까.

황성희에게 거울은 앨리스 식 환상으로 통하는 문도 아니고, 물 론 윤동주 식의 성찰적 매체도 아닐 뿐 아니라, 이상 식의 '또 다

---

* 여기서 잠깐, "낯이 설어 낯이 설어 미치겠는데"라는 구문과 "익숙해익숙해 미치겠어"라는 구문의 띄어쓰기를 비교해 보고 넘어가자. 앞의 것의 호흡이 낯선 무언가를 인지해 보려는 듯이 곱씹는 시간의 연장(延長)을 만들어 낸다 면, 뒤의 것은 이젠 더 참을 수 없다는 듯이 터져 나오는 감탄사 같다.

른 나'의 무대도 아니다. 황성희의 거울상은 대체로 매우 직설적인데 그렇기 때문에 오히려 별도의 형상화가 그닥 필요치 않다. 어쨌든 그녀에게 핵심적인 문제는 거울상의 재현이 아니라 거울상을 마주한 자의 '감각'과 그리고 그 '감각에 대한 사유'를 밀고 나가는 데 있다. 그러니까 그녀의 질문은 이런 것이다. 거울상을 '낯설게/익숙하게' 느낄 때, 이 느낌 안에는 어떤 비밀스러운 전언이 숨겨져 있는가. 왜 나는 이 느낌이 미치도록 불편한가. 이제 나의 불편함은 말해지지 않았던(않는) 무엇인가를 말하려고 한다.

황성희는 시집 자서에 "모든 것을 알고 있다고 생각했지만/ 막상 거울을 보면 말문이 막혔다."라고 적고 있다. 거울은 그녀의 말문을 막는다. 거울(거울상)은, '나'는 '나'에 관해서 '다 알고 있는 자'가 아니라는 것을, 그리고 내가 모르는 나, 모른다는 의미에서 부재하는 나의 존재를 환기한다. 그러므로 이 거울의 명령은 어느 철학자의 말마따나 '말할 수 없는 것에 대해서는 침묵하라'는 걸까.

그러나 황성희가 받는 거울의 명령은 '말할 수 없는 것에 대해서는 자, 감각하라'는 것이다. 이제 본론으로 들어가자. 우리는 이제부터 거울 앞에서 느끼는 '낯섦'에 대해서 그리고 '익숙함'에 대해서 못 본 척 "그냥 지나"치지(「시체놀이」) 않고 그 느낌에 다가가 눈을 비벼 보려고 한다.

거울 앞에서 느끼는 이상한 '낯섦'과 참을 수 없는 '익숙함'이라는 감각적 신호에 응답하면서, 우리는 적어도 두 가지 사태를 필히 고려해야 한다. 그 한 가지는, "거울을 볼 때는 절대 내 얼굴이 내 얼굴인 척해야 한다"(「신격문(新檄文)」)는 거울의 계율을 정립하고 실천하는 주체에 대하여. 또 한 가지는, 이런, 이런, 어느 날 거울이 내 얼굴을 보여 주지 않는다는 것, 그러니까 "아무것도 비추지 않는 거울에다 대고/ 저렇듯 물걸레질을 하는 여자"가 있다는 것. 이 투명한 얼굴은 귀신의 것인가, 존재감이 없는 그냥 우리들 무명인(無名人)의 것인가. 거의 언제나 황성희의 관심은 거울 속이 아니라 거울 밖이다. 그러니까 이 투명한 얼굴은 거울의 속임수나 환상이 아니라 거울 밖에서 물걸레질을 하고 있는 어느 여자의 존재론에 직설적으로 대응하는 것이다.

거울 앞을 출발점으로 삼은 이 글은 거울 밖에서 거울 밖으로 떠난다. 거울상은 거울 속에서 피어나는 것이 아니라 거울 바깥에서 '화면 조정' 시간을 거쳐서 제공되는 것이다. 그러므로 누군가가 거울상을 보고 기겁했다 할지라도, 그를 놀라게 한 대상이 거울의 못된 장난이나 괴기한 환상은 아니라는 것이다.

2 어머니는 어머니가 아니다

이 글에서 살펴보려는 첫 번째 반응은 이렇다. 나는 내가 "낯이 설어 낯이 설어 미치겠는데", 이것은 도솔가나 혜성가를 지어 부르며 호들갑을 떨게 한 하늘의 변괴보다 더 괴상한 "변괴"란다. 「고대가요 remix」의 이런 구절, "몇십 년째 세 들어 있으면서도 미치게 낯선/ 내 몸만 한 변괴가 어디 또 있을라구요." 그렇다면, 나의 '낯'(얼굴)에 무슨 변괴가 발생한 건가. 내 안의 타자들이 이크, 얼굴이라는 장소에 또 대거 출몰한 건가. 내가 괴물로 변신 중이기라도 한 건가. 이건 그런 경우가 아니다. 황성희가 이 '낯섦'의 신호를 받고 부르는 노래에 일단 주목해 보자. "사실 구지가는 이 럴 때나 한 곡조 뽑아야 하는 거 아닌가요." 이렇게 운을 떼면서.

거북아 거북아.
한 번도 얼굴 본 적 없는 거북아.
머리를 내밀어라.
한 번도 본 적 없는 소문 같은
그 머리를 제발 내밀어라.
만약 내밀지 않으면
한 번도 본 적 없는 널 찾아
평생에 평생에 평생에 찾아
소문만이라도 구워 먹고 말겠다.

노래하는 이는 '한 번도 본 적이 없는 거북'을 애타게 불러 댄 다. '한 번도 본 적 없는 소문 같은 머리'를 내밀라고 위협한다. 나 의 낯이, 나의 몸이 변괴처럼 낯설 때, 이 '변괴'에 호응하는 것은 '한 번도 본 적 없는 것', '한 번도 본 적 없는 소문 같은 것'이다. 그것은 부재로서, 공백으로서 존재하는 것이다. '없는 것'으로서 '있는 것'이다.

거울상 자체가 낯선 것이 아니다. 내게 미치게 낯선 것은 차라 리 거울상에서 탈락된 것들이다. 그러니까 거울상이 결여하고 있 는 것이다. 그것은 "내 얼굴이 내 얼굴인 척"(「신격문」)하느라고, 내가 나인 척하느라고, 어른-주체가 되느라고 깎여 나간 조각들이랄 수 있다. 거울상에 결코 출현하지 않는 그 부재가 강렬하게 느껴지는, 문득 그런 순간이 있다. 한 인간에게 주어진 시간의 최대치인 '평생'을 걸고서 암만 찾아 헤맨대도 결코 일치할 수 없는 것, 기껏 잡았다고 했더니 '소문' 같은 것일 뿐인 이 빈자리, 이 공백으로서의 실재(The Real)에 대한 시인의 괴로운 감각은 때때로 철없는 귀신의 것 같기도 하다. 달밤에 우리는 서로 마주보고 이런 귀신 놀이를 하곤 하지 않았는가. '너는 내가 황성희로 보이니?' 그렇다고 황성희의 시에 등장하는 귀신들이 모두 이런 차원에서 출연하는 건 아니다. 귀신이 되는(혹은 귀신과 흡사해지는) 또 다른 방식에 대해서는 뒤쪽에서 살펴볼 기회가 있을 것이다.

나와 나 사이에 간격이 있듯이, 어머니와 어머니 사이에, 집과 집 사이에도 치명적인 간격이 있다. 표상(representation) 가능한 나(어머니, 집)와 표상 불가능한 나(어머니, 집)는 언제나 함께 있으면서 동시에 어쩔 수 없이 떨어져 있다. 이 간격에 대한 황성희의 민감한 지각은 이런 이상한 구절들을 쓰게 한다. 밑줄을 그으며 베껴 쓰면, "어제는 백화점에서 어머니와 새 임부복을 샀지만/ 난 아직 한 번도 어머니를 만나 본 적이 없어서 말이야."(「자연분만을 꿈꾸는 임산부의 태교」) "거실의 불을 끄는 것은 여전히 쉽기도 하겠지요./ 집으로 돌아가는 것은 여전히 어려운데 말입니다."(「그렇고 그런 해프닝」) 한 번도 만나 본 적이 없는 어머니나 "아직 한 번도 가 본 적 없는 집"(「앨리스네 집」)은 "한 번도 얼굴 본 적 없는 거북"("한 번도 본 적 없는 소문 같은/ 그 머리")과 같이 부재의 방식으로만 그 존재를 드러낸다.

그러므로 '미치게 낯선 내 몸이라는 변괴'를 응시하면서 구지가를 한 곡조 뽑았던 자에게는 또 이런 주문이 들려온다. 이상한 구지가가 울려 퍼졌던 바로 그 「고대가요 remix」라는 시에서 일어나는 사태다. 이 주문이 통한다면 내 몸의 변괴는 그만 사라질 텐데…….

> 아버지는 해만 뜨면 전화를 해
> 내가니아비다내가니아비다 주문을 외고
> 지금 그 말을 나보고 믿으란 건지
> 어머니는 해만 지면 전화를 해
> 내가니어미다내가니어미다 주문을 외고.

'아버지는 아버지다', '어머니는 어머니다', 이것은 동어 반복이다. 이것은 진리 맞습니까? 그러나 황성희에게 아버지와 아버지, 어머니와 어머니는 차라리 동음이의어에 가깝다. 어머니는 어머니가 아니다. '아닌 어머니'는 어머니 표상으로부터 떨어져나간 잃어버린 조각들의 모음이랄 수 있다. 이 표상 불가능한 어머니에 호응하는 것이 거울에 출석하지 않는 '나'라고 하겠다. '나는 나다'라는 거울의 동어 반복을 믿지 않을 때(거울의 말에 속지 않을 때) 나는 갑자기 "살아 있는 변괴"처럼 지독히도 낯설어진다.

표상 불가능한 어머니 X, 황성희 식으로 표현하면 '한 번도 만나 본 적이 없는 어머니'는 가령 임산부의 몸 안에 웅크리고 있는 태아로선 결코 볼 수 없는 바깥에 속하는 어머니의 얼굴과 같은 위상에 놓인다.(「자연분만을 꿈꾸는 임산부의 태교」) 유머러스한 임산부 황성희는 "왜 이런 인테리어를 하셨는지는/ 나도 어머니께

여쭤 봐야 하는데", 백화점에서 함께 쇼핑한 어머니 옆에서 천진하게 "난 아직 한 번도 어머니를 만나 본 적이 없어서" 물어볼 데가 없단다. 어머니 X는 현재(백화점 임부복 코너에 함께 서 있는 여인)에 고스란히 환원되지 않는 절대적인 과거에 속한다.

그러한 '과거'를 황성희는 종종 '기원'이라고 표현한다. 황성희 시집에서 '어머니는 어머니가 아니다'라고 할 수 있듯이 '기원은 기원이 아니다'라고 말할 수 있다. 우리가 아는 표상된 '기원'은 현재적인 욕망의 손들로 "리폼"(「검은 바지의 전설」)된 것들이다. '한 번도 본 적 없는 과거'로서의 기원은 그 자체로 '다시' 나타날 수 없다.

황성희가 자주 연출하는 '뒤죽박죽 역사 – 놀이'* 또한 역사로 표상된 과거에 대한 근본적인 의심에서 비롯된다. 단적으로 '역사'는 "이승복스러운 그 무엇"(「탤런트 C의 무명 탈출기」)처럼 표상되는 것이며, 기억하는 것이 아니라 외우는 것이다. 황성희가 골몰하고 있는 이른바 '역사 – 놀이'는 풍자를 노리고 있는 놀이판이 아니다. 그녀가 연출하는 '역사 – 놀이'는 우리의 무의식 차원의 기만을 들쑤셔 놓음으로써 이데올로기의 숨겨진 지반을 해체하는 효과를 낸다. 이데올로기와 상관적인 우리의 무의식적인 차원이란 황성희의 문장으로 보면 이런 것이다. '모든 것을 기억하는 (사실은 외우는) 여자는 자신이 기억하는 모든 역사가 자신이 외운 모든 공책이라는 것만 기억하지 못한다.'(「아무것도 기억하지 못하는

---

*「시체 놀이」, 「탤런트 C의 무명 탈출기」, 「아무것도 기억하지 못하는 여자」, 「나와 영희와 옛날이야기의 작가」, 「귀신학교」 등의 시편.

여자」)*

역사적인 지식에 관계하는 암기라는 외부성이 기억이라는 내재성으로 전도됨으로써 역사는 판단의 문제가 아니라 믿음의 차원에서 유통된다. 이것은 바로 이데올로기가 작동하는 방식이 아닌가. 이에 해당하는 지젝의 문장, 이데올로기적인 것은 "그 참여자들의 일정한 무지를 통해서만 그 존재론적 일관성이 보장되는 종류의 현실이다. 만일 우리가 사회적 현실이 진짜로 어떻게 작동하는지에 대해 '너무 많이 알게 된다면' 그 현실은 와해되어 버릴 것"**이다.

황성희는 우리의 현실적인 앎이 근본적인 무지(망각)를 전제로 하고 있다는 것을 폭로하면서 동시에, 이를 뒤집어 말할 수 있다는 것도 놓치지 않는다. 그러니까 우리의 현실적인 무지(망각)가 근본적인 앎을 누르고 있다는 것. 그녀는 이렇게 표현했다. "모든 것을 기억하는 (사실은 외우는) 여자는 자신이 시간의 벌집을 이미 스쳐 간 한 줌 바람이라는 것만 기억하지 사실은 외우지 못한다."

기억만 하고 외우지 못하는 그것, 바로 그것은 주체의 표상 불가능한 어느 지점을 가리킨다. 지나간 바람처럼 '다시 (그러쥐어) 나타나게'(re-presentation) 할 수 없는 것들을 환기시키고자 하는

---

*시 본문을 그대로 옮기면 "이제 모든 것을 기억하는 사실은 외우는 여자는 1972년 자신이 기억하는 모든 역사가 자신이 외운 모든 공책이라는 것만 기억하지 못한다. 이제 모든 것을 기억하는 사실은 외우는 여자는 2000년 자신이 시간의 벌집 속을 이미 스쳐 간 바람이라는 것만 기억하지 사실은 외우지 못한다."

**슬라보예 지젝, 이수련 옮김, 『이데올로기라는 숭고한 대상』(인간사랑, 2002), 48쪽.

시적 분투를 황성희의 시는 존재론적인 차원에서 매우 집요하게 실천한다. 말할 수 없는 것을 말하고자 하는 시의 욕망을 어느 시인은 "불행한 쾌락"*이라고도 했는데, 이에 대해 황성희도 착종된 감정을 품고 있다. 그녀의 양가감정을 가장 극단적으로 보여주는 시가 「후레자식의 꿈」이다. 이 시에서도 '어머니는 어머니가 아니다.'

"어머니가 죽었다. 참 잘 죽었다"라고 말했다가 뺨을 얻어맞은 "후레자식"에게는 할 말이 있다. "어머니가 죽었다"의 어머니는 당신들이 표상하는 어머니가 아니다. 내가 가리키는 "이 어머니, 저 어머니, 그 어머니 등등 어머니들께서는" 이를테면 실재계에서 귀환한 실재의 조각들이랄 수 있다. 표상 불가능한 이들은 "제발 잘 돌아가"셔야 하지 않겠는가. 그러니까 내 말뜻도 모르고 '어머니는 어머니'라고 동어 반복하면서 후레자식이라고 욕하고 뺨을 때리고 "자빠뜨리고 돌려가며 발길질을" 하고 "발가벗기고 인두를" 달구고, 그러면 안 되는 것 아니냐. 그러한 나의 항변은 받아들여지지 않고 나(후레자식)에 대한 징벌의 수위는 점점 높아져만 간다.

그런데 징벌의 강도가 최대치에 도달하는 클라이맥스에서 반전처럼 무언가가 결정적으로 뒤집힌다. 우선 이 모든 사태가 꿈의 내용이라는 게 명백해진다. 그리고 그토록 무시무시하게 응징을 가하던 자가 알고 보니 나였다는 것. 또 그리고……

* 기형도, 「「어느 푸른 저녁」의 시작 메모」, 『기형도 전집』(문학과지성사, 1999), 334쪽.

아, 살이 타는 이 냄새가 정말 꿈이 아니라면 인두를 들이대는 저 손이 정말이지 내 손이 아니라면 아, 얼마나 좋을까요? 제발 잘 돌아가신 어머니.

이 끔찍한 사태가 꿈이 아니기를, 진짜이기를 바란다는 것. 그러니까, 어머니의 죽음을 기뻐한 나는 끔찍한 벌을 받아 마땅하다는 것. 그렇다면 나는 어머니의 상징적인 죽음을 진정 축도하는 자인가, 제 몸에 매질을 하며 애도하는 자인가. 상징 기호인 언어로 표상할 수 없는 어머니는 '제발 잘 돌아가셔야' 하는 존재이면서 '제발 잘 돌아오셔야' 하는 존재다. 나는 이래도 미치겠고 저래도 미치겠다. "낯이 설어 낯이 설어 미치겠"고, "익숙해익숙해미치겠"다.

3 What time is it now?

그렇다고 시간을 미행하며 소일할 줄은 설마 몰랐지. 그래도 시를 쓰겠다는 건 도가 지나쳐. What time is it now? 에나 또박또박 대답하는 눈 뜬 장님으로는 아무래도 무리겠니? 행복은 결코 멀리 있는 게 아닌데 말이지.
　　　　　　　　　　　　—「날마다 편히 잠드는 영희의 기술」 부분

"What time is it now?"라고 묻는다면, 현재 시각은 (나도 깜박 속아 넘어가게) 내가 나인 척하는 '언제나 고마운 만우절'(「언제나 만우절 고마운」)이라고나 할까. 이러한 자기기만이 "날마다 편히 잠드는 영희의 기술"이라는 거겠지.

그런데 문제가 있다. 황성희 시집의 '나'는 속지도 않고 속지도 못한다. 익숙한 삶의 질감이 가까운 "행복"감으로 받아들여지기 위해서는 자기를 속이는 것만으로는 안 된다. 결정적으로 이 기만성 자체가 망각되어야 하는 것이다. 나는 무의식까지 철저히 속아야 한다. 그러나 '익숙해서 미치겠다'고 중얼거리는 이 여자는 자신의 '익숙함'을 깊은 데서 의심하는 존재이며, '완벽한 일상'과 '나의 정체성'에 개입하는 기만성을 이미 눈치 채기 시작한 존재다. 황성희의 시편들에서 "익숙해익숙해미치겠어"(「거울에게」)라고 발작적으로 외치는 여자들은 다른 한편으로는 "나는 어떤 삶에도 시시각각 속아 줄 준비가 되어 있다."(「언제나 만우절 고마운」)고 차갑게 천명하는, 자기기만에 대한 자의식으로 가득 차 있는 인물이기도 하다.

김혜순은 황성희의 시집 '표4글'에서 "'현재 시간'과 싸우는 여자들"을 환영했다. 김혜순이 간파한 대로, 황성희의 여자들이 싸워야 하는 '현재 시간'의 본질적인 속성은 "존재 망각"이다. 시적인 시간이 나와 나 사이에 간격이 벌어지는 사태를 함축하고 있다면, 황성희에게 '현재 시간'은 그 간격이 보이지 않는 시간이다. 그러니까, "내가 나를 도저히 의심할 수 없는", "변기 위에 앉아" 있는, "칼날 같은" 그 순간이(「화성에 있다는 물의 흔적에 관한 소문」) "What time is it now?"에 또박또박 대답하는 '현재 시간'의 외설적인 본색이라는 것이다.

그렇다면 황성희의 인물들은 이러한 시시각각의 '현재 시간'들로 구성되는 삶에 어떻게 대응(대항)하는가. 대체로 그녀들은 "등껍질 밖의 삶을 상상"하지 않는 "착한 곤충"(「정전에 대항하는 모범적 자세」)을 연기(演技)해 낸다. 그런데 이들은 자신의 연기에 몰입하여 무아(無我)의 일치 상태에 좀처럼 빠져들지 못하고, '나 같은 나'(나의 일관성, 정체성)의 배역에서 종종 빠져나와 자신의 역할과 연기 자체에 대해 거리감과 혐오감을 느끼는 인물이다. 그녀는 "거울을 볼 때는 절대 내 얼굴이 내 얼굴인 척해야 한다"(「신격문」)는 거울의 계율을 정립하고 실천하는 주체다. 한 인간에게 주어진 생이라는 것이 "형광등이 켜졌다 꺼지는 것처럼 내 몸에/ 한 줄기 빛이 무심히/ 들어왔다 나갈 것임을 알고 있었으므로"(「정전에 대항하는 모범적 자세」) 거짓말 같고 헛것 같은 인생에 적당히 거짓말로 장단을 맞추어 주자는 것이다. 이 '거짓말 전략'에 스스로 속을 수만 있다면 현실 순응적인 그녀들은 현실 '속'에서 그럭저럭 만족하고 고만고만 불평하며 살아갈 수 있을 것이다.

무엇이 문제란 말인가. "갈 수 없는 곳은 궁금해하지 않"고, "죽음으로 시를 쓰지 않"고, "보이는 것만을 사랑하"는 착한 곤충의 모범적인 자세를 위태로운 자세로, 아이러니한 문젯거리로 만드는 것은 대체 뭔가. 문제는, "갈 수 없는 곳을 궁금해하지 않"는("죽음으로 시를 쓰지 않"는, "보이는 것만을 사랑하"는) 척할 때, 동시에 나는 밖으로 드러내지 않지만 어쩔 수 없이 '갈 수 없는 곳을 궁금해하고 있다'(죽음으로 시를 쓰고 있다, 보이지 않는 것을 사랑하고 있다)는 것이다. 황성희의 그녀들의 문제성을 이렇게 말해 볼 수도 있을 것이다. "그래도 시를 쓰겠다는 건 도가 지나쳐."(「날마다 편히 잠드는 영희의 기술」)

황성희의 시에는 정말이지 도가 지나쳐서 이상해 보이는 여자들이 자주 출연한다. 그런 그녀들은 이 세계의 기만성에 화답하는 주체의 필요조건으로서의 거짓말 수준을 넘어서, 이 세계가 꾸며낸 리얼리티의 범위를 훌쩍 초과하는 거짓말의 과잉(꿈의 말 혹은 광인의 말처럼 들리기도 하는)으로 세상 사람들을 어리둥절하게 하거나 불같이 격노하게 만든다. 화가 난 선생님 왈, "너 자꾸 거짓말 칠래." "입만 열면 거짓말이야." 그러면서 "눈알을 모조리 뽑겠다" 위협도 하지만, 나는 여전히 엉뚱하고 뻔뻔할 수 있다. "거짓말 아닌 세상이 세상에 어디 있다고"(「거짓말」) 자기가 거짓말을 한다는 것도 모르는(자기기만성을 망각한) 선생님 같은 존재야말로 그녀에겐 가소로울 따름. 그런 그녀 왈, "달력은 오늘(존재 망각의 현재 시간)을 노래하죠./ 하지만 난 속지 않고 굳세게 거짓말 쳐요."(「세상에서 가장 오래된 돌림노래」)

이 '굳센 거짓말'은 현실에 맞추는 거짓말이 아니라 현실과 싸우는 거짓말이다. "굳세게 거짓말" 치는 그녀는 현실의 기만적인 구조를 혹은 사실로 받아들여지는 리얼리티라는 환영을 교란하고 부수는 전쟁놀이에 한창 빠져 있다. 그녀의 지나친 거짓말(황당무계하고 때로는 엽기적이기도 한)은 아무도 기만하지 않는다. 이 거짓말은 거짓말(허구)이라는 전제를 자기에게도 또 상대에게도 은폐하려 들기는커녕 과시하기 때문에 기만적인 음침한 어둠이 깔리지 않으며 오히려 밝고 천진하게 느껴질 정도이다. 이때의 거짓말은 '작업'이라기보다는 '놀이'에 가깝다. 그녀가 "난 속지 않고 굳세게 거짓말 쳐요."라고 외칠 때, 이 외침은 윤리적인 선언과 특이한 지점에서 교차한다.

황성희의 시에는 이와는 또 전혀 다른 방식으로 이상해진 여자들이 있다. '굳센 거짓말'로 '약한 거짓말'의 경계 밖으로 탈주하는 여자들이 한편에 있다면, 그 반대편에는 '약한 거짓말'의 세계 '속'으로 지워지는 투명한 여자들이 귀신의 존재감같이 서려 있다. "아무도 여자를, 여자의 (시체) 놀이를 아는 척하지 않는다." 모두들 하나같이 그녀를 보지 못한 것처럼 "그냥 지나간다."(「시체 놀이」) 이제 이 '투명한 여자'를 찾아보자.

이건 아무 데도 숨어 있지 않은 한 여자를 찾아내는 술래잡기야.
시행의 모든 나머지는 술래를 불러내는 주문쯤이라고나 할까.

1부터 12까지 둥글게 원을 그리고 서 있어.
유리는 깨졌고 오래전부터 시간이 흘러내리고 있지.

기억해, 이건 시간 속에서 익사한 아기의 배를 가르는 부검이 아니야.
주의 사항은 여자가 아직 아무에게도 들키지 않았다는 것.
이 텅텅 빈 문장 속에서조차 말이야.

명심해, 이건 여자는 아무 데도 숨어 있지 않다로 시작하는 시야.
굳이 클라이맥스를 찾자면
자신의 몸이 투명하다는 걸 여자가 모른다는 것 정도?
—「술래잡기의 비밀」 부분

술래잡기는 '숨어 있는 자'와 '찾는 자' 사이의 긴장감으로 이루어지는 놀이다. 그런데 "아무 데도 숨어 있지 않은 한 여자를 찾아내는 술래잡기"라니! 놀이에는 과제가 주어진다. 해결하기에 '적당한' 어려움이 따르는 과제 말이다. 과제가 너무 쉬우면 놀이에 긴장과 흥미가 생기기 어렵고, 너무 어려우면 놀이의 쾌락은 짜증으로 변할 것이다. 숨어 있지 않은 자를 찾는 과제는 표면상("이 텅텅 빈 문장 속에서") 너무 쉬워서 놀이가 될 수 없을 것만 같다. 그런데도 "아직" "아무"도 이 문제를 풀지 못했다. 너무 쉬워 보이는 과제가 기괴한 난제로 뒤바뀌는 이유는 시에 분명히 밝혀져 있듯 여자가 투명해져 버렸기 때문이다. 여자의 '투명성'은 놀이의 비밀이면서 여자 자신도 모르는 비밀이다.

술래가 찾아야 하는 여자가 귀신인 건가? 어쩐지 이 술래잡기는 귀신 이야기처럼 으스스해진다. 그러나 이 시가 내놓는 시적 문제는 귀신 같은 여자가 아무래도 귀신이 아닌 것 같다는 것. 여자는 귀신으로 구분되는 것이 아니라 아예 구분할 필요가 없다는 것. 여자의 정체가 그냥 귀신이었다면 우리의 공포심은 '이야기'라는 층위에서 생산되고 소비되면 그뿐이겠지만, 이 여자는 아무래도 "101동 803호 안방"이라는 구체적인 현실 공간에서 "아기에게 젖을 먹이"는 범상한 행위를 하고 있는, 우리가 '빤히' 아는 여자인 것만 같아서 그녀의 투명성에 대한 의문은 나의 투명성에 대한 경악과 비명으로 이동한다. 여자를 귀신처럼 '보이지 않게' 만드는 타자의 시선은 그냥 통과하는 시선이다. 그것은 거꾸로 여자의 존재 방식이 자동적이며 습관적이라는 것을 말한다. 「신기한 목격담」, 「투명한 정원」 같은 시에도 나오는 '투명한 여자'는 "익숙해익숙해미치겠어"라는 비명이 발원하는 이 세계의 '완벽한 안쪽'에 대한 시적 포착이자 표현이다. 그래서 "평범해지는 것이 죽기보다 싫었다"고, 황성희는 시집 자서에 마지막 문장을 써넣었을 것이다.

이 세계의 소시민들은 '착한 곤충들'로 평범하게 살다 보니 개별성이 지워지고 이름이 지워지고 주소가 지워지고…… 몸까지 지워지는 건 아닐까. 이렇게 변명할 수 있다. "살다 보니 잊었다고 말할게."(「변명」) "그 투명한 이름"(「홍커우 공원의 고양이들」), '투명한 주소'(「투명한 정원」), "투명한 집", '투명한 몸'(「눈」), "아무 것도 비추지 않는 거울"(「신기한 목격담」), "투명해진 나"(「누구 없어요?」). 나의 일상사는 "투명한 점묘"(「투명한 점묘」). "누가 꺾어 가도 상관없고 언제 시들어도 상관없는/ 나, 정말 저 개나리 중 아무 개나리야?"(「정말로」) "아무 개나리"는 "양B로 오인받아 도살당하는 양A".(「개나리들의 장래 희망」) 양B와 양A 사이의 오인은 전혀 문제될 게 없다. 그 둘은 "아무 개나리"이므로 구별할 필요조차 없이 교체 가능하다. 그러므로 "아무것도 비추지 않는 거울에다 대고/ 저렇듯 물걸레질을 하는 여자"(「신기한 목격담」)의 동작이 어째서 내게 슬픔을 불러일으키는지 알 수 있을 것이다. 그 동작은 하염없으나 부질없는 헛수고다. 문제는 거울이 아니라 '나'다.

황성희의 '투명 인간'은 이 세계 밖으로 사라진 존재가 아니라 이 세계 속으로 지워진 존재다. 그녀의 인물들이 이 세계 속에서 투명 인간으로 지워지지 않기 위해 "생생한"(「탤런트 C의 얼굴 변천사」) 사실감과 존재감을 획득하고자 애쓰는 모습은 매우 처절하면서도 우스꽝스럽다. 나의 생생한 얼굴과 존재감을 어떻게 '현실적'으로 실현할 것인가. 투명한 이름을 생생한 이름으로 변모시키기 위한 시도들은 문자 그대로 "무명(無名) 탈출기"(「탤런트 C의 무명 탈출기」)다. 무명(無名)에서 탈출하여 유명(有名)에 도달했을 때 얻게 되는 뚜렷한 이름을 황성희는 '역사'와 '스타'에서 찾는다. 그래서 투명 인간의 공포 속에서 이렇게 외치는 여자들이 있다. "좀 더 역사 깊은 걸로 그려줘. 누구한테든 단번에 들킬 수 있는 그런 거."(「자해 공갈단편 ──『그녀의 칙릿 도전기』 중에서」) "우리 집을 구할 내가 준비된 스타라는 걸 제발 좀"(「네덜란드식 애국 소녀」) 알아줘. "난 스타를 원해"(「난 스타를 원해」).

그러나 '역사'와 '스타'야말로 실체가 모호한 것, 비어 있는 이미지가 아닌가. 그것은 타자의 욕망과 시선이 구성해 낸 것이며, '주체'가 '이미지' 속으로 사라지는 방식이 아닌가. 그러나 황성희는 "칙릿 도전기"의 여자들을 결코 비난하거나 풍자하지 않는다. 그녀들의 욕망이 나의 욕망이기도 하다는 걸 황성희는 감추지 않는다. 그럼에도 불구하고 그녀들은 우스꽝스럽고 슬프다.

일단, 그녀들로부터 '역사'와 '스타'는 너무나 멀리 동떨어져 있기 때문. '먼 거리'는 역사와 스타가 만들어지기 위한 전제 조건이다. 가까이 가면 텅 비어 있는 그것. 물론 우리는 황성희의 시에서 무명 탈출기의 그녀들을 아이러니하게 만드는 또 다른 지점들을 지적할 수 있다. 역사라는 이름으로 유포되는 "이승복(유관순)스러운 그 무엇"(「탤런트 C의 무명 탈출기」), 낡은 이데올로기들, "국사 책의 단군 영정", "시작에 관한 공공연한 왜곡들", "9시 뉴스"(「난 스타를 원해」) 따위에 대한 불신과 혐오. 빛나는 스타가 머지 않아 "지나간 이름"(「캐스팅 디렉터편 ──『그녀의 칙릿 도전기』 중에서」)이 된다는 것. 물론 이 환멸의 지점들은 뻔하다.

그렇지만 황성희가 "탤런트 C가 천의 얼굴이 가능했던 이유를 생각해 보세요. 아무것도 아닌 것이 되기란 결코 쉽지 않아요." 라고 물어 올 때, 그녀의 블랙 유머와 아이러니는 결코 단순하지 않다.

4 '고백'이 아니라 '고백의 문학사'다

'나'를 생생하게 느끼게끔 해 주는 또 한 가지 비결을 황성희는 노골적으로 발설한다. 그것은 '상처'를 가지고 나의 존재를 눈에 띄게 표식하는 방식이다. "비명은 왜 질러, 아프지도 않다는데. 혹시 알아? 내가 아프다고 생각할지. 이 병실 앞을 누가 지나가기라도 한다면 말이야."(「자해 공감단편 —『그녀의 직릿 도전기』중에서」) 나의 존재감을 강화해 주는 것이기에 '상처'는 기왕이면 역사적인 것으로 분식되고 과장될 수 있으면 좋겠지. 그래서 이를테면 "국 냄비에 덴 자리를 총상이라고 속"이고(「탤런트 C의 무명 탈출기」) "메밀묵 따위를 만들다가"덴 넓적다리를 "80년에 칼에 찔린 거"(「귀남이가 안 나오는 귀남이 이야기」)라고 꾸며 대는 인물들이 출연한다. 이 세계 '안'에서 이 세계의 논리로, '속물적'으로 존재감을 맛보는 일은 이런 방식으로도 희화화된다.

웃고 말 일이 아니다. '주체'와 '상처'에 대한 황성희의 이 차가운 유머는 문학사적인 문제를 제기한다. 첫 시집에서 황성희가 보여 주는 '시간에 대한 미행'이 도달한 가장 문제적인 질문이 바로 거기서 발생하는 것이다.

> 딴 뜻은 없어요. 어쨌든 난 안 아프니까.
> 가끔씩 그 여자의 알몸을 뒤집어쓰고 시장을 볼 뿐이에요.
> 그 여자의 꿰맨 자국을 다들 얼마나 신기해한다고요.
> 그럼 난 무척 아팠다고 이야기해요.
> 언제 왜 얼마나 아팠는지 지어내다 보면
> 백 년 정도는 금방 흘러가 버리죠.
>
> ──「가장행렬」 부분

황성희는 고백을 하지 않고 '고백의 문학사'를 연출한다. 원래 고백의 주체는 '아픈 자'였다. 그런데 「가장행렬」이라는 제목이 가리키듯이, 이 시의 '나'는 상처를 가장하는 자이며 고백을 연기하는 자다. 이 시에서 전제하고 있는 상처의 주인인 "그 여자"는 이곳저곳에 흩어져 있으며 심지어 죽음을 연상시키는 "허공"에 속해 있기도 하다. 나는 "그 여자"를 빌려 "언제 왜 얼마나 아팠는지 지어내"며 고백을 연기한다.

'그 여자'는 고백의 주체로 애용되어 왔던 문학적인 캐릭터와 같은 존재다. 나는 '그 여자'를 변용하고 활용하여 "시장 사람들"에게 "무척 아팠다고 이야기"한다. 황성희가 "시장 사람들은 무엇에든 빨리 싫증을 내니까" "백 년 정도는 단숨에 흘려보낼 그럴듯한 상처가 내게는 필요하"다고 썼을 때, 우리는 '시장'을 일테면 '출판 시장'으로, '백 년'을 '근대 문학 100년'으로 바꿔(알레고리적으로) 읽게 된다. 그랬을 때, 황성희는 근대 문학 100년을 "언제 왜 얼마나 아팠는지 지어내다" "금방 흘러가 버"린 시간으로 요약하고 있는 것이다.

고백의 문학사는 상처에 대한 신화이며 픽션이며 주석이다. 이과감하고 과격한 요약은 "거울(이상)과 자화상(윤동주) 그리고 거대한 뿌리(김수영)"(「거울과 자화상 그리고 거대한 뿌리」)의 밖을 모색하고 있는 황성희의 문제적인 출발점일 것이다. 어쨌든 그녀의 관심은 고백의 거울이 아니다. 문제는 거울 바깥의 주체를 근본적으로 재검토하여 말해지지 않았던 것을 조금 더 말하거나 새롭게 말하는 것이다.

언니와 물고기와 계단의 시간

1 편지를 쓰는 시간

편지를 쓰고 있는 나는 누군가를 '향하여' 있습니다. 좀 더 정확히 말하면, 누군가를 향하여 '멈추어' 있습니다. 이 시집의 시인은 '정지하는 일'을 하려고 합니다. 정지하는 일을 '한다'는 것은 부재하는 행위, 그러니까 모든 동작에서 힘을 뺀다는 것, 에너지 제로의 상태가 되는 것이 아닌가요. 그러나 정지할 줄 모르는 존재가 정지하기 위해서는 폭발적인 힘이 요구됩니다. 우리가 알고 있는 시간은 끊임없이 앞으로 나아가고 있기 때문입니다. '앞'으로 단 한 발자국을, 마지막 한 발자국을 또 들이밀어야 할 때, 오르페우스는 멈추었습니다. 언제나 네 '앞'에 있으리라 예정된 행복의 약속을 한순간에 망각하게 하는 어떤 힘, 몰락의 경고를 완전히 잊게 하는 사랑의 힘에 그가 사로잡혔기 때문입니다. 무엇에도 무관심한 이 순간은 순수합니다. 이 정지는 '뒤'를 향하여 돌아서는 동작을 가능하게 합니다. "어둡고 축축한, 미학적인"(「봉인」) 내부를, 밤의 깊이를 향하여……

"하늘을 날지 않는 새들은 동작을 멈출 줄 아는 도롱뇽 같아. 끝에 닿기 전에 한 번쯤 정지하는 일 말야."(「첫사랑」) 툭 뱉은 듯한 이 말에 시인의 존재론적 의지가 담겨 있습니다. "새들이 멈추었을 때"(「하늘에 떠 있는 DJ에게」) 시인은 엽서를 띄웁니다. 이영주 시인이 또, 편지를 쓰는군요. 두 번째 시집에서 우리는 편지를 쓰는 그녀의 구부러진 등과 그 안쪽의 어둠 그리고 빛을 발견하게 됩니다. 누군가는 그녀에게 몹시 답장을 쓰고 싶어질 것입니다. '영주에게', 그렇게 이 글을 시작하고 싶었다고 살짝 고백해도 될까요.

2 안녕, 당신이 보여요! 시간이 보여요!

그 편지에 답장을 쓰는 시간은 그 편지를 다시 읽는 시간이기도 할 것이다. 꼼꼼하게 읽기. 쓰인 것을 뒤집어 읽기. 쓰이지 않은 것을 읽기. 용서해라, 나는 그렇게 네가 쓴 몇 장의 편지를 다시 읽어 보려고 한다. "당신이 보여요, 란 말은 아프리카식 안부 인사"라고 했는데, "안녕! 당신이 보여요! 나는 좀 더 친밀한 아프리카 취향입니다."라고(「나의 인사」), 나도 그녀에게 그런 인사를 하고 싶은 것이다.

새들이 멈추었을 때 서른이 되었다. 모든 풍경을 떼 내 나에게 엽서를 썼다.

잔뜩 취한 서른의 내가 맞추지 못한 문의 구멍을 스무 살의 내가
맞춰 주는 순간, 첫날밤의 이불처럼 벽들이 하얗게 펄럭거렸다.

저 하늘 위에 떠 있는 DJ를 보라. 그는 탈색되는 걸 사랑했고 몰래
잠드는 것도 좋아했다.

부엉이 문신은 부드러운 네 왼쪽 가슴을 향해 날았다.

검은 음표들은 전부 취해 있다. DJ는 환자가 누운 곳에서만 턴테이
블을 돌렸다.

세상의 모든 창문은 음표의 방향이 되었다.

첫날밤은 귀가 먼 병원 의자에서 가장 고결한 사랑을 배운 DJ에게.
　　　　　　　　　　　　　　　—「하늘 위에 떠 있는 DJ에게」 전문

저 하늘 위에 떠 있는 DJ는 그녀의 엽서 쓰기가 향해 있는 수신
자(~에게)이면서 동시에 엽서 쓰기를 향하여 달빛을 보내고 검은
음표를 띄우는 발신자(~로부터)이다. 이것은 서른 살의 내가 스무
살의 나에게 쓰는 엽서가 스무 살의 내가 서른 살의 나를 향해 쓰
는 엽서가 되는 것과도 같다. 그러므로 서른 살의 나를 스무 살의
내가 구원하기도 한다. 현재와 과거가, 화자와 청자가 서로를 향
해 뛰어드는 이 상호성은 여러 개의 목소리들을 한 편의 시에 출
현시켰다. 이것은 그녀의 두 번째 시집이 내보이는 변화된 지점의

하나이기도 하다.

그녀의 시에서 과거라는 시간은 지나간 버스가 아니라 현재의 정류장에 새로 도착하는 버스다. 그녀가 현재를 정지하였으므로 과거가 달려올 수 있는 것이다. 그렇게 도착한 버스가 내려놓는 것은 행복의 이미지가 아니라, 이를테면 "철책이 세워진 운동장, 왼쪽 뺨에 남은 손자국, 피 묻은 롤러스케이트"(「나의 인사」) 따위의 풍경이다. 그녀는 쿨한 듯 "풍경은 하나의 취향"이라고 말하지만 이 풍경들은 결코 쿨할 수 없는 "접촉에 대한 것"(「월식」)들이다. "모든 혐오감은 접촉에 대한 것"이라고 그녀는 말하지 않았는가. 그녀의 취향은 쾌락 원칙을 넘어 고통스럽다. "이제 깨끗한 살에 이빨을 박아야 해. 잘 봐, 아름다워지는 것보다 훨씬 더 찬란한 착란의 시간을."(「빛나는 사람」)

벤야민이 붙잡은 과거 이미지는 구원의 시간이었다. 그러나 "아무리 올라가도 짐승의 빛 안"(「음악의 내부」)에 있는 시인은 결코 구원이라는 말을 쓰지 않는다, 아니 쓸 수 없다. 다만, 찬란한 착란의 시간에 그녀의 시가 명시할 수 없었던 구원이 섬광처럼 휙 스쳐 갈 수 있으니, 우리는 벤야민을 빌려 이렇게 말해도 좋을 것이다. "과거는 구원을 기다리고 있는 어떤 은밀한 목록을 함께 간직하고 있다. 우리들 스스로에게도 이미 지나가 버린 것과 관계되는 한 줄기의 바람이 스쳐 지나가고 있는 것은 아닐까?"(「역사철학테제」) 그리고 21세기의 한 시인은 이렇게 중얼거리고 있는 것이다. "내 등에서 몇 세기 전의 울음이 잠자고 있는지도 모른다. (중략) 몇 세기 전의 고통은 어떤 말로 타인에게 전달되었을까."(「장마」)

태어나면서부터 우린 저무는 사람들. 생일은 미리 말해 주자. 젖은 바람 부는 계절에는 얼굴을 보고 이야기하자. 머리를 빡빡 민 사람이 오랫동안 편지를 쓴다. 몸을 보니 여자였구나. 상점 주인은 창밖의 간판을 세다가 저무는 사람. 단 한 명의 노파도 없는 비 오는 골목으로 음악을 흘려보낸다.

지느러미를 감추고 들어와야 해. 여자인 줄 알았는데 그림자를 보니 물고기구나. 상점에는 푸른 비늘이 가득 찬다. 그녀가 달력을 넘기는 동안 천장에서 물이 새고 있다. 노파를 보고 싶은 계절이야. 생일을 견디며 물고기들이 모서리에 지느러미를 비빈다.

태어나면서부터 우린 비린내를 풍기는 물건들. 물고기인 줄 알았는데 장화를 벗고 보니 딱딱한 계단이구나. 그녀는 문밖의 발들을 바라보다 밤늦도록 저문다.

고무장화를 신자. 태풍이 오기 전에 생일을 미리 말하자. 바람이 젖은 달력을 찢는다. 계단 밑, 붉은 웅덩이 속에 머리를 빡빡 민 노파가 잠들어 있다.

　　　　　　　　　　　　　　　　　　　—「저무는 사람」 전문

"머리를 빡빡 민 사람이 오랫동안 편지를 쓴다." 여기서, '오랫동안'이라는 시간은 존재의 자루에 구겨져 들어 있는 여자와 물고기와 딱딱한 계단과 노파를 문득 알아채는 시간이다. 그것은 시계로 측정 가능한 시간의 길이에 해당하는 것이 아니라 측량 불가능한 시간의 두께, 존재의 깊이에 대한 표현이다.

"몸을 보니 여자였구나.""여자인 줄 알았는데 그림자를 보니 물고기구나.""물고기인 줄 알았는데 장화를 벗고 보니 딱딱한 계단이구나." 이 모든 놀라운 '알아봄'의 순간에 일어나는 사건은 인식의 교체(이를테면, 여자라는 규정을 폐기하고 물고기라는 이름으로 바꾸는 것)가 아니라 추가(여자+물고기, 여자+물고기+계단, 여자+물고기+계단+노파)다. 추가의 연속 형식은 우리에게 무한함을 환기시킨다. 무한함 속에서 무엇이 풀려나와 우리를 놀라게 하는가.

우리는 다만 그 무엇, 무엇으로 인하여 존재의 검은 구멍 속으로 끌려 들어갔을 뿐이다. 여자의 몸, 비린내를 풍기는 물고기, 하강의 욕망과 승화의 욕망 사이에 걸쳐져 있는 딱딱한 계단, 그리고 노파. 이것들은 이번 시집에서 이영주 시인이 특히 애착을 드러내는 오브제들이기도 하다.

그녀는 죽음의 가능성을 붉은 살처럼 존재의 조건으로 드러낸다. 네 안의 죽음을 보라, 그녀의 시가 명령한다. 그러므로 너는 살아 있다, 죽음에 가까이 간 그녀의 시에서 되돌아오는 메아리다. 죽음의 가능성이 불가능성으로 바뀌면 그것은 주검이다. 죽었으므로 죽을 수 없는 시체는 죽음의 불가능성이다. 생일을 가지고 "태어나면서부터 우린 저무는 사람들", 우리는 죽을 수 있는 존재다. 노인은 죽음의 가능성을 현현하는 '여기 있음'이다. 시인은 노인에게 구원을 청하는 것 같다. 죽음을 망각한 이 세계에 대하여.

"노파를 보고 싶은 계절이야." 이 이상한 열망은 이영주 시인의 시적 윤리이리라. 그러므로 이 시의 마지막 구절에 이르기까지 그녀가 그토록 노파를 찾았던 게 아닐까. "계단 밑", 내 안의 가장 밑바닥에 잠들어 있는 머리를 빡빡 민 노파의 모습은 대머리에 쭈글쭈글한 피부를 가진 태아(胎兒)가 붉은 자궁 속에 웅크리고 있는 것 같기도 하고 또 어찌 보면 영원한 휴식으로 돌아간 고요한 시체처럼 보이기도 한다. 노파는 존재의 시간이다. 노파는 태어나면서부터 저무는(죽어 가는) 사람들 안에 깃든 존재의 거울이다. 어느 날 당신은 존재의 거울 앞에서 경악하리라. 그녀의 주름을 만지리라. 잃어버린 시간들이 접혀 있는 그 주름을⋯⋯.

3 언니라는 내부, 언니라는 창문

안쪽으로 접혀 들어간 것들이 있다. 그것이 이른바 '기억'이라고, 혹은 '내면'이라고 부르는 무엇인가를 얼크러뜨리면서 구성한다. 이영주의 시는 주체의 심부(深部)를, 바닥을 만지려고 한다. 아마도 그녀의 시에 대한 불편함을 섣불리 '자폐성'이란 용어로 표시하고자 하는 경우가 있을 것이다. 그러나 내면은 그 자체로 자족적일 수도 없고 폐쇄적일 수도 없다. 물론 내면에 대하여 자폐적인 태도를 취할 수는 있겠지만.

우리의 관심인 이영주 시인의 내향성은 대체로 '안쪽'으로 투척된 '외부'에 대한 매혹에서 비롯한다. 그녀가 어린 시절에서 건져 내는 시적 에피소드의 한 페이지는 이 매혹이 그녀에게는 거의 생래적인 것임을 암시한다. 첫 시집 『108번째 사내』에 붙인 '시인의 말'에서, 그녀는 일곱 살 때 "자전거가 지나갔던 그 순간의 몸"을 떠올린다. 그리고 이렇게 말한다. "내가 열망하던 것은 육체를 뚫고 가는 사물의 힘에 다시 사로잡히는 것이었다." 그녀에게 내면은 붉은 몸처럼 타인과 사물의 힘이 가장 생생하게 현상하는 장소다.

그러므로 통속적으로 '상처'라 불리는 그 어떤 것을 그녀가 후비고 있을 때 그녀는 나르시시즘적인 슬픔에 빠져 있는 것이 아니라 상처를 낸 접촉의 순간의 강렬함을 살려 내고 있는 것이다. 이것이 바로 그녀가 세계를 자각하고 활성화하는 방법이며 무감각한 나를 흔들어 깨우는 방식이라 할 수 있다. "아프기 시작한 곳이 고향이야."(「여름의 귀향」) "허벅지에 길게 그어진 칼자국"에서 "음악이 시작되었다고"(「깔링」) 그녀는 말한다. 그녀의 시는 통증을 진정시키는 것이 아니라 통증을 심화시키고 악화시키고자 한다.

이렇게 말하는 전기해파리처럼 말이다. "내 몸에서 가장 긴 부위는 팔/ 가장 아름답게 악행을 퍼뜨리는 것" "이 찰나의 떨림으로 숨겨진 악행을 나눠 갖자". 그러므로 그녀의 시집에는 참 많은 "해파리들이 몸을 대고 서로 찌르고 있다".(「전기해파리」) "가장 어두운 색깔로 사람들이 폭죽을 터뜨린다."(「루시안의 날개」) 그러므로 그녀는 "깨어나면 몸의 구조가 바뀌어 있"는(「동거녀」) 그런 아침들을 맞이했을 것이다. "내 악행의 기록을 남기면서// 나는 많은 것이 되었다가,/ 많은 것으로 흩어졌다." 이것이 그녀가 이번 시집에 쓴 '자서'이다.

"우리는 불투과성 물체가 아니야."「폐교의 연혁」이라는 시에서 읽은 인상적인 구절이다. 그렇다면 같은 시의 이런 구절, "나는 무릎을 적시는 썩은 물이 되어 너를 통과했네."를 가지고 그녀가 내놓은 '투과성 물체'의 존재론에 대해 얘기해 보자. 나와 너의 만남은 두 덩어리 고체답게 쿵하고 부딪혔던 사건이 아니라, 내(네)가 액체가 되는 사건이며 그리하여 너(나)를 통과하는 사건이다. 그러나 이 통과가 소통과 사랑을 보장하는 것은 아니다. 나는 너를 통과하여 저만치 있고, 너는 나를 통과하여 저만치 있다. 그러나 너는 결코 '저만치' 피어 있는 꽃, '산유화'로 남을 수 없다. 나 또한 산유화의 존재론으로 개화(開花)할 수 없다. 우리는 "외부의 공기에 닿은" 음식물처럼 썩기 시작한다. 우리는 "형태를 알아볼 수 없게 된다." 이 사태에 대한 마지막 보고서는 이렇다. "생물과 무생물 사이로 우리는 흘러갔다. 세상의 모든 물과 똑같은 원자가 되었다." 나는 해체된다. 이 사태는 나의 죽음으로 종결되는가. 그 다음은 없는가. 나의 사랑은 너에게 죽음만을 선사할 뿐인가.

이영주의 시집에는 '부패'의 장면들이 곳곳에서 발견된다. 이를테면, "썩기 시작한다// 형태를 얻기 직전에 너의 이야기를 하려고."(「월식」) 이영주는 '나의 죽음'(말하자면, '주체의 죽음'), '나의 죽어 감'의 어느 시간에 '이야기'를 하고 싶어 한다. 그 이야기는 어떤 것일까. 형태(개별성)가 흐릿해지고 곤죽이 되고 섞이고, 그래서 "커다란 진흙파이"(「달 속의 도시」)가 된다는 것은 '나'를 떠나 '우리'에 이르는 존재론적 연금술이다. "여자는 (중략) 세상에서 가장 커다란 진흙파이를 파먹는다." 그 여자가 중얼거린 것 같다. "축축하게 썩어 들어가는 안쪽을 언니라고 부르고 싶어."(「언니에게」)

겨울밤에는 밖에서 안으로 들어가고 싶어. 밖에서 안으로, 아무도 없는 안으로 들어가려 할 때, 차가운 칼날 같은 손잡이를 떼 낸다. 손잡이가 있으면 한 번쯤 돌려 보고 배꼽을 눌러 보고 기하학적으로 시선을 바꿔 볼 수 있을 텐데. 어머니가 방바닥에 늘어놓은 축축한 냄새들. 언니라고 부르고 싶은 버섯들이 있었는데, 잠에서 깨면 어머니는 버섯 머리를 과도로 똑똑 따고 있었다. 손잡이를 어디에 붙여야 할까. 너는 아래쪽에 서 있다. 몸속이 어두워질 때마다 울음을 터트리는 이상한 반동. 축축하게 썩어 들어가는 안쪽을 언니라고 부르고 싶어. 너는 봉긋하게 솟은 버섯 같은 자신의 심장에 손잡이를 대고 안쪽을 열어 본다. 거꾸로 자라나는 버섯들이 잠에서 깨어 어머니의 머리를 똑똑 따 내고 있다. 네가 밖에서 안으로 들어가려 할 때, 바깥에 두고 온 손잡이를 어두워서 찾지 못할 때, 아무도 없는 안쪽이 버섯 모양으로 뒤집어질 때, 너는 성에 낀 202호 창문을 언니라고 부르기 시작한다.

—「언니에게」 전문

"나는 사방을 버리고 안쪽과 바깥쪽을 왔다 갔다 하"는 사람.(「월식」) 나는 종종 "문턱에 한 발이 끼어 침묵에 빠진 새".(「박쥐우산을 가진 소년」) "겨울밤에는 밖에서 안으로 들어가고 싶"다.

시집의 표제가 되기도 한 이 시의 제목에 주목하자. 「언니에게」. '내부', 은밀한 내부에 시인이 붙인 이름이 '언니'다. "축축하게 썩어 들어가는 안쪽"이 언니라고 불리며, "축축한 냄새들"과 그런 냄새를 피우는 "버섯들"이 '언니'라고 호명된다.

언젠가 이성복 시인은 "언니라는 말의 내부. 한 번도 따라 들어가 본 적 없"는, "내가 들어갈 수 없는 언니라는 말의 배꼽."(「31 언니라는 말의 배꼽」, 『달의 이마에는 물결무늬 자국』, 2003)이라는 표현을 한 바 있다. '누이'가 문학적인 관습이었을 때, '언니'라는 말은 문학적으로 거의 비어 있었다. '언니'라는 말이 시적으로 어떤 느낌을 이루기 시작한 것은 비교적 최근의 일이 아닐까 싶다. '언니'라는 말이 가족과 성(gender)을 초과하여 누군가를 부른다. 참으로 다정한 호명인 언니라는 말이 둘러싸는 내부는 '익명적 우리', '밝힐 수 없는 공동체'(블랑쇼)와 같다. '언니'는 "밖에서 안으로" 발화된다. 언니라는 말은 비밀을 나누는 암호다. 언니는 나를 그 안에 폐쇄하는가. "바깥에 두고 온 손잡이를 찾지 못할 때" 나는 축축하게 썩어 들어가는 안쪽으로 한없이 걸어 들어갈 뿐인가. 아, "안쪽이 버섯 모양으로 뒤집어"진다. 그것은 '안'이 '밖'이 되는 순간. 이때, "성에 낀 202호 창문을 언니라고 부르"자. 안쪽이 뒤집어진 버섯 언니, 언니라는 창문을 좀 열까? 언니는 나의 가장 안쪽에서 저 바깥을 환기한다. '언니라는 말의 내부'는 외부를, 타인을 창문처럼 달고 있다.

"등을 구부려/ 욕조 바깥으로 뻗어 나간 발목을 쥐어 본다./ 내 몸의 끝을 잘 모르기 때문이다."(「굴뚝의 성장담」) 그런 그녀의 편지에 이런 답장을 써도 될까.

그렇게 발목을 쥐고 있으면 어쩐지 내가 달아나고 있는 것 같아. 내 몸의 끝이 연기처럼 끝없이 멀어져. 내 몸은 열려 있어. 그러니 우리는 몸의 끝을 말하지 않기로 해.

4 뒤를 돌아본다, 외국어를 말할 수 없는 시간에

'밖에서 안으로' 구부리는 이영주의 내향성은 '뒤'를 돌아보는 시선에도 겹쳐져 있다. 뒤를 향한 시선이라면 그 유명한 신화적인

'오르페우스의 시선'이 있을 터, 그런데 오늘날의 오르페우스들은 어떤 자들인가.

아름답지 않은 것을 들키고 싶지 않아. 뒤를 돌아보지 마. 구멍이 좁다는 걸 알면서도 내내 돌아보던 너의 흰 목에서 피가 흐른다. 노인은 신에게 경배를 드릴 때마다 조금씩 무릎이 부서진다. 너무 쉽게 죽은 사람의 이름을 말하면 안 돼. 한쪽 유방이 도려내진 브래지어를 보고 한 노인이 뒤를 돌아본다. 이것은 전염병일까? 목발을 짚은 사내는 꺼지지 않는 불꽃을 뒷주머니에 깊숙이 찔러 넣는다. 신은 뒤를 돌아보는 불경한 것들의 심장을 움켜쥔다. 까마귀는 붉은 날개를 꺼내 죽은 사람의 목을 후려친다. 아름다워지기 전에 뒤를 돌아보면 안 돼. 오르페우스는 어린 딸과 침대가 없는 외계(外界)로 가기 위해 천상의 노래를 부른다. 목소리를 잃고 나는 자꾸 뒤를 돌아본다. 제 다리를 뜯어 먹는 늙은 개.

—「뒤」 전문

오르페우스가 뒤를 돌아보지 않았으면, 그는 부인과 어린 딸과 숙면을 얻었을 것이다. 그러나 블랑쇼가 밝힌 오르페우스의 역설을 들여다본다면, 예술가 오르페우스가 진짜 원한 것은 가족적인 친밀성 속에서의 에우리디케가 아니었다는 것. 다시 말해, 오르페우스는 "나날의 즐거움으로서의 에우리디케를 원하는 것이 아니라 밤의 어둠으로서의 에우리디케, (중략) 가족적인 삶의 내밀성으로서가 아니라 모든 내밀성을 배제하는 것의 기이함으로서의 그녀를 보고 싶어 하며, 그녀를 살리고 싶어 하는 것이 아니라 살아 있는 그녀의 죽음의 충만성을 가지고 싶어 한다."(「오르페우스의 시선」, 『문학의 공간』) 그러므로 오르페우스의 역설은 이영주에 의해 이렇게도 표현된다. "오르페우스는 어린 딸과 침대가 없는 외계로 가기 위해 천상의 노래를 부른다." 지옥을 천상의 달콤함으로 채웠던 오르페우스의 노래는 가족 삼각형의 테두리를 벗어나 외계를 향한 초월적인 비전을 그 안에 간직하고 있었다. 그 꿈은 그러니까 의식을 배반하는 오르페우스의 무의식이었다.

뒤를 돌아보는 위반을 통하여 역설적으로 '현실 이상(以上)'에 도달하는 오르페우스의 노래. 그런데 현실에서 "자꾸 뒤를 돌아"보는 나는 목소리를 잃어버린다. 나는 노래를 부르는 것이 아니라 가까스로 떠듬거린다. 내 뒤에는, 너의 뒤에는, 한쪽 유방을 도려낸 어떤 노파의 뒤, 목발을 짚은 사내의 뒤에는 "아름답지 않은 것", 이를테면 "제 다리를 뜯어 먹는 늙은 개" 같은 것이 있다. 이들의 뒤에 있는 것은 아름다운 에우리디케가 아니다. 이영주가 자기 미학의 일단을 투사하는 오늘날의 오르페우스들은 '아름답지 않은 것'을 보는 자, 자꾸 보는 자, 그리하여 '아름답지 않은 것'과 더불어 여기 있는 자들이다. 여기는 신화적인 장소가 아니라 지극히 비루한 세속이다.

그러므로, 그녀는 "자꾸 뒤를 돌아"보게 되리. '죽음'과 '과거(뒤)'를 망각하고 일상의 광기에 빠져 미래, 미래(앞)만을 부르짖고 있는 곳이 세속이므로, 뒤를 돌아보는 것은 이 세계가 조장하는 '종이인형'의 존재론을 거절하는 미적 저항의 몸짓이기도 하다. '안'과 '뒤'가 존재의 두께를 현시한다. 그녀가 드러내는 "뒷면이 없는 것"으로서의 종이인형에 대한 사랑에는(「종이인형」) 그래서 슬픈 아이러니가 깃들어 있다. 내가 "보잘것없고 선량한 인형"의 "목을 잘라 버"리는 그런 밤은, "베란다에 나가 공중의 두께를 재 보려고 긴 자를 휘두르지만 수많은 눈금이 밑으로 떨어질 뿐"인 그런 어느 날 밤.

이영주의 시에서는 '안'과 '뒤'의 깊이를 그리워하는 것이 곧잘 '어머니'를 그리워하는 것과 나란히 배치된다. "베란다에 서서 어둠 속으로 머리를 들이미는 어머니", 그 "어머니의 등에 눈금이 박혀 있다." 그렇지만 그 "어머니는 내가 모르는 얼굴."(「종이인형」) '모르는 얼굴'로서의 어머니는 누구인가. 현실적인 인격으로 규정하기 어려운 이 어머니는 존재론적 구멍 같은 것이 아닐까. 나는 (어머니)를 향해 거슬러 간다. "여자도 남자도 아"닌(「설탕을 먹는 저녁」) 아이를, "담요에 싸인 공"(「공」)과 같은 아기를 만나러 가는 것이다. "어머니는 마지막 문 뒤에 있"다.(「성인식」) "박쥐처럼 새끼들에게 거꾸로 매달리는 법을 가르"치며. 그것이 뒤집힌 세계를 뒤집어 보는 방법이라는 것일까.

"지구에 붙박인 절벽들은 오랫동안 깊은 곳에 숨겨진 구멍을 보여 줄 수가 없었습니다.// 뒷모습에서 흘러나오는 한밤의 노래를 향해 잠자고 있던 열대어들이 거슬러 갑니다. 건조한 비늘을 핥으면서, 지도를 확인할 수 없다는 문장을 천천히 지우면서."(「외국어를 말할 수 없습니다」) 그렇게 모천(母川)으로 회귀하는 물고기의 시간은 "외국어를 말할 수 없"는 시간, '모국어'의 시간이다. 이 시간을 '시'의 시간이라고 불러도 될 것이다. 시의 시간에, "어떤 산책은 뒷모습만이 유일한 길이 됩니다."

5 계단의 건축

이 계단은 소리들 위에 떠 있다
입을 다문 짐승처럼 짖는 법을 모르는 계단
나는 얼룩무늬 꼬리를 따라 소리 안으로 들어간다

틈과 틈 사이 끝나지 않는 비트
난간의 뼈를 뚫은 못이 흔들리고 있다

울고 있는 내부를 만져 보지 않아도 음악의 형태를 말할 수 있다면
휘파람 부는 방향으로 흘러가는 피 냄새

아무리 올라가도 짐승의 빛 안이라니
나는 얼룩진 손바닥을 펴 본다

저녁에는 구름이 사라질 것이라고 믿었다
내가 맛볼 수 있는 것은 어째서 피뿐일까
바람 안으로 모든 음(音)이 모여들고 있다

홀로 떠오를 수 없는 계단
죽은 고양이를 밟고 선다

언제쯤 저 짐승은 뼈를 먹을 수 있을까
구름 안에서 녹슨 못들을 꽉 움켜쥐고

음악을 흘려보내는 너는

──「음악의 내부」 전문

　"얼룩무늬 꼬리를" 가진, 저기 죽은 고양이 한 마리로부터 소리가 흘러나오고 있다. 소리에는 피 냄새가 배여 있다. 나는 그 "소리 안으로", 그러니까 음악의 내부로 들어간다. 이 음악은 한 마리 작은 짐승이 해체되는 소리다. 그것은 온몸으로 우는 울음소리다. 나는 "울고 있는 내부를 만"지는 자, 그리하여 이 "음악의 형태", 죽음의 형태를 기억하고 증언하고자 하는 자다. 음악의 형태는 겉(외부)에서 파악되는 실루엣 같은 것이 아니다. 음악은 그 내부의 살과 뼈로 연주된다. 살이 썩고, 뼈와 뼈 사이가 흔들린다. 놀라워라, 부패 중인 짐승의 시체로부터 음악을 듣게 될 줄이야. 심지어 이 음악은 매우 매혹적이기까지 하다. 메멘토 모리!

　그리고, "죽은 고양이를 밟고"서야 계단이 떠오른다. 다시 말해, 이 시의 첫 문장이 건축되는 것이다. "이 계단은 소리들 위에 떠 있다." 소리들 위에 떠 있는 계단은 내부로부터 바깥으로 펼쳐진 것이다. 그것은 외부적인 첨가물이 아니다. 앞에서 우리가 이영주의 어떤 시를 읽으면서 외부에서 안쪽으로 접혀 들어간 것들이 있다고 했던 것을 더불어 기억한다면, 내부와 외부는 배타적인 영역이 아니라 차라리 서로의 통로라고 할 수 있다. 이영주는 외부로부터 내부를 사유하며, 내부로부터 외부를 꿈꾼다. 이영주는 가장 안쪽으로 웅크릴 때에도 내부의 외부성을 껴안고 있으며, 가장 멀리 외계를 꿈꿀 때에도 외부의 내부성을 떠나지 않는다. "홀로 떠오를 수 없는 계단"을 밟고서 그녀는 어느새 달빛에 홀리고 별빛에 끌리지만 그 순간에도 죽은 고양이의 냄새를 맡는다. "검은 개가 아물어 가는 흉터를 아래에서 위로 핥으며 끙끙댄다."(「나선상의 아리아」)

그녀가 부르는 「나선상의 아리아」는 이곳에서 저곳으로, 저 다른 세상으로 올라가지 않는다. 그것은 이곳의 중력이 미치지 않는, 저 먼 '달에 가는 방법'이 못 된다. "석공은 벽을 아래에서부터 위로 올려 간다. 마지막 순간에 올라가는 곳은 바닥". 그 "최후의 지붕"은 가난한 이들의 마을, 달동네(이곳 옥탑방에서도 그녀는 「달에 가는 여러 가지 방법」을 궁리했겠지.)를 덮는 뚜껑 같은 것일까. "큰언니들의 찬란한 노랫소리 너무나 많은 계단 때문에 우리 집은 꼭대기에 봉인되었습니다".(「봉인」)

이영주는 지붕에서 바닥을, 다시 바닥에서 지붕을, 그렇게 한 계단 한 계단 올라간다. "아래에서 위로, 위에서 아래로."(「나선상의 아리아」) 위로 내려가며, 아래로 올라간다. 이 기이한 계단의 건축은, 한 시인이 내부의 외부성을 외부의 내부성으로, 이를 다시 내부의 외부성으로 지양(止揚)하면서 지향(指向)해 나간 노정의 산물이다. 어쩐지 피 냄새가 난다. 죽음의 냄새가 떠돈다. 그것은 사투었다.

그녀는 독하고 무자비하다. 그녀는 한없이 연하며 다정하다. 나는 그녀가 얼굴을 바꿀 때, 얼굴을 돌릴 때, 얼굴을 숙일 때, 얼굴을 정지했을 때, 피 냄새 나는 맑은 눈물이 뚝 떨어지는 것을 보았다. 그녀의 문장 속으로 떨어진 한 방울 눈물은 가장 천천히 마를 것이다. 이를테면 이런 문장,

"아후라 마즈다는 연민으로 식물을 자라게 했다." 누구든 새벽이면 이 주문을 완성해야 합니다. 하수도 구멍에서 푸른 줄기 하나가 천천히 목을 빼며 지상으로 올라오고 있습니다.

——「해바라기」 부분

그리고, 곧 그녀의 해바라기는 얼굴을 바꾼다. "어린 해바라기들이 시력 5.0의 눈알을 갈아 끼우고 달리기 시작한다."(「한밤의 질주」)

4부
시를 쓰는 것과
시를 말하는 것

'시적인 것'과 '정치적인 것'

1 「시여, 침을 뱉어라」를 다시 읽는 이유

김수영의 시론 「시여, 침을 뱉어라 — 힘으로서의 시의 존재」는 1968년 4월 부산에서 펜클럽 주최로 열린 문학 세미나에서 발표한 원고이다.* 그러니까 이것은 김수영이 교통사고로 갑자기 세상을 떠나기 불과 두 달 전의 원고다. 4·19와 더불어 발화한 김수영의 1960년대는 '시와 정치'의 상관성을 시사적(時事的)이거나 시대적인 대응의 논리가 아니라 시학적인 차원에서 탐색하여 '시적

---

*『김수영 전집 2 — 산문』(개정판)(민음사, 2003), 397쪽의 편집자 주. 앞으로 김수영의 산문이 실려 있는 전집 2권에서 인용할 경우는 'Ⅱ'로, 시가 실린 전집 1권의 경우는 'Ⅰ'로 표기하고 글의 제목과 쪽수를 다음과 같이 밝히기로 한다. 「시여, 침을 뱉어라」, Ⅱ, 397쪽. 이후 이 글에서 주로 살피게 될 「시여, 침을 뱉어라」에서 인용할 때에는 쪽수만 밝히고 그 이외의 텍스트에서 인용하는 경우에 한해 글의 제목까지 표시한다.

인 것'과 '정치적인 것'을 동시에 함께 사유할 수 있는 사례를 창출하였다. 「시여, 침을 뱉어라」는 김수영이 행한 "시를 논(論)한다는 것"의 모험*의 궤적을 가장 잘 보여 주는 산문이라 할 수 있다. 이 글은 「시여, 침을 뱉어라」의 논지를 김수영이 남긴 전집의 텍스트들을 통해 적극적으로 재구하고 보충하고 '다시' 사유함으로써 '시와 정치'에 대한 현재형의 질문법을 궁리해 보고자 한다.

순수시와 참여시로 표명되었던 1960년대 이어령과 김수영의 논쟁은 '미적 자율성'과 '시의 정치성'이 지닌 간극이 배제와 대립의 형태로 선명하게 정리된 바 있는 문학사적인 예라 할 수 있다. 이러한 대립적인 논리와 미학적 요강은 근대문학사에서 변형된 호명으로 계속해서 등장하는 모종의 문학사적 구조와 같은 것이었다. 그래서 어떤 시인은 "문학과 윤리 또는 미학과 정치의 관계에 대해 영원 회귀하는 질문들"이라고 말했던 것인데,** 문제는 오늘의 문제로 회귀하는 질문을 동형의 논쟁 구조 속에서 회전시키는 것이 아니라 구조 자체의 생산적인 변형을 만들어 내는 일이다.

이를 위해서, 이를테면 이어령과 김수영의 논쟁을 쟁점화할 때 지워져 버리는 것들을 다시 불러와 숙고할 필요가 있다. '미적 자율성'에 붙인 이름이었던 '순수시'의 선연한 반대편에 김수영을 놓을 때, 김수영 안에서 발견되는 '미적 자율성'과 '시의 정치성'의 간극에 대한 의식은 묻혀 버린다. 또한 그 간극을 매개하는 김수영의 시론적 모색과 시적 실천들을 단순화하기가 쉽다. 김수영

---

* "시를 논한다는 것이 무엇인가를 생각해 보자. (중략) 그것은 산문의 의미이고 모험의 의미이다."(「시여, 침을 뱉어라」, 398~399쪽)
** 진은영, 「감각적인 것의 분배」, 《창작과비평》 2008년 겨울호, 69쪽.

은 '시의 정치성'을 '미적 자율성'에 대립시키면서 전유한 것이 아니라, '정치성'과 '자율성'의 간극이 무화되는 지점까지 '정치성'을 밀고 가고 동시에 '미적 자율성'을 밀고 감으로써 '시적인 것'과 '정치적인 것'을 함께 사유할 수 있는 지평을 제공한다.

먼저, 본 논의의 바탕이 되어 줄 「시여, 침을 뱉어라」의 논지를 요약적으로 정리해 보자. 김수영은 시작(詩作)에 있어서의 '모호성'에 대한 긍정에서부터 논의를 출발한다. 첨단의 정신이 가지는 모호성은 무한대의 '혼돈'에 접근하는 유일한 도구라고 그는 말한다. 여기서 우리는 김수영의 '혼돈'에 대한 긍정에 주목해야 한다. '혼돈'에 대한 긍정은 '자유(특히 언론의 자유)'에 대한 주장과 연결되고 이른바 '참여시'의 필연성을 도출하게 된다. 이 과정을 김수영은 다음과 같이 한 문장으로 정리했다. "모호성의 탐색이 급기야는 참여시의 효용성의 주장에까지 다다르고 말았다."(401쪽)*

'모호성 – 혼돈 – 자유 – 참여시'의 사슬은 목적론적인 것이 아니다. 다시 말해 '참여시'의 논리를 뒷받침하기 위해 모호성과 혼돈과 자유의 긍정이 기능적이고 순차적으로 작용하는 것이 아니라는 말이다. 이 사슬은 그의 표현으로 하자면 "온몸으로 동시에 밀고 나가는 것이다."(398쪽) 이 글은 김수영이 펼쳐 놓은 개념들

---

*졸고, 「시적인 것」, 『문학의 새로운 이해』(박진, 김행숙)(청동거울, 2004), 166~167쪽에서 요약한 바 있다. 잘 알려져 있듯이 신비평의 엠프슨(W. Empson)은 시어(詩語)의 차원에서 '모호성' 개념을 시학에 등재하였는데, 졸고에서 살핀 대로 '시적 모호성'은 다양한 차원에서 논의될 수 있다. 김수영이 자신의 시론에서 사용하는 '모호성'이라는 용어는 시인의 시적 정신의 특수한 양태를 가리키고 있다. 그의 경우는 모호성의 개념을 규정하는 데 중점을 두지 않고 모호성이 불러일으키는 효과의 탐색에 더 큰 관심을 가졌다.

인 '모호성', '혼돈', '자유', '참여시'를 키워드로 삼아, 김수영을 통해 사유할 수 있는 '시와 정치'의 논제들을 탐색해 보기로 한다. 이 개념들은 서로 떨어져 있는 것이 아니라 얽혀서 동시적으로 작동하는 것이므로, '모호성 – 혼돈', '혼돈 – 자유', '자유 – 참여시'로 서로 묶어서 논의를 풀어 갈 것이다.

2 타자가 되는 사랑의 작업: 모호성 – 혼돈

김수영의 시론 「시여, 침을 뱉어라」는 시에 대한 사유의 불명료성, 어떤 무지(無知)에 대한 고백으로 시작한다. 이어서 그는 이 '무지'의 부분을 적극적으로 의미화한다. 시적 '무지'에 대한 김수영의 옹호는 "나의 모호성은 시작(詩作)을 위한 나의 정신 구조의 상부 중에서도 가장 첨단의 부분을 차지하고 있는 것이고, 이것이 없이는 무한대의 혼돈에의 접근을 위한 유일한 도구를 상실하는 것"으로 표명된다. 이때 '무지'는 의식의 부족 상태가 아니라 의식을 거의 끝까지 밀고 나가서 다다른 일종의 '경계'가 파열하면서 발생하는 것이다. 다시 말해 앎의 한계 지점에서 맞닥뜨리게 되는 '모호함'인 것이다. 그에게 "시인의 정신은 미지(未知)", "내일의 시는 미지"(「시인의 정신은 미지(未知)」, Ⅱ, 253쪽)다. 김수영이 논하는 '시적 모호성'은 "미지의 정확성"(「시작 노트 2」, Ⅱ, 430쪽)을 내장하고 있는 것이다.

김수영이 논하고자 했던, 시작 행위에서 작동하는 정신은 상징계의 언어가 좌초하는(달리 말하면, 은폐하고 배제하는) 곳에 처해 있다고 할 수 있겠다. 김수영이 '무의식'이라는 용어를 자신의 시론에 끌고 들어오게 되는 이유가 여기에 있을 것이다. 이를테면, "중요한 것은 시의 예술성이 무의식적이라는 것"(399쪽)이다. "무의식의 심부(深部)에서 준동하는 미지의 정신"(「도덕적 갈망자 파스테르나크」, Ⅱ, 307쪽)에서 그는 시인의 정신을 찾는다. 정신분석학적 용어에서 김수영이 전용한 '무의식'은* 위상학적으로 의식 '아래'에 있는 것으로 상상되지 않고 의식의 지향 그 '첨단'에서 탐색된다는 데 그의 특이성이 있다.

언어에 매개될 수 없는, 언어를 초과하는, 그러므로 말할 수 없는 지경에까지 이른 존재를 손상시키지 않고 구현하고 있는 최선의 형태는 '침묵'일 것이다. 김수영은 침묵에 대해 최대치의 경의와 경이를 표한 바 있다. 이를테면, "거대한 사랑의 행위의 유일한 방법이 침묵"(「해동」, Ⅱ, 143~144쪽)이라는 것. "아름다운 낱말들, 오오 침묵이여, 침묵이여."(「가장 아름다운 우리말 열 개」, Ⅱ, 378쪽) 가장 아름다운 낱말들은 침묵을 불러오고 침묵 속에서 구원된다.

그러나 언제나, 언어(의미)의 불가능성 그 한편으로 김수영은

---

*김수영은 한 평문에서, 프로이트의 정신분석학을 시에 적용하여 검토해 보는 것의 의의에 대해 "시사(詩史)의 커다란 하나의 숙제"라고 언급한 바 있다. "프로이트의 무의식의 시에 있어서는 의식의 증인이 없다. 그러나 무의식의 시가 시로 되어 나올 때는 의식의 그림자가 있어야 한다. 이 의식의 그림자는 몸체인 무의식보다 시의 문으로 먼저 나올 수도 없고 나중 나올 수도 없다. 정확히 말하면 동시(同時)다."(「참여시의 정리 — 1960년대 시인을 중심으로」, Ⅱ, 387쪽)

침묵의 불가능성에서 시의 윤리를 찾는다.* 말하자면, "침묵의 한 걸음 앞의 시. 이것이 성실한 시"(「시작 노트 6」, II, 450쪽)의 위치라고 그는 생각한다. "침묵의 한 걸음 앞의 시"는 "모기소리보다도 더 작은 목소리"(403쪽)로 나타나고, "헛소리"(400쪽)처럼 무시되는 것일 수 있다. 김수영에게 시의 길은 "모기소리보다도 더 작은 목소리로 아무도 하지 못한 말을 시작하는 것"이었고, "헛소리다! 헛소리다! 헛소리다! 하고 외우다 보니 헛소리가 참말이 될 때의 경이"까지 뚫고 나가는 것이었다.

블랑쇼의 다음과 같은 말은 작가에게 있어서 '침묵한다는 것'과 '말한다는 것' 사이의 곤경과 역설과 비의를 잘 요약하고 있다. "말할 수 없는 것에 대해 침묵해야만 한다는 비트겐슈타인의 너무도 유명하고 지나치게 되풀이되어 온 경구는, 그가 그렇게 말하

---

* 김수영은 시 쓰기 자체의 과정에서 이를 동시적으로 파악한다. "작품 형성의 과정에서 볼 때는 '의미'를 이루려는 충동과 '의미'를 이루지 않으려는 충동이 서로 강렬하게 충돌하면 충돌할수록 힘 있는 작품이 나온다."(「변한 것과 변하지 않은 것」, II, 368쪽)라는 것이다. 「시여, 힘을 뱉어라」에서는 하이데거를 빌려 "세계의 개진(開陣)"과 "대지(大地)의 은폐"(399쪽)로 설명했다. 이를 이광호는 "의미와 무의미의 변증법"이라 기술한 바 있다. 이러한 미학적 입장 위에서 김수영은 "순수시와 참여시를 동시에 비판하는 비병석 선선을 마련"했다는 것. 이 같은 논지에 다가가기에 앞서 이광호가 지적한, "의식적인 차원의 창작 방법으로서의 무의미 시학"을 제출한 김춘수와 달리 김수영은 "무의식적이고 본질적인 차원의 무의미 시학"을 사유했다는 변별점은(이광호, 「자유의 시학과 미적 현대성 — 김수영과 김춘수 시론에 나타난 '무의미'의 문제를 중심으로」, 『논문으로 읽는 문학사 2』(근대문학 100년 연구총서 편찬위원회, 소명출판, 2008), 343쪽) 김수영이 시적 정신으로 강조한 '무의식'이 '모호성'에 닿고 '침묵'에 대한 예술적 충동과 본질적으로 연동한다는 말로 풀이될 수도 있을 것이다.

면서 자신에게 침묵을 강요할 수 없었다는 점을 되돌려본다면, 결국 침묵하기 위해 말을 해야만 한다는 것을 보여 주고 있다. 그러나 어떤 말을 해야 하는가."*

글자 그대로 '침묵을 위해서', 침묵의 완성에 근접해 나가는, 기호가 아닌 사물이 되는 시의 언어를 탐구하는 길이 있을 테고, 그리고 침묵을 '말' 쪽으로 열어젖히는 끝없는 기도(企圖)가 시를 쓰게 할 수 있다. 김수영에게는 이 두 가지 예술적 충동이 혼재되어 있다. 그렇지만 대체로 김수영은 '침묵을 위해서'가 아니라, '말을 위해서' 침묵의 '한 걸음 앞'의 위치를 시적 윤리로 고수하면서 시적 실천을 이행했다 하겠다. 같은 책에서 블랑쇼는, "그러나 어떤 말을 해야 하는가?"라는 물음을 간직하고 이어 갈 때 "우리는 그 물음에 우리를 구속하는 정치적 의미가 있다는 것을 발견하게 될 것"이라고 하는데, 김수영이 발견한 '정치적 의미'는 이 시적 윤리에 이어지는 것이라고 할 수 있다.

김수영이 긍정한 정신의 '모호성'은 시적 가치이자 예술의 가치였지만, 이 '모호성'을 침묵의 형태로 완성하고자 한 말라르메적인 시적 비전으로 그는 나아가지 않았다. 김수영은 '모호성'을 '침묵'에 접근하는, 그리하여 '침묵하는 사물'에 도달하는 시 언어를 탐구하는 쪽으로 밀고 나가지 않았다. 이 길은 김춘수의 것이었다고 할 수 있다. 정신의 '모호성'을 통해 김수영이 접근하고자 한 것은 세계의 "무한대의 혼돈"이었다.

---

* 모리스 블랑쇼 · 장뤽 낭시, 박준상 옮김, 『밝힐 수 없는 공동체, 마주한 공동체』(문학과지성사, 2005), 89~90쪽.

이때, "무한대의 혼돈에의 접근을 위한 유일한 도구"로서의 '모호성'은 모호성 자체로서 완성되는 것이 아니라 '혼돈'과의 접촉과 반응 속에서 시적으로 작용하는 것이다. 침묵의 '한 걸음 앞'에서 '보이지 않고' '들리지 않던' 세계의 혼돈이 '보이고' '들린다.' 랑시에르 식으로 말하면, 새로운 감각적 분배 작용이 발생하는 것이다.*

이쯤에서 이런 질문이 가능할 것이다. 세계의 혼돈은 왜 '모호성'의 정신을 요구하는가. '혼돈'의 세계는 '타자들'의 세계이기 때문이라고 할 수 있을 것이다. 김수영이 명명한 '모호성', 즉 내 정신 구조의 최첨단에 놓이는 이 미지(未知)의 감각은 내가 알지 못하는 내 안의 '타자성'에 대한 감각이다. 나의 '동일성'은 '타자들'의 세계에 접근하기 위한 '도구'가 될 수 없다. 거꾸로 주체의 동일성은 타자들의 세계를 도구화하는 쪽으로 움직이기 마련이다. 타자들의 세계에 입맞추기 위해서는 나의 타자성이 활성화되어 있어야 했던 것이다. "딴사람 ─ 참 좋은 말이다. 나는 이 말에 입을 맞춘다."(「생활의 극복 ─ 담뱃갑의 메모」, II, 96쪽) 이는 김수영이 자신의 시의 "진경(進境)"을 "딴사람의 시같이" 되는 데서 찾으면서 한 말이다. 문학사적으로 '낯선 시'가 되는 문제 이전에, 스스로에게 '낯선 시'를 쓰는 것이 시인 김수영에게는 더 근본적이고 중요한 문제였다고 하겠다. '모호성'과 '혼돈'의 접촉이 만들어 내는 시적 사건은 "자기를 죽이고 타자가 되는 사랑의 작업"이

---

* 자크 랑시에르, 오윤성 옮김, 『감성의 분할 ─ 미학과 정치』(도서출판 b, 2008).

었다.(「로터리의 꽃의 노이로제」, Ⅱ, 201쪽)

김수영은 '사랑'의 자리에서 "딴사람의 시같이 될 것"을 희망하였다.* 그는 「시여, 침을 뱉어라」에서 "온몸에 의한 온몸의 이행이 사랑"이며, "그것(사랑)이 바로 시의 형식"이 된다고 했다. '사랑'은 타자를 향한, 혹은 타자와 섞이는 운동의 원인이자 운동 그자체와 일치한다. 김수영이 말한 '온몸'은 이미 주어져 있는 '알려진' 신체가 아니라 시와 더불어 형성 중인 '미지의' '정신 – 신체'라 할 수 있다.

온몸은 사랑의 몸이다. 그가 논하고자 했던 시 쓰기는 인식론적인 과정이 아니라 존재론적인 사건이다. 시적 시간은 존재론적 모험과 변형이 이루어지는 시간이다. 이러한 시 쓰기의 시간은 "영원히 나 자신을 고쳐가야 할 운명과 사명에 놓여 있는 이 밤"(「달나라의 장난」, Ⅰ, 33쪽)이라는 김수영 초기 시의 한 구절이 가리키는 시간이기도 했다. 김수영이 생각한 시인은 "모험의 발견으로서 자기 형성의 차원에서 그의 '새로움'을 제시"(400쪽)해야 하는 존재다.

---

* "나는 사랑을 배우기 시작하는 단계에 있다. 그를 진정으로 사랑하려면 그와 나 사이에 가로놓여 있는 무서운 장애물부터 우선 없애야 한다. 그 장애물은 무엇인가. (……) 욕심이다. 이 욕심을 없앨 때 내 시에도 진경(進境)이 있을 것이다. 딴사람의 시같이 될 것이다. 딴사람 — 참 좋은 말이다. 나는 이 말에 입을 맞춘다."(「생활의 극복 — 담뱃갑의 메모」, Ⅱ, 95~96쪽) 여기서, 사랑을 방해하는, 혹은 사랑으로 오해되는 '욕심'이란 무엇인가. 이 욕심은 동일화의 욕망에 다름 아닐 것이다.

3 창작 자유의 조건: 혼돈 - 자유

김수영에게서 어떻게 '혼돈'에의 참여가 '정치적'인 참여와 내속하는가. 이 질문은 이후의 우리 논의를 관통하고 있는 것이다. 물음에 다가가기 위해 먼저 이루어져야 할 것은 김수영이 사용한 '혼돈'이라는 말*이 쓰이는 맥락을 살피는 일이다. 앞에서 우리는 '혼돈'의 세계를 '타자들'의 세계라고 언급한 바 있는데, 존재의 타자성과 이질성은 세계의 '혼돈'을 활성화하는 주요한 인자(因子)다. 앞에서 살핀 바에서도 짐작할 수 있듯이, 김수영은 이 '혼돈'의 유별난 인자의 하나로 '시인'을 지목한다. 김수영이 생각하는 시인은 혼돈과 접촉하는 존재이며 그럼으로써 혼돈을 환기시키는 자다. 옛적에 플라톤은 같은 이유로 공화국에서 시인의 추방을 선고하였다. 그러나 김수영은 같은 이유로 추방된(거세된) 시인을 불러내려고 한다. 김수영에게 세계의 혼돈은 이 세계가 지닌 "자유와 사랑의 동의어"다. 그가 볼 때, 이 세계의 부정적인 현상은 혼돈의 과잉이 아니라 오히려 혼돈이 거세된 전체주의적 질서의 장악이다.

사회생활이 지나치게 주밀하게 조직되어서 시인의 존재를 허용하지 않게 되는 날이 오게 되면, 그때는 이미 중대한 일이 모두 다 종식

---

*김수영은 '혼돈'을 '혼란'이라는 말과 혼용해서 쓴다. 이를테면 "자유와 사랑의 동의어로서의 혼란"(402쪽)이라는 구절과 "자유의 과잉을, 혼돈을 시작하는 것"(403쪽)이라는 구절에서 두 용어는 서로 바꿔 써도 무방하다. 이 글에서는 가급적 '혼돈'이라는 말을 택해서 쓰기로 한다.

되는 때다. 개미나 벌이나, 혹은 흰개미들이라도 지구의 지배권을 물려받는 편이 낫다.(401쪽)

종교적, 정치적, 혹은 지적(知的) 일치를 시민들에게 강요하지 않는 의미에서, 이 세계가 자유를 보유하는 한 거기에 따르는 혼란은 허용되어야 한다.(402쪽)

이 인용문은 「시여, 침을 뱉어라」에서 김수영이 자신의 논지를 펼치면서 주요하게 참조하고 있는 로버트 그레이브스의 문건의 일부이다. 김수영은 이 구절을 인용하고서 "혼란은 허용되어야 한다."라는 말에 밑줄을 긋는다. 혼란의 존재는 자유의 존재를 증언하는 소음이다. 그는 이를 '명심할 말'로 지적한다. 혼돈이 허용되지 않는다는 것은 그 사회가 종교적 정치적 지적 일치를 시민들에게 강요하고 있다는 것이며, 사회적인 조직화와 일치의 논리에 "간극(間隙)이나 구멍"을 내는 시인의 존재를 허용하지 않는다는 것이다. 전체의 기능적인 부분으로서만 존재의 정체성이 인정되는 사회에서 이름을 잃어버리게 되는 자들 속에서 김수영은 시인을 발견한다. "시인의 존재를 허용하지 않는 날"은 바로 혼돈을 허용하지 않는 시대와 같은 때다. 사회라는 상징계의 제도와 지배 이데올로기가 다 봉합하지 못하는 "간극이나 구멍"은 혼돈과 불화의 움직임이 들끓는 장소이며 "고립된 단독의 자신이 되는 자유"의 시간이다.

김수영은 이 균열과 틈에서 시인이나 "기인이나 집시나 바보 멍텅구리"(402쪽), "요강, 망건, 장죽, 종묘상, 장전, 구리개 약방,

신전,/ 피혁점, 곰보, 애꾸, 애 못 낳는 여자, 무식쟁이,/ 이 모든 무수한 반동"(「거대한 뿌리」, Ⅰ, 286~287쪽)들을 본다. '반동들'의 존재를 '셈'에 넣지 않는 사회, 그래서 '반동들'은 있지만 없는 자가되고, 어디선가 말하고 어디선가 노래하지만 그들의 말이 언제나여기서는 들을 수 없는 소리가 되어 버리는 세계상을 김수영은 보고 있는 것이다. 말하자면, 죽은 시인의 사회.

그레이브스의 구절을 빌려, 그 극단적인 세계상을 상상해 보자. 일하는 개미, 교미하는 개미와 같이 인간들은 사회적으로 배분된역할 안에서 규정되고 그 잉여는 사회적으로 완전히 말소된다. 어떠한 갈등도 일어나지 않는다. "그때는 이미 중대한 일이 모두 종식되는 때다." 그때는, 이를테면 플라톤의 이상 국가로 상상되는정치의 완성이 아니라, 정치의 정지이며 종말이다. 사건과 변형을 생산하는 '부정성'의 작동이 정지된 것이다. 정치적인 것의 안정화를 끝까지 밀어붙일 때 파시즘과 홀로코스트의 폭력에, "정치그 자체에 대한 사유 불가능한 비정치적인 지나침의 이름"에 맞닥뜨리게 되는 역설이 자리하고 있다.*

랑시에르가 '치안(la police)'과 '정치(la politique)'를 개념적으로구분하고, 샹탈 무페가 '정치(politics)'와 '정치적인 것(the political)'으로 나눠 논할 때,** 전자의 개념항이 제도의 차원에서 이루어지는 조직화와 동일화의 행위들을 가리키고 있다면, 후자의 개념항, 즉 '정치(la politique)'와 '정치적인 것(the political)'은 '불화'와 '적

---

* 슬라보예 지젝, 「랑시에르의 교훈」, 『감성의 분할』, 104쪽.
** 샹탈 무페, 이보경 옮김, 『정치적인 것의 귀환』(후마니타스, 2007).

대'에 기반하는 이질적이고 무질서한 실천들로 작동하는 것이다. 세계의 유동성과 자유의 실천을 가동하는 '불화'와 '적대'를 긍정하는 차원에서 김수영이 호명하는 '적(敵)'은 단순히 소거되어야 하는 것이 아니라 차라리 계속적으로 발견되고 새롭게 발견되어야 하는 실체이자 개념이었다. '적들' 없이 '친구들'만으로 이루어진 세계상은 지배 이데올로기에 의해 지지되는 허구적 관념에 가깝다. 그래서 김수영은 "적들과 함께/ 적들의 적들과 함께/ 무한한 연습과 함께" 가자고(「아픈 몸이」, I, 245쪽) 했던 것이다.

또한 김수영이 '과오(過誤)'가 좋다고 했을 때, 그가 사랑한 것은 '잠정성'이며 '수정 가능성'이었다고 할 수 있다. 그러니까, "지금의 과오도 좋고 앞으로의 과오는 더 좋다. (……) 모든 과오는 좋다. 나는 시 속의 모든 과오를 사랑한다. (……) 그것은 잠정적인 과오다. 수정될 과오."(「가장 아름다운 우리말 열 개」, Ⅱ, 373쪽)라고 김수영이 과오 예찬을 늘어놓을 때, 더불어 그는 "수정의 작업을 시인이 해야"(378쪽) 할 끊임없는 시 작업으로 설정하고 있다. 시인은 "시간의 언어"로 말을 고정(완료)시키는 자가 아니라 규범과 문법을 수정, 교란, 변형, 창조하는 사람이라는 것이다. 다시 말해, '혼돈'을 일으키는 존재라는 것이다.

김수영은 불안정성과 유동성을 속성으로 하는 혼돈 속에서 창조성을 본다. 그래서 그는 봄을 알리는 "해빙의 동작"(「해동」, Ⅱ, 143쪽)에 그토록 감동했던 것이다. 해빙의 고요한 동작 속에서 고체의 세계가 액체의 세계로 흐르기 시작한다. "우리의 38선은 세계에서 제일 높은 빙산의 하나"(144쪽)라고 그가 가리킬 때에는, '해빙의 동작'은 '정치적인 동작'으로 전치된다. 여기에다 그가 특별히 감동하는 장면 하나를 더 떠올릴 수 있겠다. 그는 어느 아침에 마루에서 "난로 위에 놓인 주전자의 조용한 물 끓는 소리"를 듣고 있다.(「삼동(三冬) 유감」, II, 131~132쪽) 이 소리를 듣고서 그는 암만 해도 써지지 않던 원고를 다시 쓰고 싶은 마음이 솟구치는 걸 느낀다. 물 끓는 소리, "갓난아기의 숨소리보다도 약한 이 노랫소리"에 그는 모종의 충격을 받는다. 이 고요한 충격으로 인해 그는 자신의 "마비" 상태와 세계의 "획일주의"를 지각하고 해빙의 '정치적인 동작'을, 시적인 '온몸'을 상기하게 되는 것이다.

김수영의 문맥에서, 혼돈은 자유의 감각이며 자유는 혼돈의 감각이라 할 수 있다. 그에게 시 쓰기는 "무한대의 혼돈", 제약이 없는 혼돈, 다시 말해 절대적인 자유 속에서 이행되는 것이고, 마땅히 그래야 하는 것이다. 이것이 바로 김수영이 생각하는 '미적 자율성'이라 하겠다.

이 '미적 자율성'은 삶(현실)이나 정치와 분할되는 개념이 아니라 '현실 원칙'에 맞서는 개념이다. '현실 원칙'은 주체로 하여금 상대적인 자유, 제한적인 자유 안에서 욕망을 조절하고 타협하고 순화하게 한다. 그러나 시의 정신인 '모호성'은 의식의 한계를 파열시키면서 시작된다. 다시 말해, 그것은 현실 원칙을 초과하여 작동하는 것이다. '시적 모호성'으로 접근하는 세계 또한 현실 원칙으로 걸러진 안전한 세계상이 아니라 그로 인해 배제된 것, 은폐된 것, 과장된 것, 축소된 것, 왜곡된 것들까지 나타나는 무한대의 혼돈이다. '미적 자율성'은 혼돈에의 자유를 전제하며 향유하라고 명령한다. 이것이 김수영이 창작 활동의 "초보적인" 조건으로 '자유'를 내세우는 미학적 맥락이다.*

> 지극히 오해를 받을 우려가 있는 말이지만 나는 소설을 쓰는 마음
> 으로 시를 쓰고 있다. 그만큼 많은 산문을 도입하고 있고 내용의 면에
> 서 완전한 자유를 누리고 있다. 그러면서도 자유가 없다. 너무나 많은
> 자유가 있고, 너무나 많은 자유가 없다. 그런데 여기에서도 또 똑같은
> 말을 되풀이하게 되지만, "내용의 면에서 완전한 자유를 누리고 있다"
> 는 말은 사실은 '내용'이 하는 말이 아니라 '형식'이 하는 혼잣말이다.
> 이 말은 밖에 대고 해서는 아니 될 말이다. '내용'은 언제나 밖에다 대
> 고 "너무나 많은 자유가 없다"는 말을 해야 한다. 그래야지만 "너무나
> 많은 자유가 있다"는 '형식'을 정복할 수 있고, 그때에 비로소 하나의
> 작품이 간신히 성립된다.
>
> ─「시여, 침을 뱉어라」, 400쪽

미적 자율성은 "'너무나 많은 자유가 있다'는 형식"을 요청한
다. 여기서 김수영이 사용하는 형식과 내용의 개념은 각각 "시를
쓴다는 것"과 "시를 논한다는 것"에 해당하는 것이다. 그는 먼저
'시를 쓴다는 것'을 시의 형식으로서의 예술성에 대응시키고 '시

---

*"현실의 척도나 규범을 넘어선" 감정과 꿈을 다루는 창작 활동에 있어서
"38선이란 터부는 문제가 되지 않는다." "현실상으로는 38선이 있지만 감정
이나 꿈에 있어서는 38선"과 같은 금제가 없다. 우리에게는 절대적인 자유가
없었기 때문에 "문학을 해 본 일도 없고, 우리나라에는 과거 십수 년 동안 문
학 작품이 없었다고 감히 말하고 싶다." "창작에 있어서는 1퍼센트가 결한 언
론 자유는 언론 자유가 없다는 말과 마찬가지다." 등등의 진술들을 이러한 맥
락에서 읽을 수 있다.(「창작 자유의 조건」, II, 177~178쪽)

를 논한다는 것'을 시의 내용으로서의 현실성에 연결시켜 놓았는데, 그러니까 '시를 쓴다는 것'에 대응하는 '형식'이라는 개념은 통상적인 '내용/형식'의 이분법에서 취해지는 것이 아니라 '내용/형식'이 동시적으로 형성되는 시작(詩作)의 과정에서 생성되는 시 자체를 통째로 일컫는다. 비록 현실적으로 봤을 때 '너무나 많은 자유가 없다' 해도, 시는 그것을 의식하지 않고 너무나 많은 자유를 완전히 누려야 한다.

시가 이행한 '너무나 많은 자유'가 현실적으로 허용되는 자유의 범위를 위협하는 것으로 받아들여질 때, 거꾸로 시와 시인은 현실적인 위협을 받게 된다. 자유가 없는 사회는 어떤 식으로든지 시인을 길들이거나 추방하고 싶어 한다. 그렇게 미적 자율성을 밀고 나간 어떤 자리에서 시는 매우 정치적인 것이 된다. 이것은 '너무나 많은 자유가 있다'는 시의 이행이 '너무나 많은 자유가 없다'는 시의 논(論)과 접점을 이루는 장면이기도 하다. '너무나 많은 자유가 없다'는 자유의 '서술(주장)'은 자유의 현실을 '너무나 많은 자유가 있다'는 자유의 시적 '이행'에 일치시키려는 산문적인 분투라 할 수 있겠다.* 김수영에게 무한대의 혼돈, 절대적인 자유는 '창작 자유의 조건', 즉 '미적 자율성'의 강령이었다.

---

* 여기서 각각 '서술(주장)'은 '시를 논한다는 것', '이행'은 '시를 쓴다는 것'의 개념을 염두에 두고 사용되었다. 이 또한 김수영의 용어다. "이 시론은 아직도 시로서의 충격을 못 주고 있다. 그 이유는 여태까지의 자유의 서술이 자유의 서술로 그치고 자유의 이행을 하지 못한 데에 있다. 모험은 자유의 서술도 자유의 주장도 아닌 자유의 이행이다."(401쪽)

4 '시적인 것'과 '정치적인 것': 자유─참여시

시적 자유가 현실적으로 주어진 (부)자유를 고려하지 않는 절대적인 자유를 요청할 때 발생하는 미적 자유와 현실적인 (부)자유의 불일치는 '정치적인 것'으로 현실에 기입될 수 있다. 그런데 그 이전에 이미 '정치적인 문제'가 있다. '미적인 것'이 '정치적인 것'으로 출현하는 것을 그 사회가 허용하느냐 허용치 않느냐의 문제, 그리고 허용을 하는 경우라면 그 정도의 문제가 이미 작품의 발표 앞에 가로놓여 있는 것이다.

"이 세계가 자유를 보유하는 한 거기에 따르는 혼란은 허용되어야 한다."라는 인용구를 강조했던 김수영을 다시 한 번 떠올려 보자. 여기서 다시 읽는 이 문장은 이렇게 약간 변용해 볼 수 있다. '이 세계가 말(언론)의 자유를 보유하는 한 거기에 따르는 불일치는 허용되어야 한다.' 김수영은 '미적인 것'이 '정치적인 것'으로 등장할 수 있는 사회의 제1조건으로 언론의 자유를 꼽는다. 언론의 자유란 무엇인가. 김수영은 "언론의 자유가 있다는 것은 그것이 정치의 기상 지수 상한선을 상회할 때에만 그렇다고 말할 수 있"다고 한다.(「지식인의 사회참여 ─ 일간신문의 최근 논설을 중심으로」, Ⅱ, 215쪽) 언론의 자유는 말하자면 치안 논리의 상한선을 상회하는 지점에서 작동하는 것이다. 언론의 자유가 없을 때 '진정한 불일치'는 현시될 수 없다. 그리하여 '시적 불일치'는 침묵 속으로 잠긴다.

'작품을 쓰는 것'과 '작품을 발표하는 것'의 분리가 강제되는 사례를 김수영은 자신의 경험으로 진술하기도 했다. 이를테면 「라디오계(界)」라는 시는 "발표할 수 없는 작품"이었다. 어쩌면 "산문 속에 넌지시 끼워 내는" 편법을 동원하면 세상에 엿보일 수 있을지도 모르지만, 그것은 "위험을 미리 짐작하고 거기에 보호색을 입혀서 내놓은 것", 작품으로 보면 "자살행위"에 해당하는 것이라고 김수영은 손을 내젓는다.(「반시론」, Ⅱ, 405쪽)「잠꼬대」라는 시(「일기초 2」, Ⅱ, 503~505쪽), 신문사로부터 퇴짜 맞은 세 편의 시(「치유될 기세도 없이」, Ⅱ, 39쪽) 등등도 사정은 비슷하였다. 그가 드는 외국의 사례, 안드레이 시냐프스키는 당국의 공식적인 검열을 통과할 수 없고 러시아에서는 출판할 수도 없다는 것을 알면서도, 그러한 현실적인 조건과 상관없이 작품을 썼다.(「안드레이 시냐프스키와 문학에 대해서」, Ⅱ, 358~363쪽) 안드레이 시냐프스키는 자신의 작품을 유럽에 망명시켜 출판함으로써 후에 러시아에서 정치적인 보복을 당하게 되고 이 보복은 또한 국제적인 항의를 불러일으켰는데, 작품 발표를 둘러싼 이러한 분란은 발표의 유무를 떠나서 그 자체로 매우 정치적인 것이다.

'쓰인 작품'의 침묵은 그것의 침묵이 내장하는 정치성에 의해, 더불어 그것을 침묵시키는 정치적인 실체에 의해 침묵의 '내용'에 앞서 그 '존재'가 '정치적인 문제'가 된다. 김수영은 산문을 통해 작품을 보여 주지 않고 작품의 침묵을 환기함으로써 정치적인 진술을 수행하고 있는 셈이다.「라디오계(界)」는 왜 쓰였지만 세상에 나타날 수 없었던 것일까. 부재하는 것의 '있음'을 가리키려 할 때, 무엇이 이 지시(指示)를 저지하는가. 있지만, 보이지 않고 들리지 않고 그래서 없는 것으로 간주되는 것들이야말로 정치적 불일치를 그 안에서 가장 격렬하게 겪고 있는 것이다.

지금같이 HIFI가 나오지 않았을 때
비참한 일들이 라디오 소리보다도 더 발광을 쳤을 때
그때는 인국(隣國) 방송이 들리지 않아서
그들의 달콤한 억양이 금덩어리 같았다
그 금덩어리 같던 소리를 지금은 안 듣는다
참 이상하다

이 이상한 일을 놓고 나는 저녁상을
물리고 나서 한참이나 생각해 본다
지금은 너무나 또렷한 입체음을 통해서
들어오는 이북 방송이 불온 방송이
아니 되는 날이 오면
그때는 지금 일본 말 방송을 안 듣듯이
나도 모르는 사이에 아무 미련도 없이
회한도 없이 안 듣게 되는 날이 올 것이다……

―「라디오계(界)」 부분(Ⅰ, 360~361쪽)

한때 일본 방송이 '나'에게 왜 "달콤한 억양"으로 들리고 "금
덩어리"같이 느껴졌는가. 그 이유는 그것이 잘 들리지 않았기 때
문이다. 나는 들을 수 없는 소리에 귀를 기울인다. 이제는 그 일본
말이 하이파이 라디오를 통해 또렷해졌고 또렷해짐과 동시에 내
게는 시시해져 버렸고 그래서 나는 자연히 그걸 듣지 않게 되었다.
한때 일본 방송을 들으려 애를 썼듯이 나는 북한 방송을 듣기 위
해 숨을 죽인다. 북한 방송은 주파수만 잘 맞추면 하이파이 라디오

의 "또렷한 입체음"으로 들을 수 있지만 그것은 이곳에서는 금지된 목소리다. 내가 조악한 북한 방송을 숨죽여 청취하는 이유는 방송의 내용에서 찾을 수 있는 것이 아니라 그것이 들어서는 안 되는 소리로, 즉 부재의 명령으로 존재하는 목소리이기 때문이다.

김수영의 이 시는 38선이라는 금제(터부)의 선을 상회하여 쓰였다. 그리하여 반공법을 초과하는 말이 허용되지 않는 이 땅에서 이 시는 발표될 수 없는 것이 되어 버렸다. 김수영이 고백한 바 있는 "술에 취하면 이북 노래를 부르는 악벽"은* 38선이 넘을 수 없는, 넘지 않을 수도 없는 자유의 시험대로 그에게 작용했다는 것을 보여 준다.** 어쨌든, 이 시를 발표할 수 없는 현실에서 38선은 금기이지만, 이 시를 쓰는 시적 자유 안에서는 "38선이란 터부는 문제가 되지 않는"(「창작 자유의 조건」, Ⅱ, 177쪽) 것이어야 했다. 그런데 과연 아무 문제도 되지 않는 것일까.

문제는 거꾸로도 되돌아온다. 시적 자유가 현실적 부자유를 흔드는 것이 아니라 현실적 부자유가 시적 자유를 위축시킨다. "정

---

* 「김이석의 죽음을 슬퍼하면서」, Ⅱ, 72쪽. 언젠가 그가 대취하여 순경에게 "내가 바로 공산주의자올시다."라고 인사했다는 했다는 말을 그 이튿날 아내에게 전해 듣고서 느낀 공포심과 (술을 빌려 해프닝처럼 '언론 자유'를 실천했다는) 수치심을 토로하기도 했다.(「시의 '뉴 프런티어'」, Ⅱ, 240쪽)

** "나는 아직도 글을 쓸 때면 무슨 38선 같은 선이 눈앞을 알찐거린다. 이 선을 넘어서야만 순결을 이행할 것 같은 강박관념." "얼마 전까지만 해도 38선이 없어지면 그것은 해소되리라고 생각했지만, 지금은 38선이 없어져도 좀처럼 해소되지 않고, 또 다른 선이 얼마든지 연달아 생길 것이라는 예측이 서 있다." (「히프레스 문학론」, Ⅱ, 284~285쪽) 김수영의 이러한 고백은 현실 사회가 강제하는 분할선들이 그가 행하고자 하는 문학적 자유를 훼손하는 제약으로 작용한다는 것을 고발한다.

치하는 놈들이 살인귀나 강도같이 보이는 나의 편심증(偏心症)"
(「치유될 기세도 없이」, Ⅱ, 39쪽), "일제의 군국주의 시대에서부터
물려받은 연면한 전통을 가진 뿌리 깊은" "우리나라 글쓰는 사람
들의 소심증"이 "자유의 언어보다도 노예의 언어"(「히프레스 문학
론」, Ⅱ, 281쪽)를 내놓게 된다는 것이다. 다시 말해, "눈치를 보고
쓰고 있는 글"(282쪽)이 된다는 것이다. '자유로부터의 도피' 심리
가 시 안으로 들어오게 된다는 것이다. 김수영이 「시여, 침을 뱉어
라」에서 "당신도, 당신도, 당신도, 나도 새로운 문학에의 용기가
없다"(401쪽)라고 했을 때, 그가 가리키고 있었던 사태가 바로 이
것이라 할 수 있다.

이른바 '생체 권력'(푸코)의 효과*랄 수 있는 편심증과 소심증과
눈치를 뚫고 '너무나 많은' 시적 자유를 이행하는 문제와 더불어,
밖(현실)에다 대고 '너무나 많은 자유가 없다'는 주장을 해야 하는
이중의 과제를 김수영은 '시를 쓴다는 것'(형식)과 '시를 논한다는
것'(내용)으로 접합하고자 한다. "문학을 통해서 자유의 경간(徑間)
을 넓혀가야 한다는 과제"(282쪽)는 현실적인 간섭과 분쟁의 소지
를 언제나 한편으로 내포하게 되는 것이었다. "정치적 금기에만
다치지 않는 한 얼마든지 새로운 문학을 할 수 있다는 말"(401쪽)

---

* "신경 고문과 세뇌 교육이 사회화되고 있는 세상에서는 신경을 푼다는 것
도 하나의 위법이요 범죄라는 생각이 든다. (……) 사색이 범죄라고 아니 말
할 수 있겠는가."(「무허가 이발소」, Ⅱ, 147쪽)라고 쓰면서 김수영은 '생체 권
력'의 작용과 효과를 강렬하게 환기시킨다. 그는 "오늘날의 문화계의 실정이
월간잡지 기자들의 머리의 세포 속까지 검열관의 '금제(禁制)적 감정'이 파고
들어가 있다."라고 진단한다.(「지식인의 사회참여」, Ⅱ, 218쪽)

은, 다시 말해, 현실 정치적인 강제를 은폐한 채 문학과 정치의 분리를 주장하는 것은 김수영이 볼 때 '미적 자율성'의 주장이 될 수 없다. 그것은 문학이 정치로부터 자유로워지는 것이 아니라 오히려 정치에 제한되는 미적 기만에 해당하는 것이었다.

김수영은 "시론이나 시평"을 통하여, 즉 '시를 논한다는 것'의 "탐구의 결과로" "참여시의 옹호자라는 달갑지 않은, 분에 넘치는 호칭을 받"았노라고(399쪽) 했다. 또한 "모호성의 탐색이 급기야는 참여시의 효용성의 주장에까지 다다르고 말았다."라고도 (401쪽) 했다. 세상이 김수영을 부를 때 사용한 '참여시의 옹호자'라는 호명에는 '모호성'의 탐색으로부터 출발하는 시적 이행이, 즉 '시를 쓴다는 것'의 작용이 괄호 쳐져 있었다.

이는 김수영 자신에 대한 오해가 아니라 참여시 자체에 대한 오해의 문제로 김수영이 지적하는 것이기도 하였다. 그는 여러 곳에서 '진정한 참여시'를 찾아보기 어렵다고 개탄하는데, 이를테면 "나쁘게 말하면 참여시라는 이름의 사이비 참여시가 있고, 좋게 말하면 참여시가 없는 사회에 대항하는 참여시가 있을 뿐"(「참여시의 정리」, Ⅱ, 389쪽)이다. 그는 '참여시가 없는 사회에 대항하는 참여시'의 '효용성'을 인정하지만, 그것이 자유의 이행(시의 차원)이 아닌 자유의 서술(논(論)의 차원)에 머무른다면, 참여'시'의 '시적인 것'은 온전히 실현되지 않은 것이다. 참여 '의식'이 그대로 참여'시'가 되는 것은 아니라는 말이다.

'시적인 것'의 혼돈과 자유를 밀고 나가는 어떤 시적 실천들은 정치적인 불일치의 다양한 논쟁점을 가로지르기도 한다. 이 불일치의 장소를 검열하고 봉쇄하고 처단하는 정치적인 현실 상황이 역설적으로 '참여시'라는 이름을 요구하며 표 나게 만드는 것일 터이다. 불일치의 장소가 서로 다른 말들이 충돌하는 장소가 아니라 말할 수 없는 곳으로 지정될 때, 우리를 불편하게 하는 그 지점에 오히려 시적인 관심과 시선은 쏠리게 된다. 그리하여 '참여시적'인 흐름이 형성되는 것이다. 여기서 김수영은 다시 되묻는다. 정치적인 전위의 미학성을 그는 심문하고 있는 것이다.

5 시와 정치의 관계를 묻는 일

우선, 김수영의 시론 「시여, 침을 뱉어라」를 바탕으로 지금껏 논의했던 것을 요약해 보자. 김수영에게서 "정신 구조의 상부 중에서도 가장 첨단의 부분을 차지하고 있는 것"으로 설정된 '모호성'은 기지(旣知)의 임계선을 돌파하는 미지(未知)의 정신이었다. 이때 나는 내가 잘 알지 못하는 나에 도달한다. 우리는 이를 '내 안의 타자성에 대한 감각'이라고 부른 바 있다. 이 '정신 – 감각'(모호성)을 통해 시인은 타자들의 소음이 들끓는 세계의 '혼돈'에 접촉하게 된다. 김수영에게 시 쓰기는 나의 '모호성'과 세계의 '혼돈'이 접촉하고 작용하는 운동이었다고 하겠는데, 이러한 시 쓰기는 자기 변형의 존재론적인 사건이라 할 수 있다. 김수영의 말로 하자면, "자기를 죽이고 타자가 되는 사랑의 작업"이다.(2장) 그런데 세계의 '혼돈'은 그냥 주어지는 자연이 아니라 사회에 의해 조절되고 관리되는 세계상에 의해 가려져 있는 것이다. 김수영이 시적으로 중대하게 생각하는 "반동들"은 '혼돈'의 주인공들이지만

"혼돈을 허용하지 않는 사회"에서 이들은 주변화되고 배제되는 존재들이다. 김수영이 혼돈의 현실성을 문제 삼을 때 정치적인 불일치가 발생한다. 그러나 김수영은 시적으로 혼돈의 자유를 완전히 누려야 한다(자유를 '서술'하는 것이 아니라 자유를 '이행'해야 한다.)고 말한다. 그것이 이른바 '미적 자율성'의 강령인 것이다. 현실적으로 주어지지 않은 자유를 시적으로는 그 부자유를 의식하지 않고 충분히 주어진 것으로 전유해야 한다는 것이다. '미적 자율성'을 밀고 나간 (모든 지점은 아닌) 어떤 지점들에서 시는 정치적으로 존재한다.(3장) 다시, 문제는 '미적인 것'이 '정치적인 것'으로 출현하는 것을 한 사회가 (어느 정도) 보장하는가/불허하는가 하는 데로 옮겨 간다. 김수영이 언론의 자유를 그토록 역설한 이유가 여기에 있다. 시적 자유가 현실적 부자유를 환기하고 흔드는 것이 아니라 현실적 부자유가 시적 자유를 위축하고 왜곡하고 처단하는 사태가 일어나기 때문이다. 시가 현실에 참여하는 통로가 검열되고 차단될 때 오히려 '참여시'라는 이름이 필요해졌다고 하겠다. 김수영이 염두에 두고 있는 진정한 참여시는 '참여시'라는 이름이 불필요한, 다시 말해 '참여시'라는 이름에 의지할 필요가 없는 것일지도 모른다. 김수영은 '참여시'라고 호명되는 일군의 시들의 효용성을 옹호하면서 동시에 그 미적인 이행을 되물었다. 이 물음 앞에 '참여시'는 정치의 미학이 아니라 미학의 정치로 응답해야 하는 것이었다.(4장)

김수영은 '미적인 것'이 어떻게 '정치적인 것'으로 존재하게 되는가를 탐색했다고 할 수 있다.* 물론 '모든' 미적인 모험이 정치적이 된다는 뜻은 아니었다. 이를테면, "기존의 문학 형식에 대한 위협"(「실험적인 문학과 정치적 자유」, Ⅱ, 220쪽) 자체를 정치적인 불온함과 연결시키는 것은 아니라는 말이다. 따라서 "모든 전위문학은 불온한 것이다."(221쪽)라고 그가 말할 때에 이 불온성은 정치적인 의미를 필수적으로 전제하는 것이(반대로 배제하는 것도) 아니었다. 미리 전제하거나 배제하는 것 자체가 어떤 한계를 지닌 이데올로기적인 토대 위에서 작동하는 것이기 때문이다. 그가 설정한 문제는 '미적인 것'이 '정치적인 것'이 될 때의 미학적 필연성을 밝히는 것이었다고 할 수 있다. 그러므로 그의 질문은 거꾸로 돌아올 수 있었다. 당신의 정치적인 문학은 미적인 필연성에 매개된 것인가, 이 질문은 그가 이른바 참여시라 불리는(혹은 불릴 만한) 시 작품에 대해서 계속 추궁했던 것이었다.

시와 정치의 관계를 묻는 일은** 최근 여러 논자들이 한결같이

---

* 김수영은 시적 모험이 정치적으로 존재하게 되는 지점을 가리키면서 '미적 전위'를 '정치적인 전위'와 곧장 연결시키는 비약으로 나아가진 않는다. 몇몇 논자들이 지적한 바 있는 "전위적 일탈을 정치적 혁명성과 등치시키는 비약"의 허구성과 낭만성은 이장욱이 그 사례로 든 텔켈 그룹의 기획에서 노출되며(「시, 정치 그리고 성애학」, 《창작과비평》 2009년 봄호, 307∼309쪽), 서동욱이 "형식적 실험에서 정치적 혁명성을 읽어 내는" 텔켈 그룹과 아울러 "언어적 해체로부터 정치적 혁명의 도래"를 꿈꾸었던 초현실주의의 사례에서 비약과 기만성을 적시했을 때 드러나는 바이다.(「천수천족수의 시 ─ 참여 문학에 대한 단상」, 《세계의 문학》 2008년 여름호, 203∼205쪽)

** 최근에 이 문제를 다시 사유하고자 하는 시도들이 집중적으로 나타나고 있다. 일일이 그 사례를 거론하기 힘들 정도인데, 특히 여러 문학 잡지들은 이 문제에 대한 특집을 꾸리면서 이러한 현상을 전면화했다. 이를테면, 《창작과비평》 2008년 겨울호의 문학 특집 '문학이란 무엇인가'(백낙청, 「문학이 무엇인지 다시 묻는 일」/ 한기욱, 「문학의 새로움은 어디서 오는가」/ 진은영, 「감각적인 것의 분배」 등)가 있었고, 다음 호(2009년 봄호)에 이 논의를 잇는 두 편의

지적하듯이 반복되는 현상이다. 그럼에도 불구하고 이 질문이 활기를 띠고 다시 등장할 때, 이 질문에 활력을 부여하는 것은 현실의 구체(具體)였다. 시가 정치적으로 존재(참여)하는 것(이것은 어떤 형태로든 지속되는 것이라 할 수 있다.)과 시의 참여를 둘러싸고 '시란 무엇인가', '시는 무엇을 할 수 있는가'라는 근본적인 질문이 쏟아지는 사태(이것은 단절적으로 되돌아오는 반복이라 하겠다.)는 우리에게 다른 층위의 문제였다. 최근 우리는 후자의 사태 속에서 질문을 받고 있으며 또한 던지고 있다.

김수영의 시대와 1980년대와 그리고 오늘의 현실은 구체적으로 다른 정치적 문제성을 가지고 있다. 우리는 김지하와 박노해와 백무산의 시를 강렬하게 경험한 바가 있다. 그들이 되돌려받았던 정치적 보복이 말해 주듯이 그들의 시는 당대의 정치적 금기어들을 발화하였다. 김수영이 역설하였던 언론의 자유가 '없는' 곳에서 오히려 시의 정치성은 극대화되었던 것이다. 이들의 시는 미학성을 심문하기 이전에 이미 충분히 충격적이었으며 벌써 정치적인 효력을 발휘하였다. 그때 미적인 질문, 김수영의 질문법으로 하자면, '미적인 것'이 어떻게 '정치적인 것'으로 존재하는가라는 질문은 괄호에 묶였다. 시와 정치를 매개하는 질문이 괄호에 묶임

글(이장욱, 「시, 정치 그리고 성애학」/ 손정수, 「진정 물어야 했던 것」)이 실렸다. 또한 《문학동네》 2009년 봄호 특집 '2009, 문학성의 새로운 구상'(차미령, 「소설과 정치 — '소설'은 무엇을 할 수 있는가」/ 심보선 · 서동욱 · 김행숙 · 신형철 좌담, 「감각적인 것과 정치적인 것 사이에서 — 오늘날 시는 무엇을 할 수 있는가」)과 《문학과사회》 2009년 여름호 특집 '다시, 미학과 정치를 사유하다'(강계숙, 「'시의 정치성'을 말할 때 물어야 할 것들」, 김형중, 「문학과 정치 2009」, 이수형, 「자유라는 이름의 정치성」) 등을 우선 꼽아 볼 수 있겠다.

으로써 '미적인 것'과 '정치적인 것'은 대립적인 것으로, 서로 다른 방향을 향하고 있는 것으로 설정되는 경향이 지배적이었다고 하겠다. 민주주의의 후퇴라는 국면 속에서 '시와 정치'라는 주제는 오늘날 우리에게 회귀하였다. 그러나 김수영이 말한 창작 자유의 조건에 비추어 보았을 때, 시적으로 '혼돈'과 '자유'를 이행하는 데 있어 나아가 '미적인 것'이 '정치적인 것'으로 유통되는 데 있어서 우리는 비교적 자유로운 조건 아래 있다고 할 수 있다. 소위 언론 자유의 기만성을 따지는 건 별도의 논설이 필요한 일일 테고, 현 국면에서 시의 '정치적인 발화' 자체가 새로운 말일 수는 없어 보인다. 다시 말해, 「시여, 침을 뱉어라」의 마지막 문장, "모기소리보다도 더 작은 목소리로 아무도 하지 못한 말을 시작하는 것이다. 아무도 하지 못한 말을. 그것을⋯⋯."(403쪽)에서, 김수영이 시적으로 획득하고자 한 "아무도 하지 못한 말"을 정치적인 불일치의 발화 자체가 감당할 수는 없다는 말이다.

어쨌든, 우리는 충분히 질문하고 궁구하지 못했던 문제에 다시 돌아오게 되었다. '미적 전위'와 '정치적인 전위'의 간극에 대해, 또한 그 매개를 가능하게 하는 다양한 방식들에 대해 고민하고 응답하는 시적 실천들을 비약 없이 좀 더 섬세하게 논해야 할 것이다. 김수영의 시론은 현재형의 질문과 함께 조금 더 밀고 나가야 하는 오늘의 텍스트다. '시적인 것'과 '정치적인 것'의 문제를 둘러싸고 여전히 유효한 참조점이 되어 주는 1960년대 김수영의 시론은 현재형 질문을 '한 시절'의 소요(騷擾이자 所要)가 아니라 문학의 근본적인 질문으로 우리에게 되돌려주고 있다.

'여성 - 되기'와 '시 - 하기'

1 김혜순의 문제 제기

김혜순의 시론집 『여성이 글을 쓴다는 것』은 '여성성'과 '시작
(詩作)'의 관계를 본격적이고 심층적으로 탐색한 저작이다. "한국
문학사 최초로 여성적 언어로 여성의 텍스트가 태어나는 순간과
그 생리, 그 철학에 대해 본격적으로 써 내려간 경이로운 여성주
의 시론집"이라는 김승희의 표4 글에 기대지 않더라도, 이 시론집
은 '여류 문학'이라는 이상한 호명법이 통용되어 온 한국 문학사
에서 '여성성'을 글쓰기 주체의 성별에서 연역하고 또 그 자리로
되돌리는 차원을 넘어 글쓰기 자체의 문제 속으로 끌어들이고 시
장르의 혁신이라는 문제 속에서 끌어냄으로써 새로운 논의의 장
을 마련해 주고 있는 이례적인 텍스트다.

"시는 여성적 장르이고, 모름지기 시인이라면 그, 그녀는 귀신
에 들리듯 여성성에 들린다."*라는 발언에서 드러나듯이, 김혜순

이 주제화하고 있는 '여성성'은 생물학적 성에 대응하여 통용되는 성별의 차이 체계에 그대로 귀속되는 개념이나 관념이 아니다. 외부에서 부여된, 말하자면 가부장적인 이데올로기로 호명된 여성의 정체성에 대한 위반과 반동에서 터져 나오는 여성의 리듬과 언어에 주목하는 김혜순이 볼 때, 주어진 여성의 정체성에 대한 무의식적인 승인 위에서 이루어지는 여성의 글쓰기는 이미 남성적인 글쓰기의 또 다른 얼굴이다. 들뢰즈·가타리 식으로 말하면, 남성이 '여성-되기'를 해야 하듯이 여성 또한 '여성-되기'의 장속으로 들어가야 한다. 여성적인 글쓰기는 글을 쓰는 주체나 글의 주제가 보증하는 것이 아니라 글쓰기 자체 속에서 수행되는 것이다. 김혜순의 표현을 따르면 '시-하기'의 문제인 것이다.

---

* 김혜순, 「책머리에」, 『여성이 글을 쓴다는 것은』(문학동네, 2002), 4~5쪽. 이 책엔 19편의 글들(「들림의 시」, 「영감」, 「공간」, 「어머니」, 「형식」, 「어머니로서의 시 텍스트」, 「물」, 「병」, 「증후」, 「사랑」, 「몸 말」, 「어머니와 처녀라는 허구」, 「있는가 하면 없고, 없는가 하면 있는」, 「여성의 몸」, 「소용돌이」, 「프랙탈, 만다라」, 「Mr. Theme, Where are You?」, 「몸으로 말한다는 것」, 「시는 시다」)이 실려 있다. 저자의 말대로, 산문이면서 동시에 매우 시적인 이 글들은 서로를 넘나들고 돌아든다. 또한 13편의 짧은 글들(「뻐꾸기와 잠수함의 토끼」, 「바늘로 만드는 조각」, 「태양 지우개님이 싹싹 지워주실 나의 하루」, 「연애와 풍자」, 「0시의 부에노스아이레스」, 「여자들의 가슴속엔 무엇이 들었을까」, 「당신의 꿈속은 내 밤 속의 낮」, 「처참한 메시지」, 「현대 서정시를 읽는 독자의 자세」, 「혼란에 빠진 아버지들」, 「여성성, 모성, 환유」, 「토니 크랙(Tony Cragg)의 나선형 회전(Spyrogyra)」, 「창조자의 구도」)이 열아홉 장의 글들 속에 배치돼 있다. 글 속의 글의 꼴로 배치된 13편의 산문은 각주의 기능이 아니라 또 다른 본문을 열면서 책을 가로지른다. 앞으로 이 책에서 논의되는 부분이나 인용문의 경우 글의 제목과 쪽수를 해당 본문의 괄호에 넣어 밝히는 방식을 취한다.

김혜순의 관심은 '여성'의 '여성 – 되기'에 있고('남성'의 '여성 –
되기'의 문제는 배제되는 것이 아니라 함축되어 있다.) '여성 – 되기'와
함께 이루어지는 '시 – 하기'의 미학적 의미와 가치를 밝히는 데
있다. 김혜순의 시론을 검토하는 이 글은 '여성 – 되기'와 '시 – 하
기'가 어떻게 동시적으로 얽히는지를 추적하면서, 나아가 그녀의
시론이 가리키고 있는 시 장르의 새로운 면모들을 더듬어 보고자
한다.

2 '바리데기'를 호명하는 이유

왜 '바리데기'인가. 김혜순은 이 시론집의 화자를 '여성시인
들, 바리데기, 나'라고 복수화하여 밝힌 바 있다.(5쪽) 또한 『여성
이 글을 쓴다는 것은』이라는 이 책에 붙여진 부제, '연인, 환자, 시
인, 그리고 너'도 글쓰기를 수행하는 복수 화자들 목록에 추가할
수 있을 것이다. 이 복수 화자들 가운데서 바리데기는 현실적으로
'나'와 가장 멀리 떨어져 있는 것 같다. 말하자면, 나는 여성시인
이며, 연인이며, 환자이며, 그리고 너와 끊임없이 얽히는 존재라고
할 땐 의문의 여지가 별로 생기지 않지만, '나는 바리데기다' 혹
은 '나는 바리데기와 얽혀 있는 존재다'라고 할 때엔 '왜 바리데기
인가'라는 의문이 뒤따르게 된다. 바리데기는 이 시론집의 열아홉
장의 글들을 넘나들면서 그 면면들을 드러내는데, 그렇게 이 책이
쓰이면서 나는 바리데기가 '되고' 바리데기는 내가 '된다'. 바리
데기라는 존재는 고정태가 아니라 내가(김혜순이, 또는 연희자들이)

'바리데기-되기'를 감행하면서 계속해서 변형이 이루어지는 존재라고 할 수 있다.

김혜순이 볼 때, 바리데기 서사를 여성의 수난극이나 효행록으로 읽는 것은 이 움직이는 서사물의 심층 공간에서는 벗겨진 표면의 무늬를 읽은 것일 뿐이다. 어쨌든, 여기서 중요한 것은 김혜순이 바리데기를 호출하는 이유를 밝히는 것일 터이다. 이렇게 바꾸어 물을 수도 있을 것이다. 왜 김혜순은 바리데기의 목소리를 자신의 글에 기입하려고 하는가. 왜 여성적 글쓰기에 '바리데기-되기'가 요구되는가.

이제 질문들을 풀어 보기로 하자. 먼저, 바리데기 서사가 지금 여기까지 전달되어 온 방식과 관련해서 그 대답을 들을 수 있다. 바리데기는 연희 현장에서 매번 변이를 생산해 내는 움직이는 텍스트다. 김혜순은 이 텍스트가 가진 현장성과 구술성에 주목한다. 일단, 바리데기가 문자화된 정전에 의지하지 않았다는 것은 문학적 보편성으로 간주되어 온 남성적 원전으로부터 한층 자유로울 수 있는 자리에 있었다는 걸 의미한다.*

---

* 다른 건국 신화들 속의 여성은 남성적 계보를 출현시키는 데 도구적인 역할(위대한 아들의 출산)을 완수해 냄으로써 문자의 세계에 등재된다. 이를테면, 웅녀나 유화 부인.(5~6, 159쪽 참조) 바리데기는 일곱 아들을 낳지만 이는 그녀의 생산력을 증명하는 삽화일 뿐이고, 그녀는 일곱 아들과 무관하게 또한 남편이나 아버지의 계통과도 무관하게 스스로 자신의 신화적인 위치를 찾아낸다. 그러나 바리데기의 어머니가 일곱 딸을 낳음으로써 일곱 번째 딸 바리데기를 버리는 데 동의(가부장적 이데올로기를 수락)해야 했던 그 어미의 비참과 비굴에 정확히 대비되어 바리데기가 일곱 아들을 낳는 삽화는 바리데기 서사가 가부장적인 시대 이념에서 완전히 자유로울 수는 없었던 지점을 드러낸다고 할 수 있다.

바리데기 서사가 이 같은 문자 기록자의 남성적인 손길로부터 비껴 나 있는 구술 세계에서 연희될 때, 개별 연희자에게 전제되는 '들림(들리어짐)'의 경험은 김혜순이 매우 강조하는 대목이다. "연희자는 죽은 혼령과의 접촉을 통하지 않고는 자신의 영육을 바리데기 연희자로서의 삶으로 확장할 수 없다."(「들림의 시」, 13쪽) 어떤 한 시에서 표현을 빌려 온다면, 바리데기 연희자는 "무수한 죽음을 안고 사는 여자"*라고 하겠다. 죽음(타자)을 껴안는 이 접촉은 죽음(타자)에 대한 "명명"을 통해 실현된다. 이때 명명하는 언어는 도구적인 것이 아니라 창조적인 것이다. 이 언어는 비가시적인(은폐된) 세계를 또 다른 현실 공간으로서 구축하고 활성화하며, 그 발화자의 존재 지평을 확장시킨다. '명명'을 통해 '들림'의 경험을 치러 내는 것은 '언어'를 통해 '여성성'을 실현하는 '여성적 글쓰기'의 순간과 질적인 유사성을 갖는다고 할 수 있다.

여기서 바리데기 서사가 개별 구술자들(연희자들)의 경험의 층위에서만 그 유동성과 변이 가능성을 실현하는 게 아니라는 점을 간과해서는 안 된다. 바리데기 연희 현장에서는 무대와 객석 사이의 깊은 고랑이나 뚜렷한 경계가 없다. 단골(연희자)과 의뢰자(관객), 그리고 죽은 자가 연희 공간에서 맺는 "관계망"은 무대와 객석의 경계를 지울 뿐 아니라 "새로운 이본"을 형성하는 기본 조건

---

* 배용제, 「점치는 여자 1」, 『이 달콤한 감각』(문학과지성사, 2004), 66쪽. 이 시는 타자(죽음)들과의 접촉을 통해 자신의 존재 지평을 무한히 확장해 나가는 한 여자의 존재태를 다음과 같이 강렬하게 묘파한다. "지구의 60억 죽음을 다 가지고 싶어 안달하는 여자/ 인류의 역사를 전부 죽음으로 이야기하는 여자/ 더 많은 죽음들이 들어찰수록 오래 사는 여자/ 완전한 여자".

이 된다. "관객, 단골, 타자의 삶이 연희 공간에 적극적으로 수용되어 텍스트가 짜여진다."는 것은 "역(逆)방향의 창작이 텍스트 내부에 개입"한다는 걸 의미한다고 할 수 있는데, 여기에서 김혜순은 여성적 텍스트가 수용되는 새로운 방향성을 암시한다.(14쪽) 김혜순의 암시를 헤아려 본다면, 이는 텍스트에서 다양하고 새로운 의미를 창출하는 능동적인 독서 행위 자체에 대한 주문이라기보다는 그러한 창조적인 독서 행위를 유도하는 산도(産道)를 미로처럼 품고 있는 생성적인 텍스트를 기대하는 것이라고 할 수 있다. 텍스트의 비결정성, 변이 가능성, 생산성은 김혜순이 생각하는 여성적 텍스트가 내장하고 있는 자질이다. 따라서 바리데기의 연희 공간은 여성적 글쓰기의 시공간을 드러내 보여 주는 살아 있는 은유가 되어 주는 것이다.

우리는 또한 바리데기 서사 자체에서 '여성적 글쓰기'에 대한 시학을 논구할 수 있다. 바리데기 서사에서 김혜순의 관심을 붙잡는 몇 가지 화소(話素)를 추려 보자. 첫째, 바리데기는 여자아이라는 이유만으로 버려진다. 둘째, 바리데기가 유기된 장소는 죽음과 가까운 비현실적인 공간이다. 셋째, 아버지(오구 대왕)의 병을 구제할 약수를 구하기 위해 저승(서천서역국) 여행을 감행한다. 이세 지점을 중심으로 여성주의 시학에 바리데기가 호명된 이유를 짚어 가면서 김혜순의 논의를 좀 더 밀고 나가 보기로 한다.

첫째, 바리데기라는 이름에는 (여자아이라는 이유만으로) 출생과 동시에 '버려진' 사건이 새겨져 있다. 김혜순이 바리데기의 기아 모티프에서 가부장제 아래 여성의 조건을 읽을 때(「영감」, 31쪽) 이는 개인적인 사건이 아니라 정치적인(이데올로기적인) 사건이라는 점을 부각하는 것이다. 이 사건이 "비참의 공감대"를 여성들에게 형성하는 것은 이 때문이라 할 수 있다. 가부장제 아래 놓여 있는 여성은 그 자신이 "버려진 존재로서의 여성"이면서, 가부장제의 틀 내부의 논리에 따르며 살아갈 때 바리데기의 어미가 그랬듯이 "여자아이를 버릴 수밖에 없는 실존적 상황"에 처한다는 진단을 김혜순은 바리데기 신화에서 찾아낸다.

이 같은 조건에서 여성은 "남성의 시선의 타자로서 자신을 바라보는(남성에 의해 제공되는 시선에 자신을 맞추는) 이중적 시선"(「병」, 110쪽)에 사로잡히게 된다. 김혜순이 '여성적인 글쓰기'를 시론으로 제안하면서 '남성'의 '여성 – 되기'의 국면을 일단 괄호에 넣고 글쓰기의 주체로서의 여성, 다시 말해 '여성 – 되기'를 구현하는 '여성'에 초점을 맞추는 것은 여성을 둘러싸고 있는 모순적인 상황과 그녀의 시작(詩作) 과정이 대결할 수밖에 없었기 때문이다. "이중의 소외" 현실("이데올로기 주입기계의 현장", 「Mr. Theme, Where are You?」, 239쪽)에 대한 직시는 모더니스트, 쉬르리얼리스트, 포스트구조주의자, 포스트모더니스트로 보여지는 그녀의 시에 내재해 있는 '리얼리즘'이라 하겠다.(239~240쪽)

그녀가 시론을 쓰기 시작하면서 품었던 첫 번째 질문, "왜 여성이 쓴 시는 소통의 장에서 소외되어 있는가"(4쪽)라는 문제적인 의문은 그녀가 딛고 있는 이 현실의 이데올로기 주입 기계가 그녀에게 불러일으키는 모종의 효과라고 할 수 있을 것이다. 이 경우의 '효과'라는 것은 이데올로기 주입 기계가 그녀와 부딪치면서 일으키는 '오작동'이라고도 할 수 있을 텐데, 그녀가 사용한 용어로 하자면 여성이 쓰는 "병이라는 답장"(110쪽)이다.

그렇다면 우리는 이 '병(病)' 혹은 '병적인 것'을 현실에 대해 전복적인 에너지와 비전이 잠재되어 있는 생산적인 현상으로 바라볼 수 있다. 김혜순의 논의를 좀 더 확장해 볼 때, 우리는 현실의 중심 논리로부터 '버려진' 지대를 콤플렉스나 원한의 장소가 아니라 삶과 예술의 다양한 가능성들이 창출되는 공장으로 변환시켜 나가야 한다. 이때, '주변성'이나 '소수성'은 다양성을 만들어 내고 새로움을 퍼뜨리는 특이점들이 갖는 속성이라고 할 수 있을 것이다. 김혜순의 '바리데기 – 되기'는 들뢰즈 · 가타리가 말하는 '소수자 – 되기'의 한 양상이라고 말할 수 있겠다.

둘째, 바리데기가 유기되는 장소, 이를테면 짐승 우리, 용 늪, 피바다, 동해, 청천강, 황천강 등등을 떠올린다면 바리데기는 버려지면서 '죽음'과 매우 가까운 자리에 놓이게 됐다는 것을 알 수 있다. 김혜순은 이에 대해 바리데기가 '죽음' 속으로 버려졌다고 표현하는데(「공간」, 37쪽), 바로 이 자리, 즉 가시적인 현실 생활 공간으로부터 멀어지면서 비가시적인 죽음의 세계에 한층 가까이 있게 되는 이 지대는 "삶과 죽음의 두 차원"이 함께 드러나는 자리다.

이 공간은 '버려진' 여성들의 실상을 환기시키는 것이기도 한데, 나아가 김혜순의 시론에서 여성시의 공간적인 특성과 그 의미를 설명해 주는 모델이 되어 주는 것이기도 하다. 김혜순은 여성시인들이 환상 공간을 현실 공간에 즐겨 겹치는 이유를 '삶과 죽음의 두 차원'에 관련지어 얘기한다. 그녀는 여성시인들이 보여주는 환상 공간은 '비현실' 혹은 '반현실'이라는 현실의 부정태로서의 개념적인 것이 아니라는 점을 지적해 둔다. 다시 말해, 환상을 현실이 '아니다'로 규정하는 방식을 취하지 않는다. 환상은 현실과 분리된 절대적인 외부가 아니라 현실의 균열과 심연 속에 내재해 있는 외부, 은폐된 외부라고 보는 것이다. 환상에 대한 김혜순의 관점을 우리는 '외부의 내재성', 혹은 '초월의 내재성'("밖으로의 초월이 아닌 안으로의 초월", 「있는가 하면 없고, 없는가 하면 있는」, 191쪽)이라고 부를 수 있겠다.* 그녀는 여성시인들의 시에 나타나는 이러한 환상 공간을 의식 세계에서 '버려진' 지대라 할 수 있을 "무의식에 바탕한 또 하나의 심리적 현실을 구축한 공간"(38쪽)이라고 설명한다. 이 환상 공간을 구축하면서 여성시인은 "자신의 문제적인 정체성"을 표현하고 "새로운 존재 상태로 변화될 자신의 목소리"를 끌어내게 된다고 한다. 김혜순의 시론에서 현실과 환상은 이렇듯 안과 밖의 이원론적 구도가 아니라 표면과 심층의 일원론적 관계 속에 자리하고 있다. 바리데기가 버려졌던 '삶과 죽음의 두 차원'이 함께 개시(開示)되는 신화적인 자리는 여성시에서 현실과 환상이 (분리되지 않고) 겹치는 지점들을 장면화한다고 할 수 있을 것이다. 김혜순이 김수영의 시 「눈」에서 "죽음을 잊어버린 영혼과 육체를 위하여" "기침을 하자"고 젊은 시인을 독려하는 대목에 밑줄을 그을 때(「있는가 하면 없고, 없는가 하면 있는」, 194쪽) 이는 시가 쓰이는 자리가 삶과 죽음의 두 차원이 함께하는 자리라는 것을 가리키는 것이다. '죽음을 잊어버린 영혼'에게는 '일상'이라는 현실의 얇은 표피만이 보일 뿐이다.

셋째, 이제 바리데기는 아비의 병을 구제할 약수를 얻으러 저승

---

* 이러한 관점은 김혜순이 '영감'에 대해 "……저 바깥이 ……내 안에서 열리는 것"으로 얘기할 때도 잘 드러난다.(「영감」, 24쪽) 이는 타자를 사유하는 그녀의 태도를 보여 주는 것이라 하겠다.

(서천서역국)으로 여행을 떠난다. 여섯 언니들은 궁궐이라는 온실 바깥을 상상할 수도 감당할 수도 없는 존재들이다. 다시 말해 "죽음을 잊어버린 영혼"들이다. 이들은 가부장적인 현실 제도에 안착한 존재들이며 제도적인 이데올로기가 은폐하고 있는 균열을 존재론적으로 자각하지 못하는 여성들이다. 버려졌던 바리데기만이 현실의 타자를 자신의 문제로 받아들임으로써 존재론적 지평을 확장해 나가게 된다.

저승 공간에서 구해지는 약수는 독이면서 약인 파르마콘 같은 것이다. 플라톤이 글쓰기를 파르마콘에 비유하듯이, 여성적인 글쓰기는 저승 공간과 같은 존재론적 심연에서 낡은 자아를 해체하고 자신의 새로운 정체성을 생산하는 과정이라고 할 것이다. 바리데기가 '버려진 아이'에서 '생명 공주'로 거듭나듯이 말이다. 김혜순은 바리데기가 헤매는 서천서역국을 여성적 글쓰기의 시공과 연관시킨다. 바리데기가 경험하는 서천서역국은 현실에서 작동하는 시간과 그 질적 계열을 달리하는 곳이다. 말하자면, 그 서역에서의 일 년은 아버지 오구대왕의 세계인 현실에서라면 하루쯤 되는 것일 게다. 그곳의 시간은 김혜순에게 보르헤스의 소설 「보이지 않는 시간의 미궁이라는 책」(「여러 갈래로 오솔길이 나 있는 정원」)을 떠올리게 하듯이 다양한 시간 경험들이 동시적으로 펼쳐지며 구부러져 있다. 그녀가 볼 때, 시의 시간 "영원한 현재"(시적 순간)를 서사적으로 "주욱 잡아당기면 서천서역국의 나레이션이 되는 것이다."(「공간」, 41쪽)

'시적 순간들'은 "죽음에의 중단 없는 참여"에서 경험된다. 이때 '죽음'이라는 것은 현실과 분리된 가상적인 영토가 아니라, 너와 나 사이의 "빈 곳"("허공")과 같은 것이다. "우리는 이 빈 곳 때문에 살아갈 수 있다."(41쪽) "우리는 죽음 때문에 살아 있다." (43쪽) 김혜순의 이 두 문장을 노자의 사유가 받쳐 주고 있다. "노자는 …… 너와 나를 칼로 쪼개는 것을 만물의 시(始)라고 하였다. 옷을 만들려면 가위를 들고 천을 쪼개야 하듯이 만물은 쪼개짐, 그 텅 빈 곳의 창조로 시작된다."(42쪽) 이 '빈 곳'은 "삶 안에 존재하는 죽음의 공간"이다.(44쪽) 이 죽음, 무(無), 공(空)은 "몸과 몸 사이의 공간을 무한하게 확대한다."(「있는가 하면 없고, 없는가 하면 있는」, 190쪽) 노자는 이렇게 살아 있는 죽음의 공간을 '현빈(玄牝)'이라고 명명하는데, 노자의 '현빈'이라는 용어를 김혜순은 "어두운 자궁"(45쪽), "검은 거울"(51쪽)로 풀어낸다. 빈 곳, 현빈은 "여성적 공간"이다.

이때 여성성은 인간성의 반쪽이 아니라 자연의 근원적인 차원을 일컫는 말이 된다. 이러한 '여성성'은 글쓰기에 있어서도 근본적인 차원을 이루는 것이라고 하겠다.

3 여성성과 '여성 – 되기'

"왜 여성이 쓴 시는 소통의 장에서 소외되어 있는가."(4쪽) 이는 김혜순이 책을 쓰기 시작하면서 품은 첫 번째 질문이자, 그녀의 시론집을 관통하는 근본적인 질문이다. '여성이 쓴 시'라는 표현은 오해의 소지가 있는데, 그 구체적인 함의를 헤아린다면 여기서는 '여성성을 실현하는 시'를 가리킨다고 할 수 있겠다. 어쨌든 이 첫 질문은 "왜 여성의 언어는 주술의 언어인가. 왜 여성의 상상력은 부재, 죽음의 공간으로 탈주하는 궤적을 그리는가. 왜 여성의 시적 자아는 그렇게도 병적이라는 진단을 받는가. 왜 여성의 언술은 흘러가는 물처럼 그토록 체계적이지 못한가. 왜 여성의 시는 말의 관능성에 탐닉하는가……"(4쪽)와 같은 숱한 질문들로 이어진다.

주술, 부재, 죽음, 병, 흘러가는 물, 관능성 등은 김혜순이 여성성을 해체하고 구축하는 데 있어서 키워드가 되는 것들이다. 또한 이것들은 인간이 자연의 외부에 자신의 자리를 마련하면서 자신에게서 외면한 것들, 부정한 것들, 떨어뜨려 놓고자 했던 것들이라 할 수 있다.

자연의 외부에 인간의 보편이 놓이고, 바로 그 자리에 남성의 형상과 이미지가 구성된다. 그리하여 여성은 남성을 결여한, 다시 말해 보편성을 결여한 존재로 규정된다. 여성/남성의 대립쌍은 자연/문명, 본능/이성, 동물/인간 등등의 위계적이면서 이분법적인 계열화의 선분을 따르면서 또한 이 계열체를 떠받치면서 작용해 왔다. 이러한 구도는 제도화되고 이데올로기화됨으로써 무의식적인 층위까지 점령하고 내면화하여 작동한다. 대체로 서구 페미니즘이 계몽적인 목소리를 취할 때는, 이 결여를 메우고 남성과 동등해지라는(혹은, 이러한 결여와 차이는 애초에 없었으니, 여성이여 미망에서 깨어나라는) 외침이었다. 즉, 여성의 '남성-되기'를 촉구하는 방식이었다고 할 수 있다. 그러나 이러한 계몽의 실상은 지극히 남성적인 계몽주의 안에 기거하고 있는 것이며, 김혜순이 보기엔 여성을 무성적인 존재로(몸과 욕망을 지우는 존재로) 억압하는 기제로서 작용하는 것이다.

김혜순은 여성성을 부정하는 것이 아니라 여성성을 부정하는 방식을 부정한다. 이 '부정의 부정', '이중 부정'을 행하는 김혜순의 실천을 따라가다 보면, 자연의 외부에 설정된 인간의 위치 자체에 은폐된 균열과 조작된 허구성이 드러난다. 인간의 위치를 자연 내부로 돌림으로써, 자연과 함께 인간 외부로 쫓겨났던 여성이 귀환한다. 이때의 여성성은 인간 존재의 반쪽 영역을 기술하는 데 동원되는 개념이 아니라, 존재의 근원과 심연을 형성하는 질료이며 구성 원리이자 운동 원리가 된다.

> 자동차에서 내려 사무실이 있는 건물 안으로 들어서려면 내 몸을 다시 고체로 재생시키고 굳혀야 한다. 나는 점액질의 몸을 다시 단단한 교수의 육체로 조립해야 한다. 차에서 내리기 싫다. 그냥 녹은 채 머무르다 어딘가로 스며들어가고 싶다. 장미 꽃다발 속 같은 곳으로.
>
> ──「태양지우개님이 싹싹 지워주실 나의 하루」, 40쪽

'여성─되기'가 이루어지는 무대이자 현장은 '몸'이다. 위 인용문에 나타나는, 사회적인 몸(교수의 육체)과 대비되는 "점액질의 몸"은 여성적인 몸의 상태를 보여 준다. 사회적인 정체성으로 호명된 몸이 정형성과 완결성을 이루며 닫혀(굳어) 있다면, 어떤 명함으로도 규정되는 않는 "점액질의 몸"은 무정형적이며 비결정적인 상태로 열려 있다.

이를테면 "장미 꽃다발 속 같은 곳으로" 스며 들어갈 수 있는 몸, 다시 말해 이 몸은 무수한 '되기'가 가능한 "원초적인 물질"이

다. "형상의 해체", "동일자의 폐기"(「사랑」, 148쪽)가 실행되는 몸인 것이다. 이를 들뢰즈·가타리의 용어로 한다면 '기관 없는 신체'라 부를 수도 있을 것이다. 이 신체는 질적으로 '카오스'적이다. 그러므로 김혜순이 바리데기 서사에서 주목한 바 "카오스에서 나와 코스모스의 세계로 진입하는 것이 아니라, 오히려 역방향으로 체재 내에서 카오스로 진입"하는 바리데기의 저승 여행에 대해(「어머니」, 58~59쪽) 우리는 여기서 동일자의 해체가 발생하는 카오스적인 신체의 문제와 호응시켜 볼 수 있다. 여성적 글쓰기는 바로 이러한 '몸'(카오스적인 신체)으로 '하는' 것이라는 거다. 이에 반해 남성적인 글쓰기는 화자의 '원근법적 시선'으로 자연을 "소유"하며 쓰이는 것이었다.(「증후」, 130~131쪽)

'여성-되기'를 작동하는 "점액질의 몸"은 자연의 외부에서 인간의 승리의 역사를 써 온 남성적인 기술이 여성의 몸에 타자성을 새길 때 사용하는 '오명'이기도 하다. 그것은 자연을 인간의 영역에서 내쫓은 남성이 그토록 두려워한, 증오하고 혐오하는, 그래서 여성에게(혹은 열등한 신체로 간주된 집단에게, 이를테면 아우슈비츠의 군인들이 유대인에게) 전적으로 전가시킨 자연의 흔적이었다.(「여성의 몸」, 201~203쪽) 이러할 때 '여성성'은 억압과 수치 속에서 왜곡된다. 김혜순은 '여성성'을 이렇게 부정해 온 방식을 부정하면서 여성성 자체가 가진 생산적이고 전복적인 힘을 미학적으로 활성화하고 퍼뜨리고자 한다.

그 한편에, '여성성'을 이데올로기적으로 허구화한 또 다른 관념이 있다. 희생과 순응의 이미지로 도색된 모성 이데올로기가 파생시킨 여성에 대한 관념이 그 단적인 예라 하겠다. 제도적으로

권장되며 존중되는 이 주어진 '여성의 정체성' 또한 여성시가 해체해야 하는 강력한 표상 체계다. 때문에 김혜순은 "모성에 대한 새로운 정리"를 시도한다.(네 번째 장 「어머니」, 여섯 번째 장 「어머니로서의 시 텍스트」를 중심으로)

김혜순이 "시인은 무조건 어머니로서 시를 쓰는 것"(「뻐꾸기와 잠수함의 토끼」, 18쪽)이라고 말할 수 있는 것은, '어머니'라는 존재태가 타자를 내부에서 껴안은 몸(아이를 밴 몸), 다시 말해 '외부의 내재성'을 가장 잘 구현하는 몸이기 때문이다. 그러니까 김혜순이 생각하는 '어머니로서 쓰는 시'는 어머니의 사랑을 표현하거나 기리는 그 숱한 감상적인 시편들*과는 전혀 다른 함의를 갖는 것이다. "'나'라는 몸을 통해 '맞물린 생산'을 실현하고, 또 다른 몸들인 시들을 출산"(17쪽)하는 시쓰기(시 – 하기)가 바로 '어머니로서 쓰는 시'다. 이러한 관점에 선다면, 생물학적인 남성의 글쓰기도 '어머니 – 되기'를 수행해야 한다. 김혜순이 남자 감독 알모도바르의 영화에서 "여자에 대해 말하지 않고 여자 속에서 말한다."는 점을 높이 살 때, 남성의 '여성 – 되기'(나아가 '어머니 – 되기')의 한 가지 사례가 암시된다.(「여자들의 가슴속엔 무엇이 들었을까」, 85쪽) 우리는 이쯤에서 한 비평가(허윤진)의 평문을 기억해 둘 수도 있겠다. 이 평문은 최근 젊은 남자 시인들의 시에서

---

*김혜순은 이러한 시편들에 대해 "어머니를 모성이라는 제도가 만든 이데올로기에 가두고, 어머니를 가상의 현실 속에 있으라고 충동하면서, 어머니의 현실적 자리마저 빼앗는 것"이라고 거세게 항의한다.(「어머니로서의 시 텍스트」, 75쪽)

'자궁이 있는 남성들'이 출현하는 것에 주목한다.*

어쨌든 김혜순의 시론에서, '어머니'는 "일종의 에너지"다. 그
것은 "자아의 파열을 실행하게 하는 능력이다." 어머니는 "죽음
의 능력이다."(「어머니로서의 시 텍스트」, 82~83쪽) 앞서 김혜순이
노자를 인용하면서 "만물은 쪼개짐, 그 텅 빈 곳의 창조로 시작된
다."(42쪽)라고 했던 걸 떠올려 본다면, 어머니는 '그 텅 빈 곳'(無,
空, 죽음)에 붙이는 이름이라고 할 수 있을 것이다. 그러므로 이렇
게 말할 수도 있는 것이다. 시 쓰기는 '어머니로서 쓰는 것'이면
서, "어머니를 낳는, 거꾸로의 출산"(75쪽)과 더불어 실행해 나가
야 한다. 타자들을 낳는 내 안의 균열들(틈, 빈 곳)을 시 쓰기는 적
극적으로 산출(출산)해야 한다는 것이다.   이러한 "자기 지우기"
("파열하는 정체성")는 "시적 자아와 타자들의 변형된 정체성을 끊
임없이 노정하려는 몸짓이다."(85~86쪽) 타자를 제어하고 소유함
으로써 자아의 동일성은 확보하고 자아의 확대(나아가 초월)를 기
도하는 것은 남성적인 방식이다. 여성적인 글쓰기는 타자와의 '접
촉'(소유가 아니라) 속에서 수많은 '되기'를 수행한다. 이때 발생

---

* 허윤진, 「나의 분홍 종이 연인들, 언어로 가득 찬 자궁이 있는 남성들」, 『5시
57분』(문학과지성사, 2007). 이 평문에서 주목하는 시는 최하연과 황병승의
작품들이다. 이 글에서 황병승의 시 「여장남자 시코쿠」의 구절, "그대여 나에
게도 자궁이 있다 그게 잘못인가/ 어찌하여 그대는 아직도 나의 이름을 의심
하는가"는 문제적인 선언으로 떠오른다. 우리는 그 이전에 강정의 시구절, "여
자를 알아버렸을 때는 여자의 위대성을 내가/ 시기하고자 한다는 걸 치욕적
으로 깨달았을 때이다 그 치욕이 나를 키운다/ 나는 여자야, 라고 말하려다가
나는 여자이고 싶어, 라고밖에 말하지 못한다 치욕이다"(「넌 뭐냐?! ?냐, !냐」,
『처형극장』(문학과지성사, 1996))라는 구절을 적어 놓을 수 있다.

하는 "접촉의 동일화"(「증후」, 130쪽)는 "사랑의 행위"(87쪽), "몸의 역동적인 에로스"(「사랑」, 148쪽)에 의해 구축되는 것이다. 자기 안팎의 "타자에게 가까이 가면 갈수록 자신의 몸이 제거되는 것이 아니라 오히려 자신의 몸의 고유한 모습이 보이기 시작한다."(「어머니」, 61쪽) 김혜순은 '어머니'에게서 몸이 가동시키는 그리고 시 쓰기가 작동시키는 '타자성'(「어머니와 처녀라는 허구」, 167쪽)과 '관능성'(169쪽)을 찾아낸다. 김혜순이 명명하는 '어머니'는 "소재주의적 명명을 넘어 한 시인의 한 편의 시라는 텍스트, 그 구축된 새로운 현실의 구성 원리가 된다."(「어머니로서의 시 텍스트」, 87쪽)

들뢰즈 · 가타리가 '여성 – 되기'를 다른 '되기'들의 열쇠로 보았듯이, 김혜순의 '여성 – 되기', '어머니 – 되기'는 그 자체로 완결되는 '되기'의 끝(결론)을 이룩하는 것이 아니라 다른 ' – 되기'들의 운동을 작동케 하는 토대이자 토질이 되면서 다양한 ' – 되기' 속에서 열리는 것이라고 할 수 있다. 이렇게 말할 수도 있겠다. '여성 – 되기'는 '모든 것 – 되기'의 시작이며 그 질적 속성이다.

김혜순은 '여성 – 되기' 과정이 이루는 초기화를 '처녀'라고 명명한다. 이때 '처녀'는, 김혜순이 '어머니'를 그 이름에 묻어 있는 가부장적 이데올로기의 얼룩을 지우면서 재호명하듯이, 남성적인 시선의 오염을 부정하면서 '다시' 호명한 것이다. 김혜순은 '처녀'를 이렇게 명명한다. "처녀라는 명명은 언제나 출생의 자리로 돌아오는 존재를 일컫는 말이다. 나는 출산하고, 어머니가 되었으면서도 언제나 처녀로 돌아온다. 과정의 초기, 그 자리로 돌아 '온'다."(「어머니와 처녀라는 허구」, 172쪽) '어머니 – 되기'의 절정에 '아이 – 되기'가 있다. 노자가 여성과 더불어 도(道)의 시니피앙으로 삼았던 아이는 "남녀의 구별이 없는 몸을 가진 부드러운 덩어리"다.(「공간」, 50쪽) 나는 아이(타자, 시 텍스트)를 출산함으로써 어머니(시인)가 '되는' 것이다. 김혜순은 "아이 되기의 극단에 처녀가 깃들"인다고 말한다. "처녀는 내가 내 몸으로 '몸'하여 낳은 아이의 에로스적인 열림이다." 이때 처녀는 "이제 막 여성으로 출생했으므로, 내가 여성인지 남성인지 무성인지 양성인지 모"른다. "다만 나는 '나'를, '너'를, 혹은 '그것'을, 그 알지 못하는 것을 만지고 싶을 뿐이다."(172~173쪽)

이러한 존재태에 대해 우리는 다시 한 번 들뢰즈·가타리를 빌려 이해할 수 있다. 말하자면, 김혜순이 명명하는 처녀는 "분자적 질이 사라진, 어떤 질의 항도 될 수 있는 원소-되기, 양자-되기(입자-되기 내지 파동-되기)"에 이른 것이며, 이는 "어떠한 질, 어떠한 항이라도 될 수 있는 그런 원소적인 되기의 지대", "하지만 특정한 질을 넘어서 있다는 점에서 그 자체로는 그게 어떤 것인지 알 수 없는 '지각 불가능한' 되기의 지대"라 하겠다.* 처녀는 '모든 것-되기'의 초기값이라 할 수 있다. 처녀는 '다시' 타자들을 낳는 어머니-되기의 과정(다른 '-되기'의 선분)을 발생시키는 진동하는 점이자 순간이다. 김혜순은 이를 "어머니의 자리로 돌아가려고 안달하는 자리"(173쪽)라고 표현한다.

들뢰즈·가타리가 '어떤 질의 항도 될 수 있는 원소-되기'를 말했다면, 김혜순은 모든 것이 될 수 있는 '물-되기'를 제안한다고 할 수 있다. 김혜순이 '여성성'을 말하는 자리에는 '물' 이미

---

* 이진경, 『노마디즘 2』(휴머니스트, 2001), 93쪽.

지가 겹쳐져 있다. 이를테면, '점액질의 몸'. '여성성'과 '물'의 상징적 상관성은 신화의 단계에서부터 누적되고 구축되어 온 것인데, 물론 우리의 논의에서 중요한 것은 김혜순이 '여성 – 되기'와 '물 – 되기'를 관련시키면서 부각하고자 한 '여성성'의 성격일 것이다. 김혜순의 경우에 '물'은 변형(변신) 가능성의 최대치를 가리킨다. 즉, 모든 것이 될 수 있는 가능성 자체를 형상화하는 것이 '물'이다. 타자가 될 수 있는 능력, 타자를 낳고 기를 수 있는 능력, 그것은 '물'의 능력이면서 '어머니'의 능력이며 김혜순이 생각하는 '시 – 하기'의 에너지다. '물'은 이렇게 '어머니'의 이미지이면서 시적 언술의 양상을 보여 주는 것이 된다. 이러한 측면에서 볼 때 다음의 시는 김혜순이 자신의 시론을 시적으로 형상화한 예라고 할 수 있을 것이다.

직육면체 물, 동그란 물, 길고 긴 물, 구불구불한 물, 봄날 아침 목련꽃 한 송이로 솟아오르는 물, 내 몸뚱이 모습 그대로 걸어가는 물, 저 직립하고 걸어다니는 물, 물, 물…… 내 아기, 아장거리며 걸어오던 물, 이 지상 살다 갔던 800억 사람 몸속을 모두 기억하는, 오래고 오랜 물, 빗물, 지구 한 방울.
오늘 아침 내 눈썹 위에 똑, 떨어지네.
자꾸만 이곳에 있으면서 저곳으로 가고 싶은
그런 운명을 타고난 저 물이
초침 같은 한 방울 물이
내 뺨을 타고 어딘가로 또 흘러가네.
　　　　　　　　　　　　　　　　　　—「모든 것을 기억하는 물」

김혜순은 이 시를 직접 거론하거나 인용하며 말하지 않지만, 우리는 이 시를 읽는 자리에 그녀의 시론집에서 읽은 문장을 가져올 수 있다. "물은 실체는 있지만 스스로 형태가 없다. 그릇의 모양에 따라 스스로 변한다."(「물」, 104쪽) 이를테면, '직육면체의 물, 동그란 물' ……. 이러한 물은 "목련꽃 한 송이"로 피어오를 수 있고 "아장거리며 걸어오는 내 아기"가 될 수 있다. 물은 모든 것이 될 수 있다. 그러므로 "이 지상 살다갔던 800억 사람 몸속을 모두 기억하는, 오래고 오랜 물"이 될 수 있는 것이다. "이곳에 있으면서 저곳으로 가고 싶은" 물의 몸은 '다른 것 – 되기'의 몸이다. 물은 몸으로 ' – 되기'를 '한다'. 김혜순은 이렇게 모든 것들 속에 편재하며 흘러 다니는 물의 양태가 "여성의 정체성"을 드러내고 "여성시의 언술적 특성"을 드러낸다고 보았다.(105쪽) 그러한 "한 방울 물"이 "내 뺨을 타고 어딘가로 또 흘러"내리는 "초침 같은" 순간은 바로 시 쓰기의 시간이라 하겠다. 물은 "이미지들 속을 헤매는 시적 언술이 흘러가는 길의 모습"을 보여 준다.

4 '시 – 하기'와 시 장르의 새로운 가능성

김혜순은 이렇게 말한다. "시는 시다." "나는 시라는 장르 안에 갇힌 자이며, 시라는 드넓은 초원에 방목된 자이다. 나는 시나라 안의 시민(詩民)이다."(「시는 시다」, 256~257쪽) 김혜순이 드러내는 시 장르에 대한 이러한 자의식은 오직 '시'만이 할 수 있는 것에 대하여 고찰하게 한다.

그녀는 시가 아닌 다른 장르들이 갖는 서사성에서 "체계 구축에 대한 욕망이나 계보화에 대한 욕망"(거대 담론에 대한 욕망), "대상을 타자화하는 재현 체계를 구축하"(「어머니와 처녀라는 허구」, 177쪽)고자 하는 남성적 욕망에 포획될 여지를 언제나 내포하고 있는 장르론적인 경향을 본다. 그녀는 서사적 일관성을 거부하고 시적 단편성(비체계성)을 미학적으로 지지한다.(176쪽) 그녀는 "시라는 장르 안"에서 시 장르 바깥을 끌어들일 때보다 훨씬 큰 자유를 누리는 것 같다. 시 장르를 벗어나 시가 아닌 지대로 들어섰을 때 작용하는 억압들을 그녀는 매우 예민하게 감지한다. 그러므로 그녀는 "시라는 장르 안에 갇힌" 상태를 "방목"으로 표현하는 것이다.

그렇다고 해서 그녀가 시 장르 내부에서 통용되는 관습들과 현상들을 모두 지지하는 건 아니다. 오히려 그녀는 시 장르 내부에서 관습을 이루어 온(중심적인 위치를 이루어 온) "비본질적인 것들"을 깨뜨리면서 자신의 시론을 예각화하고 전복적인 벡터를 만들어 낸다. 김혜순이 시적으로 '비본질적'이라고 여기는 것은 "말해질 수 있는 것들"("말씀들")이다.(「프랙탈, 만다라」, 231쪽) 거꾸로 말하면, 시는 말할 수 없는 것을 말하는 것이라는 거다. "시는 시로써 말해야 하고, 그 밖의 다른 것으로는 말할 수 없어야 한다." (「시는 시다」, 261쪽)

그녀가 볼 때, 시는 무엇에 '대해' 주관적인 견해를 내놓거나 감상을 드러내는 것이 아니라, 무엇인가를 몸으로 겪어 내는 것이다. 그녀는 김수영의 시학을 떠올리면서, "몸이 없고, 말만 있는 시는 시가 아니다."는 점을 재차 강조한다. 그녀는 "김수영이 말한 온몸의 시는 혁명적인 참여시라는 말이 아니라 말과 몸이 비벼서 관능적인 소리를 내는 시를 일컫는" 것이었다고 그 시학을 읽어낸다.(「Mr. Theme, Where are You?」, 245쪽)

김혜순이 봤을 때, '주제'의 측면은, 이를 그녀가 "Mr. Theme"이라 호명하는 데서 단적으로 드러나듯이, 남성적인 욕망의 영역이다. 왜 그러냐면 텍스트의 '주제'란 텍스트 전체를 관할하는, 다시 말해 단일한 목소리로 대상을 자기화하는 '원근법적 화자'로부터 그 선명함과 확정성을 얻기 때문이라고 할 수 있다. 그러나 김혜순에게 '주제'는 '있는가 하면 없고, 없는가 하면 있는', 끊임없이 움직이는 그런 거라고 할 수 있다. 시를 읽는다는 것은 '주제'를 찾아내기 위한 것이 아니라 시적 언술을 향유하는 것, 시에 몸을 담그는 것이다.(241쪽)

그녀는, 모든 시는 연애시라고 할 수 있지만, 또 모든 시는 풍자시라고 할 수 있지만, 연애를 말하는 시는 연애시의 범주를 벗어나며 마찬가지로 세상을 비판하겠다는 의지를 말로써 관철하는 시는 풍자시의 범주에서 벗어난다고 말한다. 그녀의 관점에서, "모든 시가 연애시이면서 풍자시인 것은 시라는 장르가 시를 쓰는 시적 자아에게 '자기 지우기'를 요구하는 애인과 같기 때문이다."(「연애와 풍자」, 56~59쪽)* 그녀에게 시란 자기 주장을 펼치는 장이 아니라 자기를 지우는(그렇게 함으로써 타자들을 낳고 기르는) 장인 것이다. 김혜순은 연애시와 풍자시를 시의 내용이 아니

---

* 그녀의 이어지는 말은, 연애시와 풍자시가 '자기 지우기'를 요구한다는 것을 이렇게 부연한다. "연애시를 시도하는 시인에겐 만들면서 부수기를, 풍자시를 쓰는 시인에겐 부수면서 만들기를 요구"한다.

라 시적 언술의 방식에서 논구하듯이, 생태시에 대해서도 같은 방식으로 새로이 규정한다. 흔히 생태주의를 '주장'하는 것('계몽'하는 것)이 생태시라고 여기지만, 그것은 김혜순이 볼 때 시의 방법이 아니다. 시적 언술이 '물'처럼 흘러가면서 타자를 낳고 기르는 시작(詩作)의 과정들이 생태적인 그물망을 이룰 때, 그러한 여성적인 시는 본래적으로 생태시라는 것이 그녀의 생각이다.(「뻐꾸기와 잠수함의 토끼」, 18~19쪽. 「있는가 하면 없고, 없는가 하면 있는」, 186~189쪽)

특히, 김혜순이 문제시하는 시적 관습의 영역이 대단히 근본적인 차원에서 작동하는 것일 때, 그녀는 시 장르 자체의 기반을 변동시킨다. 이때, 김혜순은 시 장르 내부에서 시 장르를 내파하는 효과를 낸다. 그 구체적인 방식을 살피기 전에, 그녀의 아방가르드적인 면모를 드러내는 발언들을 적어 두자. "이제까지 우리를 규정해왔던 장르적 특성의 한 곳을 잘게 부수어 망가뜨린다. 그리하여 장르의 영역을 한없이 잡아당겨 넓힌다."(「증후」, 129쪽) "해체의 구문을 통해 여성시는 이제까지의 문학 지도를 문제시할 수 있으며, 이제까지의 작품들의 가치평가에 대한 새로운 기준을 제시할 수도 있다."(「병」, 115쪽)

시학자들은 말한다. 시인은 세계와의 동일시를 통하여 세계를 자아화한다고. 그렇다면 자아는 항구불변하며 지금, 여기에서 고정된 실체로 존재하는가? 시인은 시의 세계를 열어가면서 하나의 사유를 발아시키고, 그 사유를 단순한 형태로부터 복잡한 형태, 소박한 일점의 폭발로부터 그물망의 구조화를 도모한다. 자신과의 만남에서 자신을 벗어나는 타자성으로 다시 넓혀진 자신으로 가는 길을 연다. 이때부터 다성적 존재로서의 시인의 목소리가 발화한다. …… 시인이 세계를 자아화한다는 정의는 수정되어야 한다. 세상과 자아는 함께 요동치며 휘어진다. 시적 자아가 세계를 자아화하는 것이 아니라, 그 둘이 함께 자유의 소용돌이 속에 있게 되는 것이다. '함께 동참한 소용돌이'. 이것이 시 속에 들어온 세상의 모습일 것이다.

—「있는가 하면 없고, 없는가 하면 있는」, 185쪽

김혜순은 고정된 실체로서의 자아를 인정하지 않는다. 그렇다면, '원근법적인 자아'의 위치와 지위를 가정하는 '세계의 자아화'라는 시적 기획과 비전은 허구적인 것이 될 수밖에 없다. 이것은 남성적인 "소유의 동일화"다.(「증후」, 130쪽) 그러므로 김혜순은 '시인이 세계를 자아화한다는 정의는 수정되어야 한다.'라고 분명히 말할 수 있는 것이다. 김혜순이 생각하는 '시적 동일시'는 타자를 자아화함으로써 이루어지는 것이 아니라, 자아가 '내 안팎의 타자들'을 만나면서 자신을 벗어나는 타자성을 획득할 때('타자-되기'를 수행할 때) 순간적으로 이루어지는 것이라고 할 수 있다. 이것을 그녀는 "접촉의 동일화"라 부른 바 있었다.(130쪽) 이 '접촉의 동일화'라는 시적 사건은 한 번으로 완료되는 것이 아니라 '시-하기'의 과정 속에서 계속적으로 폭발하는 것이다. 위 인용문에선 이를 자아와 세계가 '함께 동참한 소용돌이'를 이룬다고 표현된다.

김혜순은 시 장르에서 이루어지는 '시적 동일시' 자체를 부정하는 것이 아니다. 그녀가 문제시하는 것은 고정적인 중심을 만들며 텍스트 전체를 관할하는 동일시의 구현 방식이다. 그녀의 시론은 자아 중심의 기존 시학을 부정하면서 타자성의 시학을 제출한다. 자아와 타자가 접촉할 때 이루어지는 떨림과 진동, 이 물질적인 감각 속에 타자성이 실존한다. 그녀가 제출하는 '타자성의 시학'에서 무엇보다도 '몸'이 부각되는 것은 이 때문이라 할 수 있겠다. 이 '몸의 시학'은 시를 '쓴다'고 하지 않고 '한다'고 표현한다. "시는 쓰는 것도, 짓는 것도 아닌, '하는' 것이다. 존재'하는' 것과 마찬가지로, 사랑'하는' 것과 마찬가지로 시'하는' 것이다."(「병」, 107쪽)

김혜순이 생각하는 '타자성의 시'는 '자아 지우기'를 '한다'. 그녀는 '시적 주체'라는 기존 개념을 해체하면서 새롭게 구성하고자 한다. 시를 통해 드러나는 "자서전적인 '나'", 자기 연민과 자기 숭배에 빠진 '나'에 대해 그녀가 심한 혐오감을 표시할 때(「Mr. Theme, Where are You?」, 238쪽) 이 부정은 '고백하는 나'라는 근대 문학적인 주어에 대한 것이라고 할 수 있다. 김혜순은 이 '고백'의 욕망에서 자기변명과 자기기만과 더불어 텍스트를 자기화하는 '저자의 권력'을 간파한 듯이 보인다. 그녀는 텍스트의 발화자인 시적 주체에게서 개인적인 저자의 얼굴을 지워 내려고 하는 것 같다.

'시적 주체'에 대해 그녀는 "움직이는 점"이라는 표현을 쓴다. "이 움직이는 점이 바로 '나'라고 명명된 시적 자아의 시공이 선 자리이다." "이 점엔 나의 모든 정보가 들어 있고, 그리고 무한하다. 이 점은 타자를 향해 매순간 전속력으로 달려간다."(「있는가 하면 없고, 없는가 하면 있는」, 196쪽) 이 움직이는 점은 나를, 나의 의식조차 알지 못하는 내 안의 타자들까지 모두 담고 있으면서 또한 동시에 텅 비어 있는 듯이 보인다. 이 일점은 타자를 향해 달려가면서 그 속성을 부단히 변모시킨다. 이 운동력과 변신술이 움직이는 점으로서의 시적 주체에게 '무한성'을 가져다준다.

그녀는 또한 시적 주체를 '구조'라는 말로 이렇게 대체하여 말한다. "시의 주체는 구조다. 이때 시인은 일개인이 아니라, 다양한 개인들에게 점령될 수 있는 공간을 부여하는 자다. 그 공간은 어떠한가. 그 공간은 움직이며, 떠다닌다. 그 집 안에서 '나'는 '너'다. 그 공간 속에서 자아는 타자화한다. 그 공간 속에서 내면과 외부적 현실은 동시적으로 깨어난다."(「시는 시다」, 261~262쪽)

우리는 다음과 같이 정리해 볼 수 있을 것이다. 김혜순이 구성하는 '시적 주체'라는 개념은 나와 타자가 접촉하는 '시 - 하기'의 '순간'이자 '공간'이며 이 접촉이 파생(파열)시키는 여러 갈래의 길로 달려가면서 계속해서 타자들과의 만남의 폭죽을 터뜨리게 하는 '힘'이다. 이때 '시적 주체'는 스스로를 해체하면서 다시 구축하는 반복과 유희의 '구조'로서 나타났다 지워지고 다시 나타나는 '움직이는 양태'로 현현한다.

이렇게 '움직이는 점', '시적 주체'의 궤적은 시적 언술이 흘러가는 길과 함께 한다. 김혜순의 시학에서 중요한 것은 말하기의 주제가 아니고 말하기의 형식이다. 김혜순에게 "'자기 목소리를 가진 시인'이라는 뜻은 시인이 외치는(말하는, 주장하는) 자라는 뜻이 아니라 자기 형식을 가진 자라는 의미이다."(「프랙탈, 만다라」, 228쪽) 다시 말해, "내가 몸담고 있는 이 시대를, 세기를, 당대를, 시공간을, 현실을, 그리고 무엇보다도 '나'(이 모두를 우주라고 부를 수 있겠다.)를 읽는 '방법'을 가진 자가 '시인'이라"는 것이다.(223쪽) 시인으로서 김혜순은 "말하기의 방법에 대해 사유"하며, "방법의 성숙을 통해 시나라의 악덕들, 잠언, 장식, 관행, 사변, 감상성, 설교를 넘어서도록 스스로를 독려한다".(「시는 시다」, 258쪽) 여기서, 말하기의 방법(형식)이란 시적 언술이 흘러다니는 길이자 시적 언술이 작동하는 원리라고 할 수 있다.

그녀가 제기하는 말하기 방법, 즉 시의 형식에 비견되는 형상으로는 '물'(「물」, 97~106쪽), '소용돌이'(「소용돌이」, 212~222쪽), '미로'(「소용돌이」, 212~222쪽), '나선형'(「바늘로 만드는 조각」, 30~31쪽.「토니 크랙의 나선형 회전」, 188~192쪽), '프랙탈'(「뻐꾸기와 잠수함의 토끼」, 20~21쪽.「프랙탈, 만다라」, 223~233쪽), '만다라'(「프랙탈, 만다라」, 223~233쪽) 같은 것들이 있다. 물, 소용돌이, 미로, 나선형, 프랙탈, 만다라 등은 그녀의 시론집에서 출현 빈도가 가장 높은 어휘군을 이룬다. 어쨌든 이러한 형상물들을 통해 김혜순이 말하고 싶었던 것은 시적 언술의 유동성, 생산성, 유희성, 타자성, 다성성 같은 자질이었으며, "늘 순환하는, 그러나 같은 도형은 절대 그리지 않는"(21, 233쪽) 시적 언술의 구축 양상이었다.

그녀가 사유하는 '시─하기'는 타자와 만나는 계기를 계속해서 발생시킴으로써 집단적인 발화자를 출현시킨다. '타자─되기'들을 수행하는 시적 주체는 진동하는 점이며 찢어지고 흩어지는 조각이나 파편과 같은 것이다. 그것은 단수에 머물지 않고 여럿이 된다. 타자와의 접촉이 시적 주체를 파열시키고 복수화한다. 시적 언술은 그리하여 타자와 더불어 어긋나고 미끄러진다. 물처럼 흐르고, 미로처럼 길을 만나면서 길을 잃는다. 나선형 도형처럼 "내부와 외부를 함께 드러"(31쪽)낸다. 프랙탈 도형처럼 다차원적인 구조를 생성하면서 "분수 차원보다 더 미세한 결을 읽어"(225쪽) 낸다. 시적 언술은 오체투지로 만다라에 다가가는 사람들의 몸처럼 "인간의 존재론적 전이의 몸짓"(227쪽)을 이룬다. 이러한 시적 언술은 "안에서 안으로 열리는 텍스트", "텍스트 스스로 쾌락에 젖는 텍스트"(「어머니와 처녀라는 허구」, 164쪽)를 이루어 나간다. "안에서 밖을, 밖에서 안을 껴안는" 시적 언술의 양태는 "밖으로의 초월이 아닌 안으로의 초월"(「있는가 하면 없고, 없는가 하면 있는」, 191쪽)을 향해 있다.

김혜순의 시학을 우리는 '타자의 시학'이자 '몸의 시학'이라고 부를 수 있겠다. 이는 타자를 몸으로 겪는 '사랑의 시학'이라 할 수 있다. 이 '사랑의 형식'은 타자와 몸을 섞는 관능성과 여성성으로부터 그 살을 얻는다. 김혜순의 시론에서 '타자성'과 '여성성'은 '타자 – 되기'와 '여성 – 되기'의 궤적이 그렇게 만나듯이 물처럼 스며들며 섞인다.

김춘수가 '산문시'를 가지고 사유한 것들

1 머리말

김춘수의 『한국 현대시 형태론』은 《문학예술》이란 잡지에 1955년 8월부터 다음 해 4월까지 9회 연재한 「형태상으로 본 한국의 현대시」를 개제하여 1959년 해동문화사에서 발간한 책이다.* 현대시 50년의 전개를 '시적 형태'의 양상과 변이의 맥락에서 재구성하고 있는 문학사로서의 성격을 가지고 있는 저서다. 또한 그 후기에서 김춘수가 기대하고 있었듯이** 이 책의 구성에 결정적으

---

* 이 글에서 집중적으로 검토하는 『한국 현대시 형태론』을 포함하여 부분적으로 참조하게 될 김춘수의 여러 시론적인 저작물들은 『김춘수 시론 전집』 1, 2권(현대문학, 2004)에서 취하기로 한다.

** 김춘수는 부록으로 붙인 「시인론을 위한 각서」(《문예》, 《현대문학》, 《사상계》, 《신작품》 등에 단편적으로 발표했던 것으로 김소월, 이상, 유치환, 서정주를 대상으로 한 글들)가 '한국 현대시의 시정신'이라는 자신의 구상 속에서 정리가 된다면, '형태론'과 아울러 '한국 현대시론'으로 간주할 수 있을 것이

로 작용하고 있는 '형태론'이라는 특별한 렌즈를 통해 '시란 무엇인가'라는 근본적인 질문과 대결하고 있는 김춘수의 첫 번째 시론집이라고 할 수 있다.

김춘수의 이 저작은 역사를 초월하는 문학의 본질(본질적인 문학성이라는 관념)이 아니라 문학의 역사적이고 상대적인 위치에 대해 상당히 민감하고 나아가 예언적이기까지 한 미적 자의식을 바탕으로 하고 있다. 여기서 가장 문제적인 시 형태로 부각되는 '산문시'는 '시'라는 '장르'를 근본적으로 고찰하게 하는 동인을 제공할 뿐만 아니라, 이 '산문시' 논의는 장르의 해체나 확장에 대한 매우 적극적이고 과격한 질문을 던지는 데까지 나아간다. 이 지점에서는 실제로 물음표가 찍혀 있는 문장들이 수시로 나타나게 된다.

김춘수가 다다른 이 질문법은 그가 이 논제를 제출했던 1950년대에는 낯설고 다소 엉뚱하게도 보였을 것이다. 물론, 1950년대 시단의 일각에서는 후반기 동인과 김구용 등이 보여 준 실험적이고 산문적인 시를 둘러싸고 '시의 위기' 운운되기도 한 모양이나, 이때의 위기감은 장르적인 규준을 가시적인 것으로 만드는 효과 속으로 흡입되는 것이었다고 할 수 있다. 토도로프의 말대로 작품이 그 장르에 불복하는 일이 장르를 존재하지 않는 것으로 만드는 것은 물론 아니다. 거의 그 반대라고도 말할 수 있다. 그러니까 위반은 위반될 법칙을 필요로 하며 규준은 그 위반의 덕택 이외에는 가시적인 것이 되지 못한다는 것이다.*

라고 밝힌다.(173쪽)

* 츠베탕 토도로프, 송덕호 · 조명원 옮김, 「장르의 기원」, 『담론의 장르』(예림기획, 2004), 69쪽.

그러나 김춘수의 질문법은 이와는 다른 층위에 놓여 있었다고 할 수 있다. 다시 토도로프의 논의에서 다른 국면으로 전환되는 대목을 주목해 본다면, 작품이 하나의 예외가 되기 위해서는 반드시 하나의 규범을 전제로 할 뿐 아니라, 그 예외적인 위상 속에서 스스로 하나의 규범이 되어야 한다. 여기서 토도로프가 떠올리는 역사적인 사례는 보들레르 시대에 예외로 보일 수 있었던 '산문시'다. 김춘수의 '산문시' 논의를 생각할 때 흥미롭게 다가오는 대목이다. 김춘수는 "항구적인 변화를 겪는 하나의 체계"*로서의 장르에 대해 한국 현대시사 최초로 그것의 근본적인 차원을 들여다보고자 시도했고 또한 문제화해 놓았다고 할 수 있다.

그러나 그의 질문은 상당히 오랫동안 잊혀진 채로 있었다. 심지어 김춘수 자신에게조차 그러했던 것처럼 보이기도 한다. 장르 논의의 핵심이 되었던 '산문시'에 대한 사유가 그 자체로 김춘수 자신의 시작(詩作)과 크게 연관되지는 않았기 때문이기도 할 것이다. 그는 '산문시'의 역사적인 국면에서도 인상적으로 접속시킨 바 있었던 이미지즘의 논제를 그 이후 또 다른 층위에서 극단적으로 밀고 나가면서 시론과 시작에 걸쳐서 시적 언어의 모험적인 실험을 행하게 된다. 이른바, 이미 김춘수 시론의 키워드로 자리 잡게 된 서술적 이미지, 탈이미지, 무의미시에 대한 탐색이 이어지게 되는 것이다. 그렇다고 해서 '산문시'를 둘러싸고 있었던 문제적인 질문이 김춘수에게 지나가 버린 고민으로 폐기되었던 것은 아니다.

『한국 현대시 형태론』이 내포하고 있는 가장 첨단의 질문법이

---

* 츠베탕 토도로프, 같은 글, 69~71쪽.

이후의 글들에서 더 나아간 흔적을 찾아내긴 어렵지만, '산문시'에 관한 대부분의 생각들은 여러 텍스트들에 흩어져서 끝까지 거의 그 대로 견지되고 있다. 또한 그는 '이미지의 소멸', '의미의 소멸'을 방법적으로 시험하면서 그 끝에서 닥쳐온 "사상적 허무 상태"를 고백하기도 하였던 어느 지점에서,* '산문시' 실험을 의식적으로 시도 했으며 산문시집 『서서 잠자는 숲』(민음사, 1993)을 내놓기도 했다.

오랫동안 논자들의 큰 관심을 끌어내진 못했지만, 그 당시의 김춘수 앞에 놓여 있었던 현대시 50년이 아니라 오늘날 우리들 앞에 놓여 있는 현대시 100년을 두고 생각할 때 『한국 현대시 형태론』의 문제의식은 더욱 빛을 발한다. 김준오 같은 논자가 1990년대의 시대적이고 문학적인 상황을 장르 개방과 장르 해체의 측면에서 진단할 때 의미 있게 스치면서 상기되기도 했던** 『한국 현대시 형태론』을 이 글에서 면밀하게 재검토해 보고자 하는 이유는 바로 여기에 있다. 『한국 현대시 형태론』의 주지를 신중하게 보존하고 있는 여타 다른 텍스트들도 함께 참조할 것이다.

2 시사와 시론의 관계

김춘수는 "스물여섯이 넘어서도 시를 쓰려면 역사의식이 있어

---

* 김춘수, 『시의 위상』(둥지출판사, 1991), 『전집』 2권, 403쪽.
** "일찍이 김춘수는 '토의적' 요소에 의해 전통 시나 소설이 해체되는 현상을 정확히 읽었다." 김준오, 「메타성과 탈장르」, 『문학사와 장르』(문학과지성사, 2000), 49쪽.

야 한다."라고 했던 T. S. 엘리엇의 말을 의미심장하게 인용한 바 있다.* 이 말을 인용한 자리에서 그는 T. S. 엘리엇의 맥락과는 다소 비껴 선 차원에서 소월과 이상의 역사적 의의를 강조하고 있다. 특히나 『한국 현대시 형태론』에서는 유난히 눈에 띄게 여러 차례 반복해서 역사의식을 강조하는데, 이렇듯 그가 중요하게 여겼던 역사 감각은 문학의 자율성을 기반으로 하는 문학의 역사에 대한 감각이었다. 그에게 무엇보다도 중요한 과제는 문학사적으로 놓여 있는 현재 '위치'를 파악하는 것이었다. 이것은 김춘수가 자신의 첫 번째 시론을 시사의 모양새로 내놓게 됐던 이유이기도 하다.

이것은 또한 역사적인 관심이 형태론에 대한 탐색으로 나타난 이유이기도 하다. 김춘수는 문학 '자신'의 역사와 전통을 '방법론적'으로 부정의 대상으로 삼아 전개되는 모더니즘의 원리와 역학 속에서 그가 실천해야 할 '시적 과제'를 설정해 나가고자 한다. 그가 구분하는 시에 대한 두 가지 태도는 '내용적인 면에서 보는 태도(느끼는, 주정적)'와 '형식(방법)적인 면에서 보는 태도(생각하는, 주지적)', 그 둘이다.** 김춘수가 후자의 입장에 있었고 시사적인 관심도 그 편에 있었던 것은 물론이다. 그가 볼 때, "'느끼는' 주정적 태도가 인간의 일반적 태도"라면, 형식이나 방법을 생각하는 일에 참여할 수 있는 자는 "그 방면의 전문가"로 제한되는 것이다.(71쪽) 김춘수에게 이 '일반성'은 문학 외부, 다시 말해 문학의 자율

---

* 김춘수, 『사색(四色) 사화집』(현대문학, 2002), 『전집』 2권, 505쪽.
** 김춘수, 『한국 현대시 형태론』(해동문화사, 1959), 『전집』 1권, 69~71쪽. 이후로 『한국 현대시 형태론』을 살필 때는 본문에다 『전집』의 쪽수를 표시한 괄호를 써서 각주를 대신한다.

적인 영역 바깥의 현실이나 역사에 쉽게 오염되는 것으로 보였을 수 있다. 반면에 '전문성'은 '문학 자신'의 역사를 검토하고 새롭게 구상할 수 있는 특별한 안목과 연결되는 것이었다고 하겠다. 이는 김춘수가 김동리의 '순수문학론'에 동의와 의의를 표시하는 대목에서도 강하게 암시되는 것이다.(118~120쪽) 그런 행간의 의미까지 포함하여 『한국 현대시 형태론』은 일반적인 시사가 아니라 전문적이고 특수한 시사이면서 동시에 시론이지만, 어느 지점에 이르면 '문학의 자율성'이라는 관념은 자기부정법의 역설 속에서 매우 인상적으로 의문에 붙여진다. 이 의문이 제기되는 방식에 대한 검토는 뒤로 미뤄 두자.

어쨌든 그는 다른 지면에서 '내용/형식'의 이분법적인 이 논지를 그대로 반복하면서 전자의 입장에 설 때 '개성(personality)'을 중요시하게 되고, 후자의 입장에서는 '독자성(originality)'이라는 가치가 중시된다고 부연하고 있다.* 다시 말해, 내용 편중의 낭만주의적 태도에서는 "인간적인" 퍼스낼리티가 문제적인 거라면, 형식(방법)론적인 예술 의지는 오리지널리티, 즉 문학적인(김춘수식의 대조로 표시하면, "비인간적인") '기원' 혹은 '예외'를 창출하는 문제를 향하여 있는 것이라고 하겠다. 이 '문학적인 예외'가 문학사적인 이유에 의해 뒷받침되고("이유가 있어 달라진 것은 반드시 뭔가를 역사에 남기는 것이다."**) 스스로 미학적인 규범성을 획득하게 되어 시대적인 양식으로 기입될 때 장르의 재구성을 요구하는 획

---

* 김춘수, 『시론 — 작시법을 겸한』(문장사, 1961), 『전집』 1권, 248쪽.
** 김춘수, 앞의 책, 180쪽.

기적인 것으로 기록될 것이다. 이 과정을 김춘수가 쓴 바 있는 문장으로 바꾼다면, "시작법은 (……) 형태에 따라 진보, 발전도 하고, 크게는 형태가 장르의 이동까지를 더불을 적에는 혁명을 일으키는 것이다."*

김춘수가 장르론적 차원에서의 시의 변동(이동)을 인식하고 있었다는 것을 생각할 때, 『한국 현대시 형태론』의 서론에서 "시는 항상 시대에 따라 역사적으로 전개해 간다."(35쪽)라고 한 일견 평범한 진술의 무게는 결코 가볍지 않다. 더구나 이에 이어서 그가 "오늘날 시라고 하면, 곧 서정시를 의미하게 되는 것도 시대의 한 풍조(fashion)에 의한 것"이라고 할 때, 우리가 자명하게 여기는 '시'라는 관념 그 자체가 역사적인 상대성 위에서, 푸코가 말하는 에피스테메의 한계 속에서 의문스러워지고 불투명해지고 흔들리게 되는 것이다. "때와 곳을 넘어서 타당하고, 시에 관한 한 무엇이 가장 중요하고 근본적인 것인가는 아무도 말할 수 없"다는 자각 위에서 김춘수에게 중요한 것은 "제가 처해 있는 시대에서 최선의 발언을 시에 관하여 하려는 노력",** 바로 그것이다.

"정신의 방향과 사적 위치", 다시 말해 시대성을 구체적으로 증명할 수 있게 하는 대상은 "양식"뿐이라고 김춘수는 분명하게 짚

---

* 김춘수, 『시의 표정』(문학과지성사, 1979), 『전집』 2권, 127쪽. 이는 1979년에 출판된 이 책의 2부('시의 전개'라는 제목이 붙어 있다.)에서 발췌한 문장인데, 책의 자서에는 여기 2부의 글은 20여 년 전에, 그러니까 『한국 현대시 형태론』이 정리되던 무렵에 쓴 것이라고 밝히고 있다. 무엇보다도 눈여겨보게 되는 것은 20년이 지난 시점에서도 "핵심 되는 사상"을 여전히 그대로 지니고 있음을 확인하고 스스로도 새삼 놀라웠다고 토로하고 있는 대목이다.
** 김춘수, 『시론 — 작시법을 겸한』, 『전집』 1권, 125쪽.

는다. 『한국 현대시 형태론』의 결미에 해당하는 제10장은 「사족으로서의 부언」(139~141쪽)이라는 가벼운 제목을 달고 있지만, 앞으로 우리 시가 내딛게 될 발걸음들에 대한 물음과 예언적인 전망까지를 함축한 문제적인 장이다.(이 물음과 전망에 대해서는 뒤에서 살피게 될 것이다.) 여기서 강조되는 오늘날의 '사적 위치'는 현대시 50년을 '형태론'의 관점에서 의식화하여 검토하면서 도출된 것이다. 김춘수는 이 '위치' 감각 자체에서, 그 끝에서 새로운 '시론'과 '시작법'을 모색하고자 했다고 할 수 있다.

김춘수에게 있어서 현대성의 첨단을 '의식'한다는 것, 분명하게 '인식'한다는 것은 매우 중요한 문제였다. 이 '의식'이 결여되었을 때엔 자칫 자신도 모르는 채로 '아류'의 상태에 머물 수 있기 때문이다. 그는 스스로에게 미학적인 '독자성(originality)'을 방법론적으로 확보해야 한다는 과제를 부여했던 것이다. 그가 시작과 더불어 시론 작업을 끝까지 병행했던 데에는 이러한 '의식화'에 대한 요구가 자리하고 있다.

마지막 장 「사족으로서의 부언」에서 김춘수가 현대시 형태의 전개에 기여한 시인으로 지용, 기림, 상, 목월, 구용을 다시 추려낼 때, 덧붙이고 있는 비판은 이들의 형태상의 배려가 투철한 장르 의식에서 나온 것인가에 대한 의문이었다. 이 부정적인 의문 속에서 그는 이들의 "역사고찰에의 정열흠핍(情熱欠乏)"을 지적한다. 다시 말해, 자신의 사적 위치에 대한 자각의 부족을 문제시하는 것이다. 또한, 1920년의 조지 페레(George Ferre)가 "시인들은 왜 안이한 운문으로 쓸까"라는 물음 속에서 '위고 이후 운문에 대해서는 아무것도 할 일이 없어졌다', '리리시즘(lyricism)이라는 것이 최후의 진화에 있어 세련과 섬세와 병적인 예민의 최고도에 까지 이르렀고 그 이상은 퇴폐 이외의 길은 없다.'는 진단을 거쳐 "그러므로 산문으로 쓰지 않으면 안 된다. 운문은 더 이상 완전해 질 수 없기 때문이다."라는 주장을 끌어내는 대목을 김춘수는 페 레가 "제 자신의 사적 위치"를 밝힌 장면이라는 점에서 인상적으 로 적어 두고 있다. 김춘수 자신이 포함되어 있는 사적 위치에서 볼 때, 더구나 운문의 영역을 정형시에 제한하고 있는 그의 관점에 서 볼 때, 이 인용은 상당히 시사하는 바가 큰 것이었다. 나아가 김 춘수는 장르 해체(확장이면서 다른 한편으로 소멸일 수 있는)의 징후 와 가능성을 '산문시'에 대한 고찰 어느 지점에서 찾아내게 된다.

3 소월과 이상의 구도

김춘수는 소월과 이상을 한국 현대시의 가장 문제적인 시인으 로 부각하면서 이 둘을 현대시의 구도에 있어서 양극단에 놓는다. 이는 『한국 현대시 형태론』뿐만 아니라 김춘수가 시에 관하여 발 언해 온 50여 년 동안의 글들을 통해서 확인할 수 있다. 이를테면, 그의 마지막 저작에 속하는 『사색사화집』에 썼듯이 "소월을 무시 하고 우리의 당대 시에서 전통을 말할 수 없듯이 이상을 무시하고 우리의 당대 시에서 현대성을 말할 수 없다."*는 것이다. 그의 첫

---

*『전집』 2권, 506쪽. 이렇게 부연할 수도 있겠다. "김씨(소월)를 통하여 전통 과 서정의 문제를, 이씨(이상)를 통하여 서구 근대와 의식의 문제를 가장 전 형적으로 볼 수" 있다는 점에서 소월과 이상은 "한국의 현대시에 있어 가장

번째 시론집 『한국 현대시 형태론』에서는 물론 형태론적인 관점에서 이 두 시인은 극단적인 대조를 이루면서 그 각각의 극점에서 의미를 부여받게 된다.

　그런데 이상하게도 『한국 현대시 형태론』의 끝에서 현대시 형태의 전개에 기여한 주요한 시인들을 추려낸 목록(지용, 기림, 상, 목월, 구용) 속에는 소월이 빠져 있다. 이 책에서 소월에게 할애한 지면은 따져 보면 그 어느 시인보다 많았고, "아직껏 시의 형태미에 있어 소월을 넘어설 만한 것이 한국의 신시에는 나타나지 않고 있다."(62쪽)라고 했던 발언에 비추어 볼 때에도 이상한 일이다.

　김춘수는 소월의 시 형태를 '이상한 현상 하나'라는 제목 아래서 고찰한다. 말하자면, 자유시 혹은 산문시의 방향으로 발전해 갈 수밖에 없어 보였던 역사적인 대세 속에서 소월은 홀로 전통적인 정형율로 '정형시'를 쓰는 이상한 현상을 이루어 냈다는 것이다.(58쪽) 김춘수에게 소월은 그 자체로 한국 신시의 "반성기"에 해당하는 문학사적인 사건으로 보였다. 그는 다른 지면에서 다시 한 번 소월의 「가는 길」(1연 "간다고/ 말을 할까/ 하니 그리워")을 분석하면서 그 행 구분에 주목하여 소월이 "자유시의 구조를 이해하고 있었"으며 이로 인해 "새로운 맛(내용에까지)"을 낼 수 있었다고 했는데,* 이 전통의 현대적 변용(『한국 현대시 형태론』의 표현으로 하면, "전통시의 계승자로서의 소월과 신시에의 영향으로서의 소월의 양면", 149쪽)까지를 포함하여 김춘수에게 있어서 소월의 시는

　문제될 수 있는 시인"이었다.(『시론 — 작시법을 겸한』, 『전집』 1권, 260쪽)
* 김춘수, 『시론 — 작시법을 겸한』, 『전집』 1권, 276쪽.

"한국 시가의 고전적 형태미"의 완성태로 기려지고 있다.

그런데 바로 여기에 김춘수가 소월에게서 발견하는 "문제"가 놓여 있다. 이 문제의식은 김춘수가 밝혔듯이, 소월이 자신에게 설정하는 사적 위치가 아니라 김춘수가 설정하는 소월의 사적 위치다. 김춘수는 그러므로 이때 소월의 위치는 "곧 나의 '문제'"라는 점을 분명히 해 둔다. 소월이 택한 "반성의 위치"를 김춘수는 역사의 진행에서 물러선 자리, 곧 "역사의 테 밖"으로 파악한다. 그리고 역사의 궤도 '바깥'에서 이룬 소월의 미적 완성은 역사가 아니라 "영원"에 속하는 게 된다. 김춘수가 부여하는 '완성'이라는 영예는 소월의 시 형태로부터 '다른' 역사의 진행을 끌어내지 못하게 만든다. 그러니까, 그 맥락이야 어쨌든 다르겠지만 "위고 이후 운문에 대해서는 아무것도 할 일이 없어졌"다고 했던 한 서양 시인의 말을 김춘수는 소월을 두고 하고 있는 것이다. 다시 말해 보면, 김춘수는 '소월 이후 정형시(운문)에 대해서는 아무것도 할 일이 없어졌'고 얘기하고 있는 셈인 것이다. 김춘수는 그럼에도 불구하고 한국의 현대시가 어떤 방식으로든지 전통 시와 관계를 맺고 있는 한 소월을 무시할 수 없다고 한다. 김춘수는 소월에 대한 이러한 자신의 생각을 다음과 같이 인상적으로 표현하고 있다. "소월은 파수병이다. 이 파수병에게 한번은 경례를 하고 지나가야 한다. 몹시 괴로운 부담이다. 그러나 이 부담을 치러야 한다."(151쪽) "지나가야 한다"고 했듯이, 역사적인 진행(궤도) 위에서 현대시 형태의 전개를 고찰한 『한국 현대시 형태론』에서 다시 사적으로 주요한 시인들을 뽑아내고자 했을 때 그는 김소월 앞에서 '경례'를 하고 '괴로운 부담'을 치르면서도 지나쳐야 했다.

요컨대, 김춘수는 소월에 이르러 '정형시'의 실험은 완성, 완료되고 역사 밖에서 정지한 채로 '영원'에 속하는 것이 되었다고 본다. 이에 반해 김춘수가 파악하는 시사적인(동시에 시론적인) 구도에서 또 하나의 극점에 해당하는 이상이 갖는 형태론적인 자리는 역사적인 '현재'를 점유한다. 1950년대의(그 이후에도) 김춘수에게 이상이 문제적인 것은 그가 여전히 '현대성'의 첨단에 놓인다는 것이다.

김춘수에게 이상은 한국문학사에서 "유일한" "국제적 모더니스트"(85쪽)이다. '국제적'이라는 것이 '서구적'인 것으로 통하는 것에 대해서 김춘수는 불편한 의식을 가지고는 있었던 것 같지만 '서구적인 근대' 이외의 다른 역사적인 궤도를 미적으로 상상할 수 있었던 것은 아니었다. 말하자면 시 의식의 면에서도 시 형태의 면에서도 밑바닥부터 '동양인(한국인)'이었던 소월은 역사 바깥에 있을 수밖에 없어 보였던 것이다.* 반면에 김춘수가 강조하는 이상은 의식 이전에는 동양인이라 하겠지만 "의식으로는 이미 동양인이 아니었"으며, "그의 교양은 서구적인 것, 그것도 근대에 국한"되는 것이었다.(158쪽) 김춘수가 보기에, 동양인이 아니었던 이상의 의식과 교양을 받치고 있었던 것은 "세기말 시인들의 감

---

* 소월을 논하는 자리에서 김춘수는 이런 말을 남기고 있다. "현대란 개념은 서구란 개념과 직통해 버리지만, 우리가 그들을 직시하고 있는 한 그들은 만만히 우리를 삼켜 버리지는 못할 것이다. 시와 시 형태에 있어서도 이 말은 타당할 줄 안다." 그는 서구(현대)에 대한 직시가 결여되었다는 면에서 소월이 "비겁"했다고 생각한다. 소월이 취한 태도는 '직시'의 방향이 아니라 "외래 조류의 잡음 속에서 귀머거리"의 포즈로 돌아앉아 버린 것이었고, 그래서 오히려 심리적으로는 서구(현대)에 삼켜 버려졌다는 것이다.(64~65쪽)

정과 프로이트파 심리학의 지성"(159쪽)이었다. 이상은 근대 시민 계급의 낙천적 진보주의를 절망적으로 회의하고 부정하는 '미적 근대성'의 한 양상 속에서 파악된다. 이상은 "서구 근대의 파탄"과 미적 "데카당스"를 1930년대 조선의 '식민성'에서 체험했고 이 체험을 스스로를 망가뜨리는 데까지 밀고 나갔던 것이다.

『한국 현대시 형태론』에 부록의 모양으로 붙은 「시인론을 위한 각서」에 쓰인 이상론(152~162쪽)에서 특히나 더 두드러지는 것은 "부정을 부정"하고 "절망할 수 없는 데서 오는 절망"을 절망하는 이상의 역설이다. 이 역설의 악순환에서 김춘수가 봤던 것은, 이상은 그 존재론적 한계야 어쨌든 '삶'까지 걸고 끝까지 갔던 예술 가였다는 점이라고 하겠다. "고맹에 든 문학병"이라는 표현을 김 춘수는 이상에게서 인상적으로 빌려 쓰고 있는데, '문학병'이 '삶의 병'과 구분할 수 없어지는 지점까지 깊어진 이상을 김춘수는 보여 주고 싶어한다. 그는 이상에게 "수난의 생애"라는 표현을 바치고 있다. 그는 "이상에 대한 우리의 애정은 악몽과 같은 그것"이라고 쓰면서, 역설의 폐쇄 회로(악순환) 같은 "이상의 의식세계를 극복하여 우리가 보다 건강해질 적에 그의 수난의 생애는 더욱 우리에게 잊지 못할 것이 될 것이다."라는 문장으로 이상론을 맺는다. 이상을 '극복'하는 문제 이전에, 이상이 지녔던 "무거운 의식", 그 '의식' 때문에 멈출 수 없이("그대로의 잠을 잘 수는 없었던 것이다.") '현대'의 심연으로 걸어 들어갔던 예술가의 한 초상을 김 춘수는 그려 내고 싶었을 것이다.

이렇듯 『한국 현대시 형태론』에서 보여 주는 이상에 대한 관심은 형태론적인 면보다는 의식의 문제에 치우쳐 있는 감이 있다.

이상이 가진 형태론적인 전위성 또한 내면 의식의 문제와 관련하여 다루어지고 있다. 김춘수는 이렇게 논의를 시작한다. "형태의 현상면으로부터 그 현상(형태)의 저편에 은거한 이상이라고 하는 한 시인의 정신 상태(병들었다고 하는)를 타진해볼까 한다."(96쪽) 형태론적인 조명을 받게 되는 이상 시의 특이한 행 구분, 도저한 산문, 띄어쓰기의 무시, 숫자와 수식과 도표의 도입 등은 이상이라는 "인간과 함께" 한국 현대시사의 한 위관으로 떠오르게 되는 것이다.(86쪽) 그렇지만, "문자 대신 숫자를 쓰고, 문장 대신 수식을 쓰게 된 까닭이 제 의식 상태를 설명할 어휘를 발견할 수 없었다는 데에도 있었을는지 모르나, 시를 언어나 문자 속에 가두어야 할 까닭을 발견할 수 없었다는 데 있다."(99쪽)고 김춘수가 부여하는 의미에서 드러나듯이, 시라는 장르의 '한계'를 돌파하는 지점에서 이상의 의의는 새롭게 발견된다. 또한 지용의 산문시 「백록담」을 논하는 자리에서 이상의 시는 지용의 「백록담」과 함께 한국 시에서 처음으로 '산문시라는 장르'를 개척한 것으로 기려지고 있기도 하다.(111쪽) 나아가 지면을 달리하고 있는 언급이긴 하지만, 산문시에서 '산문성'을 산출하는 주된 요인인 '토의적인 성격'(다음 장에서 중요하게 논의될)을 이상의 시에서 읽어 내는 대목도 여기서 상기될 필요가 있겠다.* 김춘수의 논지에서 '토의적 성격'은 시 장르와 다른 장르 간의 경계뿐 아니라 문학과 비문학의 경계를

---

* 김춘수, 『시론 — 작시법을 겸한』, 『전집』 1권, 275쪽. 이상의 「시 제5호」라는 산문시를 분석하면서 나오는 발언이다. "이 시는 정서나 감각보다는 내부 즉 의식을 분석하고 비판하고 있는 그러한 시다. 시가 퍽 토의적 성격을 띠게 되었다 할 것이다."

다시 설정하게 하고 그 한편으로 해체시키는 문제적인 핵으로 떠오르기 때문이다.

4 산문시와 장르의 해체

김춘수가 현대시의 형태론적인 전개를 파악하는 구도를 요약하면 그리 특기할 만한 것이 없어 보인다. 말하자면, '정형시 – 자유시 – 산문시'. 문제는 그의 역사적인 고찰의 방식에 있으며, 그 양식 간의 관계에 있고, 이를 통해 오늘의 시와 미래의 시를 사유하는 지점에 놓여 있다.

우선, 운문의 양태인 '정형시'의 문제는 '자유시'의 시대적인 요구 속에서 이미 20세기 초에 역사적인 지평을 벗어난 것으로 파악된다. '현대시의 전야(前夜)'로 위치지어지는 '창가 시대'(38~39쪽)와 '신체시 시대'(40~41쪽)를 거치면서 자유시 지향은 그 역사적인 모습을 드러내게 된다. 김춘수는 1909년 《소년》지로부터 1918년 《창조》 출현 이전까지 근 10년간의 시의 태반을 신체시의 양상으로 보고 있는데, 이 신체시는 "변격적인 정형시 내지 준정형시", 달리 보면 "기형적인 자유시 내지 준자유시"의 불안한 형태를 띠고 있었으며, 새로운 양식으로서 역사적인 지속력을 가질 수 없는 심각한 미학적인 결함을 지녔던 것으로 판단된다. 그럼에도 불구하고 김춘수가 이 신체시 형태에 "역사적으로는 진보적인 형태"라는 의의를 부여하게 되는 것은 여기에 내포되어 있는 '자유시 지향' 때문이었다.

정형시의 문제와 관련하여 더욱 인상적인 자리는 앞서 살핀 바 대로 김소월의 시다. 신체시를 역사적으로 봤을 때 정형시의 기반 위에서 자유시에 대한 불안한 실험을 시도했던 거라고 한다면, 이미 김소월이 포함되어 있는 사적 위치는 자유시의 물결이 뒤덮은 자리였으므로 소월은 자유시의 시대적인 기반 위에서 정형시에 대한 미적 모색을 했던 셈이 된다. 이 역사적인 역방향에서 소월은 정형시의 미적 가능성을 최대치에서 완성했는데, 이 완성으로 인해서 역설적으로 소월의 시는 역사의 궤도 바깥에 위치하게 되고 김춘수는 정형시적인 비전에 대한 고려를 현대시의 형태론적 전개 과정에서 지울 수 있게 된다.

김춘수가 자유시 논의를 본론화하면서 던지는 첫 질문은 "이 '자유'는 무엇으로부터의 자유일까?"라는 것이다.(43쪽) 그는 바로 대답을 내놓는데, 그건 "운율로부터의 자유"라는 것이다. 이어지는 다음 질문은 "이 자유는 무엇에로의 자유일까?"이다. 이에 대한 명쾌한 대답은 "산문에로의 자유"다.

문학사적으로 자유시나 산문시 개념의 부상과 함께 거의 동시에 떠올랐고 이후 계속 붙어 다녔던 '내재율'이라는 어휘와 그 관념은 『한국 현대시 형태론』의 논의에선 그다지 중요하게 등장하지 않는다. 오히려 자유시나 산문시의 '율'적인 요소는 종종 어떤 작품에 대한 비판의 근거로 작동한다.* 김춘수는 자유시를 문장의

---

* 이는 주요한의 「불노리」에 불만을 표시하는 대목(48, 52쪽)에서, 서정주의 「봄」, 「부활」이나 박두진의 산문시를 놓고서 그 문장이 "울렁이는 물결"("율이 밖에 들나 있다")로 나타나는 것을 장르에 대한 인식이 투명하지 않아 형태적인 혼란을 빚는 사례로 들 때(110, 115~116쪽) 단적으로 드러난다.

차원에서 '산문'으로 규정한다.* 자유시와 산문시를 구별해서 파악하는 그의 시각을** 뒷받침하는 것은 문장으로서의 '산문'과 '산문체'의 구별이다. 자유시는 문장의 차원에서는 산문을 쓰지만 행을 가름으로써 산문체의 '줄글' 형태를 지니지는 않는다는 것이다. '행'의 기능에 대해서는 다른 지면에서 좀 더 분명한 정리를 얻는데, 요컨대 그 첫 번째는 의미의 단락, 두 번째는 리듬(호흡)의 단락, 세 번째로는 이미지(영상)의 단락에 그 효과를 발휘한다.***

어쨌든, 현대시의 형태론적인 전개는 이 자유시와 산문시의 혼거의 제양상 속에서 파악된다. 다시 말해, 자유시 다음에 산문시라는 시간적인 선후의 차원에서 이 두 양식이 배치되는 것은 아니다. 김춘수의 표현으로 하자면, "잡거상태"에 있는 것이다.(137쪽) 양적으로 보자면 압도적이라 할 수 있는 자유시에 얼마간의 산문시가 섞여서 별다른 불편 없이 동거하고 있는 양상이라는 것이다. 그렇지만 김춘수는 "양으로 많은 자유시보다는 산문시가 형태로는 인상적이다."고 밝히고 있다. 덧붙여 "자유시도 판에 박은 듯

---

* 김춘수로부터 한참 거슬러 가서, 근대문학사 최초의 문학론으로 지목되기도 하는 이광수의 「문학이란 하오」(《매일신보》, 1916. 11. 15~11. 23)를 보면 운문 문학에 시를, 그리고 산문 문학에 논문, 소설, 극과 함께 산문시를 놓는다. 이 경우엔 시와 산문시가 상위의 장르 관념에 의해 분리되는 양상을 띤다.(『이광수 전집』 1권(삼중당, 1964), 512~515쪽) 어쨌든 모순 형용의 조어인 산문시라는 개념과 그 실제는 장르상의 혼동을 유발하는 요소를 처음부터 가지고 있었다고 하겠다.

** "정형을 벗어난 일체의 시는 자유시라고 할 수 있다는 의미에서 원래 자유시란 산문시를 그 속에 포함할 수 있는 것이겠으나, 협의로는 자유시와 산문시는 구별되어야 할 것".(46쪽)

*** 김춘수, 『시론 — 시의 이해』(송원문화사, 1971), 『전집』 1권, 474쪽.

한 행 구분이나 연 구분을 하고 있는 것보다는 훨씬 시험적인 것이 인상적이다."고 보고 있다.

여기서 '산문시'에 대한 김춘수의 논의를 본격적으로 살피기 전에, 김춘수를 따라 약간 우회하기로 하자. 그는 정형시 이후의 자유시와 산문시를 문제 삼고 있는 것이긴 하지만 정형시 그 이전에 자유시가 있었다고 하는데,* 그 정형시 이전의 자유시에 대해서도 짚고 넘어갈 필요가 있다. 이것은 현대시사의 지평을 훌쩍 넘어서서 글쓰기의 역사 전체를 상상해 볼 때 나오게 되는 관념이다. 정형시 이전의 자유시,(이는 물론 정형시 이후의 자유시와는 전혀 다른 개념이다.) 이것은 운문 이전의 존재태인 산문, 달리 말하면 장르 이전의 기원으로서의 글쓰기를 지칭하는 것일 수 있다.

「시 형태론 서설」(29~32쪽)이라는 장에서는 바로 이러한 '산문'에 대한 이야기가 불쑥 튀어나온다. 이때의 산문은 "자연발생적인 리듬", 즉 "자연음"을 가지며 "다스려지지 않은 소박한 형태"를 띤다고 상상된다. 김춘수는 "운문 발생의 심리적 과정"에서, 말하자면 헤겔 미학 식으로 자연미보다 미적으로 우월한 인공미에 대한 지향을 찾아낸다. 그에 따르면, 운문의 발생은 "자연음을 보다 세련된 음악에까지 미화하여 그 효과를 즐기"고자 하는 미적 지향에서, 또 다른 한편으로 "문화 양식"의 시대적인 심화 속에서 비롯되는 것이다. "산문의 리듬이 자연의 질서라고 하면 운문의 리듬은 인간의 리듬"이라는 것이 김춘수의 생각이다. 분명

---

* "자유시에서 정형시로, 다시 자유시로 또는 산문시로, 그 장르를 전개해 가면서 포엠은 자신을 시대의 양식에 맡기는 것이다." 김춘수, 『시의 표정』(문학과지성사, 1979), 『전집』 2권, 130쪽.

하게 밝히고 있는 건 아니지만, 그는 이 인간적인 질서 혹은 세련의 과정 속에서 '장르'의 작동을 생각했던 것으로 보인다. 이 지점에서 운문, 즉 정형시의 다종의 형태론적인 장르라 할 "절구나 소네트나 시조"가 호명된다. 이 지점에서 우리가 거꾸로 짚어 봐야 할 것은 정형시 이전의 산문에서 장르 이전의 상태를 상정할 수 있다는 점이다.

이제 다시 문제는 운문을 겪은 다음의 산문, 즉 정형시를 경험한 다음에 오는 자유시 혹은 산문시이다. 운문(정형시)의 형태가 그 자체의 에너지를 소진하고 또한 새로운 시대의 요구에 부응할 수 없을 때, "운문의 인위적 리듬은 산문의 자연적 리듬으로 다시 돌아가게 되는데", 이때 중요한 것은 "운문을 겪은 다음이기 때문에 형태는 운문이 나타나기 이전의 산문이 취한 그것과는 달리"(30쪽) 나타난다는 것이다. 운문 다음에 등장하는 산문(자유시나 산문시)은 한층 "기교적 논리적"이 된다고 김춘수는 지적하고 있다. 그런데 이 산문은 이미 장르화된 시에 대하여 장르적인 혼란을 일으키게 된다는 문제를 안고 있다. 운문 이전의 산문이 장르 이전의 차원에 놓인다면 운문 다음에 오는 산문은 장르 이후의 문제에 속한다.

그러므로 이런 발언이 가능하다. "정형시 무렵의 시인들(예를 들면, 이조의 시조 시인이나 한시 시인 등)은 시에 대한 회의(사고)를 아니 가져도 좋을 만큼 행복하였다. 그러나 현대의 시인들은 시에 대한 회의를 아니 가질 수 없는 그만큼 시인의 짐은 무겁고, 시인은 행복하지 못하다." 다시 말해, 주어진 '형태'에 안심하고 의탁할 수 없는 처지의 현대 시인은 시를 쓰는 문제와 함께 시 자체에 대한 사고를 수행해야 한다는 것이다. 이는 시작(詩作)과 함께 시라는 장르(시가 시인 이유)에 대한 근본적인 질문을 동반해야 한다는 말이기도 하다. 이를 우리는 '메타성'에 대한 요구, 달리 말하면 '시론'에 대한 김춘수의 요구로 이해할 수 있다.

김춘수는 '산문시'에 대한 논의에서 시에 대한 사고 혹의 회의의 첨예한 한 사례를 만들어 낸다. 여기서 김춘수는 어찌 보면 매우 과감한 시도를 하고 있다. 시라는 표면적인 증거가 될 수 있는 행 구분마저 사라진 (산문이면서 동시에 산문체인) 산문시에서 끝내 시가 되는 이유를 찾아내고자 하는 것이 아니라, 오히려 시적이지 않은 요소를 짚어 내고 이에 천착하여 장르의 한계를 되묻게 하는 방식을 취하고 있는 것이다. 그의 산문시 논의에서 주요한 논거로 작용하는 것은 두 가지인데, 그 하나가 '이미지'의 층위에 놓이는 거라면 다른 하나는 '토의성'에 관한 것이다. 이 중에서 '토의성'의 문제는 장르의 혼종, 해체, 소멸, 확장과 관련된 사유를 불러들이는 계기를 마련한다는 점에서 김춘수가 산문시 논의에서 밀고 나간 한 극단에 위치한다. 여기서는 먼저 이미지(회화적인 요소)의 문제와 산문시를 관련시키는 장면들을 살피고, 다음으로 산문시에서 도출된 토의적인 성격이 던지는 그 문제와 질문들에 대해 검토하기로 한다.

김춘수는 1930년대 이미지즘 시를 논하는 자리에서 산문시가 요구되었던 이유의 일단을 밝힌다. 이 지점은 "주지주의로서의 기술주의"(84쪽)에 근거하는 "생각하는" 시, 즉 의식적인 방법론의 자각 위에서 미적으로 실천되는 시에 대한 강조가 이루어지는 자리이기도 하다. 이는, 운문 다음에 오는 산문, 정형시를 겪은 다음에 오는 자유시와 산문시는 운문 이전의 산문과는 달리 "기교적 논리적"이 된다고 했던 언급에 그대로 대응하는 것이기도 하다. 이미지즘의 관점에서 '산문'(자유시의 문장으로서의 산문까지 포함하여 산문시의 산문 문장과 산문체)이 요구되는 것은 '음악적인 요소'의 배제 위에서 이미지의 시각성을 생각하기 때문이다.(86쪽) 그는 정지용의 산문시 「백록담」을 상찬하면서 "음율에 완전히 무관심한 도저한 산문"이라는 점을 중요하게 내세운다. 김춘수는 행의 기능의 한 가지로 이미지의 단락(전환)을 중요하게 생각하고 있기는 하지만, 시가 "감각적 경험적 즉물적"이 될 때에 보다 "이미지를 요구하게 되는 것이고, 보다 공간적으로 퍼지는 산문시의 형태를 요구하게 되는 것"(113쪽)이라는 가정을 전제하고 있다. 이미지 위주의 시가 그 자신의 요구를 더욱 밀고 나가는 자리에 산문시가 놓이게 되는 것이다. 따라서 그는 「백록담」 이전의 『정지용 시집』의 몇몇 시편들(「향수」, 「바다 2」, 「호수 1」)에 대한 형태론적 고찰을 하면서 그 끝에 "시가 이만큼 시각에로 옮겨져 갔는데도 산문시(줄글)의 형태를 가지지 못했다는 것은 이상하다."고 물음표를 붙여 두게 된다.

"공간적으로 퍼지는(다시 말해, 행에 의해서 공간적인 연속이 끊어지지 않는) 산문시의 형태를 요구하게 되는" 보다 분명한 이유는 시에 도입되는 '토의적인 성격' 때문이다. 김춘수의 형태론적인 사유 속에서 이미지즘적인 시가 산문시 지향을 지니는 것으로 파악되고 있다 하더라도 자유시(행 구분이 이미지를 미묘하게 드러내는 문제와 결부되어 있다는 점을 상기할 필요가 있다.*)와 산문시에 걸쳐 논의되고 있는 것이라면, '토의성'은 전적으로 산문시와의 관련하에서만 다루어지고 있는 것이다. 시가 토의적인 성격을 가지고자 할 때에는 의미(리듬, 이미지)의 단락이나 비약을 크게 필요로 하지 않을 뿐 아니라 오히려 생략과 비약의 행간이 방해가 되기도 하기 때문이라는 설명**을 여기에 구태여 붙이지 않더라도, 이 경우 시는 "토의 문학(산문 문학 ─ 몰턴은 철학, 역사, 웅변이 이에 속한다고 하고 있다.)"(130쪽)과의 친연성을 전제하고 있는 김춘수의 논점에서 볼 때 자연스럽게 '산문시'의 형태로 드러나게 된다고 하겠다. 토의적인 성격을 지닌 산문시에 대한 논의는 『한국 현대시 형태론』을 쓰던 김춘수와 동시대의 시, 그러니까 김구용의 산문시를 중심으로 펼쳐진다. 그리고 이 자리에서는 다시 아리스토텔레스의 『시학』이 상기되고, 몰턴의 『문학의 근대적 연구』(1915)가 참조된다.

김춘수는 자신의 책 서론에서 이미, 아리스토텔레스 『시학』의 잘 알려진 대목인 "역사가와 시인은 한쪽이 산문을 쓰고, 다른 한쪽이 운문으로 쓴다고 하여 서로 다른 것이 아니다. 왜냐하면 헤로도토스의 역사는 운문으로 쓰였다고 해도 한쪽이 있었던 것을 말하고, 다른 한쪽이 있었을지도 모르는 것을 말하는 데 있다."를 끌어들여, 시와 비(非)시는 문장의 종류(운문이냐 산문이냐)에 달려 있는 것이 아니라고 전제한 바 있다. 아리스토텔레스가 사용한 시

---

* 또한, 행 구분이 지니고 있는 '전환'의 기능은 이후 김춘수의 서술적 이미지, 탈이미지, 무의미시와 관련한 시적(시론적) 모색과 실험 속에서 '단절'의 효과로 활용되는 것이기도 하다. 이미지가 이미지를 지워 나가는 과정 속에서 이미지의 의미론적인 무화(無化)가 이루어지기도 하는 것이다.
** 김춘수, 『시론 ─ 작시법을 겸한』(문장사, 1961), 『전집』 1권, 275쪽.

개념과 김춘수가 쓰고 있는 시 개념의 역사적인 차이에도 불구하고,* 이는 현대시의 문장을 산문 문장으로 규정하는 그의 논지 속으로 굴절되어 들어와 유용하게 활용된다.(33~34쪽)

그런데, 산문시에서 도출되는 '토의성'을 논하는 자리에 오면(129~132쪽), 이렇게 문장의 종류와는 무관해진 채로 "내용의 성질"에 따라 구분되는 '문학/비(非)문학(아리스토텔레스의 용법으로는 시/역사)', '시/비(非)시(김춘수의 용법)'라는 그 이분법적인 분할선도 흔들리게 된다. 김춘수는 아리스토텔레스의 구분법인 '시/역사'에 몰턴의 구분법이라 할 '창작 문학/토의 문학'을 연결시킨다. 말하자면, '시 – 창작 문학', '역사 – 토의 문학'. 철학, 역사, 웅변 같은 것들을 포괄하는 토의 문학은 근대적인 문학 관념에서는 배제된 것들이라 하겠는데, 이것들이 근대 문학의 제도적인 문학 장르인 소설이나 시에 되돌아오고 있는 양상을 여기서 김춘수는 보고 있다.

그는 소설에 토의적인, 에세이적인 요소가 범람하자 "서사성"이 희미해지고 "소설 형태가 해체"되면서 "시에로 접근해 갔다"고 현대 소설의 새로운 징후의 일면을 읽어 낸다. 또한 "형태로서의 산문과 내용으로서의 비판적 현실적 주지적 등등의 요소를 화합한다면 시(서정시)라고는 할 수 없는 것이 빚어져 나올 것은 필연이다."라고 진단하고 전망한다. 이 맥락에서 '비판적, 현실적 주

---

*물론 김춘수가 그 차이를 의식하지 못했던 것도 아니다. 그는 분명하게 아리스토텔레스의 시 개념은 "오늘날 소위 문학이라고 하고 있는 것의 전부를 포함하고 있다. 다시 말하면, 아리스토텔레스가 말한 시는 곧 오늘날의 문학 그것이다."라고 밝히고 있다.(34~35쪽)

지적 등등의 요소'라는 것은 물론 토의 문학적인, 에세이적인 요소를 염두에 둔 것이다. '시적 소설'과 '토의적인 산문시'의 부상이라는 이 새로운 국면에 대해 김춘수는 "문학의 장르로서의 개성을 상실하게 되"는 지점으로 생각한다. 이러한 현상은 "장르의 한계를 넘어"서는 것이라는 말이다. 토도로프가 "시의 주변", 말하자면 시라는 장르의 경계가 모호해지는 지점에서 "시적 소설"과 "산문시"("시구(詩句) 없는 시")에 주목하게 되는 사정도 그 때문이라 하겠다.*

김춘수는 김구용의 산문시를 구용 자신의 역사적인 자의식과는 상관없이 "장르의 위기"에 서 있는 것으로 파악한다. 더구나 유치환의 『수상록』, 즉 "문학장르로서는 에세이나 아포리즘에 속하는 것(이것은 물론 토의 문학이다.)"을 두고 "산문시와 어떻게 다른가?"를 묻고 있는 것은 퍽 문제적이라 하겠다. 김춘수의 말을 그대로 베끼면, "구용의 경우처럼 여기서도 토의문학과 창작문학, 즉 시와 에세이와의 관계에 부닥치게 된다."(137쪽) 창작 문학(근대적인 관념과 제도에서 문학이었던 것)과 토의 문학(근대적인 관념과 제도에서 문학이 아닌 것으로 배제되었던 것)이 넘나들고, 시와 소설이 넘나드는 이 해체와 혼종의 국면을 바라보는 시선은 시의 장르론적인 경계뿐만 아니라 '문학의 자율성'이라는 관념이나 문학 개념 자체를 불투명한 미래의 역사 속으로 밀어 넣는다.

김춘수는 이 "해체 현상을 해체 현상으로서만 슬퍼할 필요는 없지 않을까?"(132쪽)라고 다음 말을 건넨다. 그의 물음은 "해체

---

*츠베탕 토도로프, 「시의 주변」, 앞의 책, 148~197쪽.

현상은 그것을 슬퍼할 것이 아니라, 오히려 여기서 한층의 용기와 시작(詩作)하는 보람을 느껴야 할 것이다."(140쪽)라는 미적 의지로 귀결된다.

> 장르는 시(서정시) 안에서의 그것에 그치지 않고, 시 외의 서사시(소설 포함)와 극시(산문 희곡 포함)와의 관계에서 또한 서로 자극하고 흡수하고 반발한다. 더 나아가서는 창작 문학은 토의 문학과 서로 자극하고 흡수하고 반박한다. 문학의 각 장르가 그 장르대로의 전개를 해 가다가 어느 시기에 해체의 위기에 놓이게 됨으로써 새로운 반성이 생기고, 거기서 다시 장르 이전의 원시 상태에 눈을 뜰 기회를 가지게 되는 것이나 아닌가 하는데, 만약 그렇다면 이 변증법적 과정을 항상 문학을 보다 살찌게 하기 위한 섭리라고 봐야 할 것이다.(140쪽)

여기서, 그는 '장르 이후'를 '장르 이전'과 연결시킨다. 김춘수가 상상해 보는 "이 변증법적 과정"은 역사적인 순환론의 구조를 지니고 있다. 물론 이때 간과해선 안 되는 것이, 앞에서 운문 이전의 산문과 운문 이후의 산문이 다르다는 점을 강조할 적에 잘 드러나는 대로, 이 반복은 역사적인 '큰 차이'를 가지고 있다는 점일 것이다. 어쨌든 김춘수의 위의 발언을 적극적으로 헤아린다면, '장르의 소멸'과 함께 '문학'은 사라지는 것이 아니라 '다른 형태로서의(동시에, 그 개념 자체에 있어서 다른) 문학'이 미래의 지평 속에 놓일 것이라는 전망을 내놓고 있는 것이라고 할 수 있겠다.

김춘수는 이 같은 '장르의 소멸'에 대한 사고를 장르 그 자신의 한계를 넘어서는 '장르의 확장' 속에서 추정해 내었다.(131~132쪽)

그리하여 그가 다시, '장르의 확장'을 생각하면서 아리스토텔레스의 『시학』을 불러올 때에 등장하는 김춘수의 시 개념은 아리스토텔레스의 시 개념까지 확장되고 동시에 그 경계선 너머에까지 놓일 수 있게 된다. "문학 형태의 근원"으로서의 '시' 개념이 바로 그것이다. 이를테면, "철학은 서정시와, 웅변은 극시(산문 희곡 포함)와, 역사는 서사시(소설 포함)와 넘나들면서 근원으로 환원하는 것은 아닌지?"라는 물음표 속에서 떠오르는 게 되는 '시' 개념이다.* 그 불투명한 미래를 미리 투시하면서 김춘수는 현재의 시 장르가, 특히 구용의 경우처럼 장르의 위기에 놓여 있는 시들이 나아가야 할 역사적인 방향을 "도저한 장르의 해체로부터 시(서정시)의 보다 확대된 개념을 획득해 가면서 전개해 나아가"는 쪽에 놓게 된다. 김춘수는 그 말 자체가 모순 형용 용법이라 할 '산문시'에 주목하면서 '장르 해체' 현상의 역사적인 의미를 탐색하고 있었다.

---

* 여기서 우리는 '미래의 책'(이미 현재 시제가 되어 있는 미래)을 느끼고 있는 모리스 블랑쇼의 다음과 같은 말들을 떠올릴 수도 있다. "장르와는 거리가 멀고, 산문, 시, 소설, 증언, 기사 같은 것 속에 정리되기를 거부하며 자기 형태를 결정하고 자리를 고정시킬 수 있는 힘을 부인하면서 분류를 벗어나 있는, 있는 그대로의 책만이 중요하다. 한 권의 책은 더 이상 하나의 장르에 속하지 않는다." "문학 자체를 필연적으로 벗어나 '가면서', 그래도 문학 자체를 향하여, 문학의 본질적인 상태를 향해 '오고 있는' 것이라고 주장하는 문학의 미래".(모리스 블랑쇼, 최윤정 옮김, 『미래의 책』(세계사, 1993), 321~322쪽)

5 남는 문제들

김춘수가 『한국 현대시 형태론』에서 시사의 전개를 형태론적으로 검토했던 이유는 현재의 미학적인 '위치'를 밝히고자 했기 때문이라 할 수 있다. 그 끝에서 다다르게 되는 김춘수의 질문법은 50년 전의 김춘수(『한국 현대시 형태론』이 쓰인 현재)에게서보다 오히려 오래된 그의 책을 다시 재구성하면서 읽는 바로 오늘의 현재에서 더 유효하게 쓰일 수 있을 것이다. 드디어 그가 던지는 질문이 낯설지 않은 역사 속에 오늘의 문학이 위치해 있다. 장르의 혼종, 해체, 확장, 소멸에 대한 김춘수의 진단과 예견을 우리는 이미 부분적으로 실감하고 있고, 잊혀져 버린 50년 전의 김춘수를 끌어오지 않고서도 말할 수 있게 되었다. 그렇지만 '잊혔다'는 사실은 그 자체로 무언가를 말한다. 말하자면, 장르의 내구성이나 근대적인 문학 관념의 지속성을 역설적으로 말해 주는 것이라고 할 수 있다.

사실 『한국 현대시 형태론』은 그가 펼쳐 나간 이 이후의 시론을 논구하는 여러 자리에 극히 부분적으로 끌어당겨지면서 연속성을 구성하려는 욕망에 의해 오히려 그 핵심이 지워지거나 오해받아 왔다고 할 수 있다. 『한국 현대시 형태론』은 김춘수가 이 책 이후에 모색하게 된 시론(이른바, 무의미시)의 주요 논점들과 이어지는 미약한 연속성에서가 아니라, 그것과는 차라리 낯설다고 할(보기에 따라선 거의 반대편에 놓인다고도 할) 수 있는 바로 그 지점에서 중요한 의미를 갖는다고 하겠다. 또한 이 책은 그 낯섦이 이제는 더 이상 낯설지 않게 된 오늘날의 문학적 상황 속에서 현재에 이미 기입되어 있는 문학의 '여러 가지 미래들'에 대한 상상력을 추동시키는 하나의 계기를 던져 준다는 점에서 우리가 다시 발견해야 할 텍스트다.

30대의 김춘수가 다소 거칠고 비약적으로 던진 질문은 김춘수에게 주제가 되는 '문제'가 되어 주지 못했다. 그것은 정말이지 '남는 문제들'이 되었고 '오늘날의 문제'가 되었다. 여기서 그가 쓴 개념들은 매우 단순해서 거의 비어 있다고도 할 수 있다. 이를테면, '토의적인 것'이라는 개념도 그렇고, '산문', '산문시'라는 말도 그렇다. 그러므로『한국 현대시 형태론』의 논리적인 비약이나 결핍을 지적하는 것(가령, 소설에 작용하는 에세이적인 요소는 왜 시적으로 작용하고, 시에 도입되는 에세이적인 것은 어째서 산문 지향을 띠게 하는지에 대한 설명은 생략되어 있다. 이는 토의성에 대한 다면적인 고려가 결여되었기 때문에 생기는 빈칸이다.)은 그다지 어렵지 않을 것이다. 물론『한국 현대시 형태론』을 고찰하면서 이 글이 취한 방식은 김춘수를 가급적 가깝게 따라가고자 노력하면서 행간을 채워 나가는 것이었다. 이 책이 가질 수 있는 최대치의 가능성은 이와는 다른 방식에서 구해질 것이다. 김춘수가 행간에서조차 빼 놓았던 것들, 미처 생각할 수 없었거나 상상할 수 없었던 것들을 찾아서 보충하고 한편으로 충돌하면서 이 책이 던진 질문을 더 밀고 나가는 자리에서 새로운 '문제'를 설정할 수 있을 때, 이 책의 의의는 더욱 분명해질 것이다.

* 이 책에 실린 원고들의 초고는 아래 지면에서 찾아볼 수 있습니다.

에로스와 아우라(《현대시학》, 2012. 7)

그 주홍빛……(《시인수첩》, 2011. 여름)

서른 개의 질문 중에서(《세계의 문학》, 2011. 봄)

머리 없는 사람을 보았습니까(제19차 국제비교문학회 세계대회 '한국 문학의 밤' 발표

   문, 2010. 8)

가로수 논쟁(《현대시학》, 2008. 10)

가로수 원근법의 끝에서(《시안》, 2008. 겨울)

가로수 - 로봇 프로젝트(《문학과사회》, 2009. 봄)

숨 쉬는 일에 대하여(《시안》, 2009. 봄)

감정의 건축술(《시와반시》, 2011. 가을)

이상의 절벽과 거울(《풋》, 2010. 10)

사랑의 기술(webzine.gokams.or.kr, 2011. 7. 27)

무엇이었어요, 당신?(《세계의 문학》, 2011. 겨울)

타인의 흔적(《세계의 문학》, 2011. 봄)

회귀하는 '맨몸'(《세계의 문학》, 2011. 여름)

불안, 시를 쓰는 기분(《세계의 문학》, 2011. 겨울)

깊이의 무한함과 몸의 순간(《세계의 문학》, 2011. 가을)

새로운 생명파(《세계의 문학》, 2011. 봄)

나의 수난극(「환상의 힘」에서 발췌, 《시와사람》, 2005. 봄)

'귀 없는 토끼'라는 감각 기계(《세계의 문학》, 2011. 봄)

신(新)에밀(《세계의 문학》, 2011. 봄)

'그것'이 있다(《세계의 문학》, 2011. 여름)

물결과 숨결(《세계의 문학》, 2011. 가을)

쓴다, 발 없는 새처럼, 빛나는 쟁기처럼(《시를 사랑하는 사람들》, 2011. 7~8)

이장욱은 어디에 있는가(《문학동네》, 2010. 여름)

희미한, 너무나 희미한, 그는 '거의 모든 세상'이 되려 한다(《문예중앙》, 2007. 가을)

(어디선가) (누군가) (무엇인가) 쓴다(《세계의 문학》, 2009. 가을)

문제는 거울이 아니라 주체다(《세계의 문학》, 2009. 봄)

언니와 물고기와 계단의 시간(이영주 시집 『언니에게』 해설, 민음사, 2010)

'시적인 것'과 '정치적인 것'(《국제어문》, 국제어문학회, 2009. 12)

'여성 – 되기'와 '시 – 하기'(《인문과학논집》, 강남대 인문과학연구소, 2008. 2)

김춘수가 '산문시'를 가지고 사유한 것들(「김춘수의 『한국 현대시 형태론』 고찰」, 《어
   문논집》, 민족어문학회, 2007. 4)

김행숙

1999년 《현대문학》으로 등단하여 시를 쓰기 시작했다. 시집으로 『사춘기』, 『이별의 능력』, 『타인의 의미』를 펴냈고, 그 밖에 『문학이란 무엇이었는가』, 『창조와 폐허를 가로지르다』, 『마주침의 발명』 등의 책을 썼다. 노작문학상을 받았으며, 현재 강남대 국문과에서 현대시를 가르치고 있다.

에로스와 아우라

김 행 숙   문 학   에 세 이

1판 1쇄 찍음 2012년 12월 20일
1판 1쇄 펴냄 2012년 12월 30일

지은이 김행숙
발행인 박근섭·박상준
편집인 장은수
펴낸곳 (주)민음사

출판등록 1966. 5. 19. 제16-490호
주소   서울시 강남구 신사동 506번지 강남출판문화센터 5층 (135-887)
대표전화 515-2000 | 팩시밀리 515-2007
홈페이지 www.minumsa.com

ISBN 978-89-374-8638-8 (03810)